ハヤカワ・ミステリ

SCOTT WOLVEN

北東の大地、逃亡の西

CONTROLLED BURN

スコット・ウォルヴン
七搦理美子訳

TOKYO HAYAKAWA BOOKS

A HAYAKAWA
POCKET MYSTERY BOOK

CONTROLLED BURN
by
SCOTT WOLVEN

Translated by
RIMIKO NANAKARAGE
First published 2007 in Japan by
HAYAKAWA PUBLISHING, INC.
This book is published in Japan by
arrangement with
the original publisher, SCRIBNER
an imprint of SIMON & SCHUSTER, INC.
through JAPAN UNI AGENCY, INC., TOKYO.

祖母D・L・Wと祖父D・W・Wへ

非現実的で例外的と言われていることのなかに、
ときに現実の本質が潜んでいるように、わたしには思える。
——フョードル・ドストエフスキー、『悪霊』

目次

第二部　放浪の西部

装幀／勝呂　忠

北東の大地、逃亡の西

第一部　ノースイースト・キングダム

世界は火がついた家のように不安定だ。永くとどまれる場所ではない。人はいつか必ず死ぬ。金持ちも貧乏人も、若者も老人も、その厳然たる定めから逃れることはできない。

——トマス・クリアリー

『ファイブ・ハウズィス・オブ・ゼン』

寡黙

Taciturnity

その日の朝、ロバートと息子のボビーは、アイダの家の裏のパティオで、ピクニックテーブルを彼女と囲み、錬鉄製のローンチェアに座ってレモネードを飲んでいた。どこかの家で、スクリーンドアが木製の外枠に勢いよくぶつかった。続いて車が走りだした。親たちが声を張り上げて子供たちを呼んだ。

ハーヴェスト・レーンは、幹線道路から枝分かれした全長一マイルの小道で、両側には家が建ち並び、左側のアイダの家の前で行き止まりになっている。彼女の家は煉瓦と木で造られたコロニアル様式の建物で、その向こうには、マツの木が点在する牧草地が広がっている。道を挟んだ反対側もかつては牧草地だったが、今では宅地に変わっていた。隣の敷地にも、一階が半地下になった二階建ての家屋と、庭を掘って造られたプールがあった。アイダの地所の隣との境界線には、三本のオークの巨木が並び立ち、彼女の家の裏と隣家の敷地の大部分にかぶさるようにそびえていた。ロバートの木材運搬用の二トントラックは、アイダの家のドライブウェイに停めてあった。

「このレモネードはうまいな、アイダ」とロバートは大声で言った。アイダは痩せた白髪の老女で、グレーの目の衰えた視力をレンズの分厚い眼鏡で補っていた。彼女は腕の時計を見て、ロバートを見た。

「ありがとう、ロバート。最近では訪ねてくる人なんてほとんどいなくなってしまってね」パティオは巨木の陰にすっぽりと覆われていた。アイダは続けて言った。「ずいぶん昔の話だけど、あなたのおじいさんが薪を届けに来たときも、今みたいにレモネードを勧めたものよ。いつも二コード持ってきてもらったわ（コードは燃料用木材の材積単位。長さ四フィートの木材を高さ四フィート、幅八フィートに積んだ容積）。たぶん、あなたが今手にしているのと同じグラスで、お出ししたんじゃないかしら。いい人だったわ、あなたのおじいさんは」

ロバートは何も言わず頷いた。そのがっしりした両手はグラスを指ぬきのように小さく見せていた。白いものが交じった顎鬚はぼさぼさで、いくらか手入れが必要だった。彼も自分の時計を見た。刈り揃えた緑の芝生から、眩しい日差しが朝露を吸い上げる一方、年季の入ったスプリンクラーが懸命に水を降り注ぎ、小さな虹をこしらえていた。夏の朝に降る人工雨。

アイダは赤いハンカチで額の汗を拭った。「あなたのおとうさんにも勧めたものよ、薪を届けに来たときにね。一部の人からは疎んじられていたけれど、わたしの家族にはいつも感じよく接していたわ。ただ、大酒飲みだったのは確かね。あれだけ飲んでちゃんと働けるのが、わたしには不思議でならなかった。〈ブルー・フレーム〉の外に彼のトラックが停まっているのを、しょっちゅう見かけたものよ」

ロバートは顔をそむけ、芝生の上に吐き出すように言った。「親父は働き者の酔っ払いだった」太い眉の下の細いブルーの目で、息子のボビーをちらりと見た。

ボビーはレモネードを飲み、三本の巨木に目をやった。その向こうに隣家のプールが見え、濾過装置の作動音がかすかに聞こえた。ボビーは髭をきれいに剃っていたが、その点をのぞけば、父子の顔は違う年に鋳造されたコインのようにそっくりだった。

そのとき、プールの向こうに男があらわれ、芝生を横切って近づいてきた。柄物のアロハシャツに短パン、サンダル履きの腹の突き出た大男で、髪は黒くウェーブがかかっていた。男はパティオの手前で足を止めた。

「ミセス・ストーン――」

「ミスター・カポルッジ、こちらはロバート・メイナードと息子さんのボビー」アイダは相手の言葉を遮って言った。

カポルッジは二人を無視した。「ミセス・ストーン、まさか本気であれを切り倒すつもりじゃないでしょうね？」

アイダは眼鏡の奥で瞬きした。「ええ、わたしが切り倒すなんてありえませんよ。そんなことをするには年をとりすぎていますからね。だからロバートを雇ったの」彼女はロバートに頷いた。

「ミセス・ストーン、あの木はずいぶん昔からあそこに立っているんですよ」

彼女は振り向いて自分の家を――正面の壁に煉瓦が施され、昔ながらの張り出し玄関がついた二階建ての農家を――見た。「コンクリート張りのこのパティオは新しく、造ってからまだ二十五年しか経っていないけれど、この家のほかの部分は、キリストが教えを啓く前からここにあったもので、先祖の代から何度も手を入れて、ここまで持たせてきたものよ。あの木がどれくらい前からうちの地所に立っているか、このわたしに教えようなんて、何様のつもり？」

「言い方が悪かったかな。わたしはただ、あれには歴史的な価値があると言いたかっただけなんだが」

「そのとおりよ。わたしの祖父はここで一八五〇年に生まれたの。あの木のことは日記に書き残しているわ。毎日天気を記録して、ときには農場での仕事のことも書いていた。そのなかで何度も触れているの」アイダはそう答えてレモネードを飲んだ。「ちょっと待ってて。今見せてあげるから」彼女は立ち上がり、家の中へ入った。スクリーンドアがその背後で音をたてて閉まった。どこまでも青い空に一つだけ、純白の雲が浮かび、ゆっくりと動いていた。アイダが家からあらわれ、スクリーンドアが閉まると同時にローンチェアに座った。ぼろぼろになった革装のノートを胸に抱えていた。彼女は眼鏡を調節してノートを開いた。

「一八九〇年七月のところだけど、ここにはこう書いてあるわ、『今日は町に出かけ、その帰りに丘に登ってうちの木を眺めた。ほかのどの木より高くそびえていた』」アイダは淡々とした口調で朗読し、そっとページを前にめくった。「『今日、ハッチャー先生が助産しにハノーヴァー（ニューハンプシャー州西部、コネティカット川東岸の大学町）からやってきたが、何の助けにもならなかった。亡くなった赤ん坊は女の子だった。わたしはうちの木の下に立ち、それぞれを見上げた。初めて気づいたときからずいぶん大きくなっていた。真ん中の木はほかの二本よりいくぶん小さく見えた。たぶん、両側が母親と父親で、真ん中が子供なんだろう』」彼女はノートを閉じ、レモネードを飲んだ。

カポルッジは首を横に振り、腰に両手を当てた。「それなのになぜ切り倒すんです？」

「特に理由はないわ」アイダは肩をすくめて答え、細い手首をひねって時計を見た。「こちらから行政委員に不服を申し立てることもできますが」とカポルッジは言った。

アイダは頷いた。「行政委員には今朝八時にわたしから電話したわ。ヴァーン・ハフナーにね。まだ寝ていたところを起こしてしまったようだけど。彼が『もしもし』と答えたから、こう尋ねたの、『ヴァーン、アイダ・ストーンだけど。町の条例では、土曜日の朝チェーンソーを使うことについて何と定めている？』すると彼はこう答えた、『アイダ、十時を過ぎたら何をやってもいい。十時になるのを待ってさえくれればな』彼はそれだけ言って電話を切ったわ」

カポルッジは腕の時計を見た。九時五十五分。それからまた首を振り、アイダを見た。「これからダウンタウンへ行き、ハフナーに不服を申し立ててきます。彼がそれを行政委員会の議事録に記載すれば、町の判事から差し止め命令が出るでしょう」

アイダはもう一度頷いた。「ええ、できないことじゃないわね。ただ、今日は、ヴァーンが中風の治療のために復員軍人病院に通う日にあたっているの。彼が電話でそう言っていたとあなたに言うのを忘れていたわ。それに、委員長のヴァーンがいなければ、ほかのどの行政委員も議事録に議案を記載できないことになっているの」そう答えてもう一度時計を見た。ロバートは歯の隙間から大きく息を吸い込み、彼女はボビーに笑いかけた。

カポルッジの口調が鋭くなった。「ミセス・ストーン、わたしがどんな仕事をしているかご存知ですか？」

「百科事典を売り歩いているという噂があるけど、そういうことにはあまり関心がなくてね。あなたの家から掃除機をかける音が聞こえたことは一度もないから、〈スタンリー・スティーマー〉のセールスマンでもなさそうね。掃除機を売る人間はいつもぴかぴかの家に住んでいるって、うちの母親がよく言っていたものよ。それはともかく、働いていらっしゃるの？　どこかにお勤めだってことさえ知らなかったわ」彼女は椅子の上で身じろぎもせず、カポルッジを見つめた。

「ヴァーモント州警察で特別捜査官をやっています」

「だったら、何かを見つけるのは得意中の得意でしょう。プールの日よけくらい簡単に見つけられるはずよ」彼女は眼鏡をはずし、赤いハンカチでレンズを磨きながら、咳払いをして穏やかな口調で言った。「孫のレイモンドも、あの木の下や木陰に入るこのあたりで、よく遊んだものよ」

そこで口を閉じ、眼鏡をかけ直した。

カポルッジは重心をもう片方の足に移し変えた。「ミセス・ストーン、お孫さんが刑務所に入れられたのは気の毒に思います。ですが、彼は麻薬取引に関わっていました」

そう言って頷いた。「あなたのお孫さんは麻薬を売っていたんです」

「そうじゃないことはあなたもわかっているくせに。警察はレイモンドを罠にはめたの。仮釈放中の男を手先にして、その男からマリファナを買うよう仕向けたの。そういうことだったのよ。あの子がそう話してくれたわ」

「彼がやっていたことはそれだけじゃなかったんです、ミセス・ストーン」

「それだけじゃなかったのなら、なぜそっちのほうで捕まえなかったの？」

「われわれはすでに逮捕に必要なだけの証拠をつかんでいました。州検察局から文句をつけられることもなかった」

アイダの目つきが険しくなった。「それなら、こんなことになる前に、夕方にでもわたしを訪ねて、自分はこういう者だが、あの子が――赤ん坊のときからわたしが育てたのも同然のあの子が――悪い仲間と付き合っているのを知っていると話してくれても、何の不都合もなかったんじゃない？　あの子とよく話し合うべきだと言ってくれても？　わたしが知っていたら、あなたが話してくれていたら、あの子と話し合っていたと思わない？」

「そういうわけにはいかないんです」カポルッジは諭すよ

うに答えた。

「ええ、こうなったらもうどうしようもないわね。わたしがあの子とまた会える日がやってくると思う？　あの子にちゃんとした弁護士をつける余裕はないし、今では自分で車を運転することもできない。それに、あの子に言わせれば、面会日に訪ねても、ボルトで床に固定されたテーブルを挟んで話さなければならない。しかも、大勢の人と一緒の部屋で、看守に見張られながら。そんなことには耐えられないわ」

「お気の毒です」

「隣に住んでいながら、いつになったらわたしを訪ね、自分があの子を逮捕したと話すつもりでいたの？」どこかで車のドアが閉まり、犬が激しく吠えた。

　カポルッジは首を横に振った。「そうしなければならないとは、法律のどこにも定められていませんからね」

「昨日、あの子から、州北東部矯正施設のスタンプが押された手紙が届いたわ。ほかの男たちと一緒にシャワーを使わなければならないと書かれていた。あの子はこれから三年間――三十六カ月間――あそこに閉じこめられて過ごすのよ」アイダは深くため息をついた。「三十六カ月後にはわたしはもう生きていないでしょう」そう言ってボビー、ロバート、木の順に指さした。「あの木は切り倒すわ、もう決めたの」それからカポルッジをまっすぐ見た。「あなたがどこからやってきたか知らないけれど、わたしの家に火をつけておきながら、自分は隣の家でぬくぬくしていられるなんて思わないでね」

「ミセス・ストーン、わたしはただ自分の仕事をやっているだけで――」

「ええ、古代ローマ人もそうだったわ」彼女は首を横に振った。「うちの父親がよく言っていたものよ、飛べなくても鳥は鳥なんだって」

「こんなことはやめましょう、ミセス・ストーン。あの木を切ってはいけません」

「カポルッジ捜査官、あなたは下着姿でプールをうろつくあの女性とは結婚していない、つまり、お宅の二人の男の子は私生児《バスタード》ってことよね。私生児《バスタード》に日よけを提供する趣味は、わたしにはないの（バスタードには〝いやなやつ、ろくでなし〟の意味もある）」彼女は立ち上がり、時計を見て、ロバートを見た。「十時になったわ。始めてちょうだい」

カポルッジは両手で押しとどめる仕草をした。「ミセス・ストーン、お願いですから考え直してください」

「始めてちょうだい」

ボビーはパティオを出てトラックへ向かい、運転席のドアを開け、登攀ベルトとスパイクを身につけた。続いて赤い耳栓を両耳にはめ、枝払い用チェーンソーのオイルとガスを点検した。ハーヴェスト・レーンに一番近い木から始めて、順番に進めていくことにした。最初の木の根元はかなり太く、外周は少なくとも十フィートはあった。彼は幹にスパイクを打ち込んで登りはじめた。

てっぺんまで登りつめると、何マイルも先までが見渡せた。父親の伐採場では、土曜日とあって、赤や黒のトラックがのろのろと動きまわっていた。高校の校舎がひどく小さく見え、パーシー農場のトウモロコシ畑は、川岸まで敷きつめた緑と黄色の絨毯のようだった。山々がすぐそこまで迫っていた。これほど遠くまでを見渡すのは、生まれて初めてだった。コードを引っ張ると、チェーンソーが唸りを上げて動きはじめた。それからは、父親に教えられたとおり、螺旋階段を降りるように幹を回りながら、注意深く枝を払っていった。耳栓をしていてもチェーンソーの音がやかましく響き、さまざまな大きさの枝がはるか下の地面へ音もなく落ちていった。パティオに目をやると、ミスター・カポルッジが身ぶりを交えながら、木とミセス・ストーンを指さしていた。チェーンソーの音のせいで、無声映画を見ているようだった。やがて、カポルッジは芝生を横切って自分の敷地に戻り、プールを通り過ぎて家の中へ消えた。

ボビーは午前中いっぱい作業を続けた。正午になる頃には、三本の木は幹だけになり、まわりの地面は降り積もった枝で完全に見えなくなっていた。アイダは日差しが照りつけるなか、革装のノートを胸にしっかり抱え、パティオに座って作業を見守った。ボビーは再びトラックへ向かい、荷台から大きなチェーンソーを降ろすと、三フィートのガイドバーとチェーンを本体に取り付け、オイルとガスを点検し、チェーンの刃に鑢《やすり》をかけた。それが終わると、一番目の幹の根元で待っている父親のもとへ、チェーンソーを何とか運んでいった。ロバートが両手で抱えてスイッチを入れると、チェーンソーは飛行機よりも大きな唸りを上げて動きはじめた。

ロバートは幹の裏側に切り込みを入れ、正面にも同じような切り込みを入れた。それから幹を一周したあと、チェーンの刃を正面の切り込みに深く食い込ませ、裏側のそれへ向かって切り進めた。ボビーは作業を注意深く見守った。ロバートの額に汗が噴き出し、顎鬚におがくずが張りついた。やがてチェーンの刃が裏側に達した。

ロバートはチェーンソーを幹から引き離し、スイッチを切った。静けさのなか、木のてっぺんがゆっくりと傾き、次第に速度を増して地面に倒れ込んだ。

パティオには今や日差しがあふれていたが、アイダの姿はなかった。

彼女は家の中へ入ると、キッチンを通り抜けて階段を上り、裏の寝室へ向かった。寝室に入るとベッドの上に座った。レイモンドが訪れたときは、いつもこの部屋を使わせていた。ベッドはきれいに整えてあった――夏用の薄手の白のキルトで覆われ、枕は二つ用意されていた。彼女は横の窓から外を眺めた。三本の木は姿を消し、初めて見る光景が広がっていた。隣のプールと家が見えた。男の子の片方が、水着姿で家の裏口から出てきた。

階下で電話が鳴りだしたが、そのまま動かずにいると、さらに何度か鳴って止んだ。ベッドから立ち上がり、廊下へ出てレイモンドの部屋のドアをそっと閉めた。目から涙があふれた。電話が再び鳴りだしたが、出るつもりはなかった。泣いているときに人と話したくなかった。階段の上がり口に座り、ティッシュで涙を拭った。続いて鼻をかむと、わずかだが色鮮やかな血が流れ出た。突然、何かに急きたてられるような胸苦しさを覚え、自分に残された時間はあとどれくらいなのか、頭の中で何度も計算を繰り返した。

屋外作業
Outside Work Detail

その日、ケベックの鬱蒼とした森を通過して南へ向かった嵐は、ノースイースト・キングダム（ヴァーモント州最北の三つの郡を含む地域のニックネーム）の内海であるメンフレメーゴク湖を横断してヴァーモント州へ入り、明け方近く、ニューポートに上陸した。強風がトレーラーハウスや丸太小屋の窓をがたがたと揺らし、ストーブの薪の煙を錆びついた煙突の中に押し戻した。雷がセント・ジョンズベリー周辺の立ち木を引き裂き、何も植えられていない畑に落ちた。監房の中も、低い唸りとともに突然気圧が変わり、おれの胸の奥にある何かを動かして、眠りから目覚めさせた。そのまま上段の寝台に横たわり、厚いコンクリートの壁を通してかすかに聞こえてくる雷鳴に耳を傾けた。同房者のドン・ウィルコックスは、ステンレススティール製の便器に座って煙草を吸い、足の間からトイレの中に灰を落としていた。トイレは壁に直接取り付けられ、下段の寝台の頭板が仕切り代わりになっていた。

「クープ、起きているのか？」と彼は尋ねた。

「ああ」とおれは答えた。闇の中に、煙草の先の赤い光がぽつんと灯っていた。彼が煙草をはじくたびに、その光が赤い孤を描いた。

「かなり大きな嵐だな。ここにいてもこれだけ聞こえるんだから、相当なものだろう」

おれは闇の中で頷いた。「ああ、ずいぶん吹き荒れているようだ」

「うちの子供たちが怖がっていなければいいんだが」ドン・ウィルコックスは三十代後半で、妻と三人の幼い男の子がここから二十マイルほど離れたヴァーモント州グリーンヴィルで暮らしていた。彼らは面会日にはいつも訪ねてきた。ウィルコックスは放火の罪でここに入れられた。亡くなった母親の農場の納屋を燃やし、保険金をせしめようとしたのだ。何年か前にも面倒を起こしたことがあり、検察側は彼に前科があることを強調した。彼に下された十年の刑期は、まだ始まったばかりだった。六年目に入ったセント・ジョンズベリー刑務所でのおれの服役生活のなかで、彼は九番目の同房者で、八カ月前から同じ房で暮らしていた。今は闇に紛れてその姿はほとんど見えず、赤い目のように光る煙草の先だけが、彼の居場所を示していた。

「雷を怖がるのか？」とおれは尋ねた。

「真ん中の子がな。寝小便するほど怖がるんだ」彼の顎の無精髭がワークシャツの襟をかすめる音がした。「あの子が寝小便したときは、いつも怒鳴りつけたものさ」彼は小さな低い声で話し、おれは雷鳴に耳を傾けた。「ここから出られたらいいのにな」

それには答えようがなかった。そのあともしばらく彼は話しつづけた。すでに聞いたことがある子供の話をし、妻が自分を裏切らないでいることを願っていると話した。おれはいつのまにか寝入っていた。再び目が覚めたときには、煙草の煙が室内に充満していた。昼食に向かう監房棟のほかの囚人たちの声が聞こえた。おれも寝台からコンクリートの床に飛び降り、食べに行った。

食事が載ったトレイを受け取って列を離れ、ステンレススティール製の長いテーブルの端に一つだけ空いていた席についた。食堂は囚人たちでごった返していた——セント・Jの正規の収容員数は八百名だが、ときには千名を超えることもある。全員がジーンズにフランネルシャツといった普通のなりをしているのは、ヴァーモント州矯正局の今の能力では、各施設への適切な暖房装置の設置まで手が回らないからだ。ここの冬はお決まりの囚人用ジャンプスーツで過ごすには、あまりにも寒すぎる。そのうえ、ヴァーモントの冬は五月まで続く。ときには五月を過ぎても続くことがある。今朝の嵐はすでに過ぎ去り、食堂はいつものように騒がしかった。大声で罵る声や野卑な笑い声があちこちで上がった。サンドイッチを食べていると、グリーンのワークシャツを着た年老いた囚人がやってきて、テーブルの反対側に座った。おれは顔を上げて彼を見た。

「あんたがレイ・クーパーか？」と彼は尋ねた。ぼさぼさの黒い顎鬚はところどころ白いものが交じり、頭はほとんど禿げていた。どうやら肺をやられているようだった。図書室でよく見かける模範囚だとわかったが、名前は覚えていなかった。左手の甲に〝ＦＴＷ〟という文字が見えた。刑務所内で入れた刺青のようで、色がだいぶ薄れていた。

おれは頷いた。「そうだが、それがどうした？」

「あんたはほかへ移される」と彼は囁くように答えた。食堂の壁や天井に反響する笑い声や話し声のせいで、ほとんど聞きとれなかった。彼はまわりの囚人やドア近くに立っている看守たちに視線を巡らせたあと、身を前に乗り出した。ごくさりげなくそうした。まわりの目には、ズボンの尻のしわを伸ばしているように見えただろう。「今朝、彼らがあんたのことを話しているのを聞いた。あとは書類が整うのを待つだけだと言ってた」彼は一段と声をひそめ、唇をほとんど動かさず、おれを見ないで言った「誰にも話すんじゃないぞ、ナイフを腹に食らいたくなければな」別の囚人が席を探して通りかかると、笑顔をつくり、笑みを浮かべたまま、欠けた歯の隙間から息をした。「ここの連中は、他人がいい目にあうのが許せないんだ。ここから出られるまで、とにかく用心することだ」

おれは床から三十フィート上方にある窓を見上げた。外がいくら明るくても、ここにはぼんやりとした日差ししか入ってこない。窓には太くて頑丈な金網が張られ、金網は黒っぽい埃でびっしりと覆われているからだ。おれは二十八歳になったばかりで、八十四ヵ月の刑期が終わるのは、まだ十八ヵ月も先だった。「あんたはいつ出られるんだ？」

彼はテーブルに片手をついて立ち上がった。老齢によるものか、背中は曲がったままだった。「イエス・キリストと対面したときさ。おれが出られるのはそのときだ」

彼はそう答えると、食事をもらうための列とほかの囚人たちがいるほうへ、足を引きずりながらゆっくりと歩いていった。おれが再び顔を上げたときには、人込みの中に消えていた。彼が言った〝ほか〟とはファームのことだ。ファームはヴァーモント州ウィンザーにある軽警備刑務所で、二百名の囚人が収容されている。ヴァーモント州の刑務所の数はさほど多くない——北部に重警備刑務所が二つ、ことセント・オールバンズで、囚人たちからはセント・J、セント・Aと呼ばれている。性犯罪者はニューポートにある刑務所に収容され、ラトランドとウッドストックにある刑務所には、さまざまな罪状と刑期の囚人が一緒くたに入れられている。争いごとに加わらず問題を起こさずにいれば、減刑の対象となり、たいていはファームで刑期を終える。ファームは、本格的な木工所と製材所を擁する、四方を丘に囲まれた広さ七百エーカーの施設で、監房棟であるコンクリートの建物と周囲のフェンスだけが、そこが刑務所であることを示している。ファームでの一日は、減刑のためにつくられた奇妙な計算式に従って、通常の刑期の二日半に換算される。そこに収容された囚人は危険度が低いと見なされ、作業所での作業や教育プログラムに参加することになっている。GED（学力検定試験に合格すると授与される、高卒と同等の証書）取得のためのクラスや、怒りを制御する術《すべ》を学ぶクラスがあり、AA（アルコール中毒者自主治療協会）の会合も開かれる。世間の人々が普通にやっていることで、唯一の違いは、見返りに減刑を期待しないということだ。

その日の夜、ウィルコックスが食あたりを起こした。その後は、彼により注意を向けるようにしたが、おれが移されることを知っている気配は見られなかった。彼はこれから十年という長い道のりを歩まねばならず、そのことと子供たちのことで頭はいっぱいのようだった。おれが同じ部屋にいることさえ気づいていないのでは、と思えるときもあった。

書類が整ったのは七月の終わりのことで、その月の最後の金曜日、彼らは覆面車のフォードアのジープでおれを南へ移送した。ノースイースト・キングダムから目的地にたどり着くまで、おれは一言もしゃべらなかった——手錠をはめられ、日差しを浴びて汗をかきながら、後ろの席に座っていた。木立や殺風景な土地や空の一部分が後ろへ流れ去るのを、強化ガラスの窓越しに眺めた。入り口の警衛所に到着したときには夕食どきになっていたが、入所手続きを行なうため、看守長のオフィスで独り待たされた。ただし、金属製の机に溶接された鋼鉄の輪に手錠をつながれ、足かせをつけられてだが。

その年の八月は蒸し暑く、四十度に達する日が連日のように続いた。おれは毎晩監房の窓辺に立ち、刑務所の敷地と高いフェンスを照らす稲妻を眺めた。ファーム全体は、最上部にレザーワイヤー（剃刀の刃に似た鋭い四角の金属片が狭い間隔で並んだ鉄線）を張った高さ五フィートの古いフェンスで囲まれている。今ほど物騒でなかった時代の名残だ。監房棟と付属の建物のまわりには未舗装の道路が走り、外側の古いフェンスと内側の新しいフェンスの間を、車でパトロールできるようになっている。内側の高さ二十フィートのフェンスには高圧電流が流れ、最上部にレザーワイヤーが二本配されている。上部六フィートが内向きに曲がっているのは、内側から登りにくくするためで、レザーワイヤーは、外側からよじ登るのにプロの技術と普通の人間は持っていそうもない特殊な道具を必要にさせている。高圧電流が生じる低い唸りは、攻撃のチャンスをうかがいながら森の中を移動する怒り狂ったハチの群れのように、施設を取り囲んでいる。

おれは潔白な人間ではない。十七歳のとき、警察の囮捜《おとり》査と知らずに男からマリファナを買い、三年の刑を食らった。出所して一年後のある夜、ヴァーモント州エセックス・ジャンクションの近くで、トラックの窓ガラスを割り、助手席に置かれていた大型のブリーフケースを盗んだ。言い訳にはならないが、そのときはかなり酒を飲んでいて、アセチレントーチでブリーフケースを開けた三時間後には、警察に拘置されていた。それまでの三時間、ブリーフケースの中身を所持していたのは事実だが、ブリーフケースの持ち主がたまたまヴァーモント州警察の捜査官で、装塡した四挺のピストルと警察の身分証明書をその中に入れていたのも事実だ。彼はその夜非番で、裏道にトラックを停めてガールフレンドの家を訪ねていた。そのどこがまずいかというと、彼には妻が、相手には夫がいたということだ。つまり、いてはならないところにいたわけで、地元とバーリントン（ヴァーモント州北西部の市）の新聞は事件を大きく報じ、州検察局は警官を厄介ごとに巻き込んだおれを厳罰に処そうと躍起になった。結局、おれはありとあらゆる重罪――四挺の銃の不法所持、窃盗、不法侵入、私物損壊、公文書の不法所持――で起訴され、科せられるなかで最長の刑期を求刑された。公判中は、出廷するたびに罪状のリストが長くなるように思えた。公選弁護人はおれの名前をなかなか覚えられず、一度はこんなこともあった――彼は依頼人マーク・コッパーに代わって訴訟手続きの延期を願い出て、裁判官からそれは誰のことかと聞かれると、心底驚いたような表情を見せた。その間、おれは足かせと手錠をかけられて隣の席に座り、クーパー、レイ・クーパーだと囁いていた。とはいえ、おれの名前など、その時点ではすでに問題ではなくなっていた。一カ月後に有罪の判決が下り、拘置所で過ごした日数は刑期に組み入れられたものの、前科があることが響いて執行猶予なしの最長刑期、八十四カ月を言い渡された。

仮釈放委員会はおれの仮釈放を拒否しつづけた。三度目の聴聞会が終わったあとは、呼び出されることもなくなった。その頃には〝刑期満了まで間もない〟と見なされるようになっていたからだ。仮釈放委員会が、おれをファームに移してそこで刑期満了を迎えられるよう特別移監命令を出したのは、次々と送り込まれる囚人たちのために、監房を一つでも空けるためだった。

馘首《くび》にならずにすんだ例の警官は、おれをできる限り長く閉じ込めておくために積極的に動いた。おれの仮釈放を審議するすべての聴聞会に出席し、銃のことや離婚がもたらした痛手や、おれがそれにどれだけ深く関わっているかを話した。メダルを飾りつけたグレーの制服姿であらわれ、話を終えて立ち上がると、肩からかけた帯銃用ベルトを調節し、誠実そうに見えるクルーカットの頭に黒の制帽をのせ、仮釈放委員会のメンバーである年寄りのヴァーモント州民たちにさっと頷いた。それから、きびきびとした足どりで部屋から退出し、職務へ戻った。おれがいったん汚した彼の曇りなき正義を、日々必要としている人々のもとへ。

振り返っておれを見た委員たちの目に、おれが彼らと同じ人間と映っていたか疑問だ。一つ確かなのは、刑務所に入れられて数年後には、自分がかつては彼らの住まいからいくらも離れていないところで暮らし、酒を飲み、馬鹿なことをやっていたとは思えなくなったということだ。自分が彼らの目に映ったとおりの人間のように思えた——高いフェンスと武装した看守に囲まれたちっぽけな部屋に入れ、錠が壊れるまで、できればそれ以上長く、閉じ込めておくべき人間のように。ファームに移されたのはおそらく、運営上の手続きに従っただけで、それ以上の意味はなかったのだろう。本音のところでは、仮釈放委員会の誰も、おれが扉へ一歩近づくのを望まなかったはずだ。彼らが暮らす町の食料品店に出入りしたり、大通りを歩きまわったりすることに一歩近づくのを。

釈放されたらどこで暮らすかという問いには、エセックスにいる妹エリザベスのもとに身を寄せるつもりだと答え、彼女から受け取った古い手紙を見せた。そこには、おれを自分の家に住まわせてもかまわない、仮釈放委員会で何か聞きたいことがあれば自分に問い合わせてくれ、と書かれていた。彼女が面会に訪れてくれたのは最初の三年間だけだったが、そのことで責める気にはなれなかった。今でもときおり——祖母が亡くなったときに——手紙を寄こしてくれたし、刑期を終えたらエリザベスの家で暮らすつもりだった。それ以上のことは、相手が誰であろうと頼めなかった。

逮捕された当時ガールフレンドだったメアリーも、最初の頃は面会日のたびに訪ねてくれた。あの頃は、いかにも囚人っぽい話し方にならないよう、監房の中でよく練習したものだ。〝やあ、メアリー、来てくれてありがとう〟彼女が訪れなくなったのは、最初の八カ月が過ぎた頃で、それからずいぶん長い間、彼女が最後にくれた手紙をノートに挟んでとっていた。そこには、訪ねられなくなった理由が、次のような書き出しで綴られていた——〝親愛なるレイ、とても言いづらいことをあなたに伝えなければなりません。わたしにとってもどれだけつらいことか、わかってくれると信じています〟おれにはよくわかった。人には人それぞれの人生がある。刑務所に入れられて四年が過ぎた頃、新聞にメアリーの結婚記事が載っていたと妹が手紙で知らせてくれた。おれは心の中でメアリーに祝福を送った。

そして今、ファームに移されたことで、おれの長い刑務所暮らしにもようやく終わりが見えてきた。

秋の訪れとともに木々の葉が色づき、やがて枯れ落ちた。地面は凍りつき、その冬最初の雪が降った。おれは教育プログラムのいくつかに参加し、図書室に通っていたが、冬の訪れとともにどちらもやめた。一晩中起きたまま、ハロゲン灯の下に雪が降り積もるのを眺めた。そのさまは、まるで真夜中に日が差したかのようだった。プログラムは何の役にも立たず、完全に興味を失った。それに、プログラムに参加しようとしまいと、ここでの一日は二日半に換算されるのだ。ここから出られることに少しずつ実感が伴うようになり、出たら何をやろうかと考えるようになった。

クリスマスの二週間前、朝食の列に並んでいると、ウォルターという名の看守が近づいてきた。屋外作業をやってみないかと彼に訊かれ、やると答えた。クリスマスが過ぎるまで外に出られる機会はないだろうと思ったし、屋外での作業をうまくやれるか知っておきたかったからだ。食事をすませると自分の房に戻り、左胸のポケットにライリーと縫い取られた古ぼけたフィールドジャケットを着た。いつもそうだが、そのときも思った——ライリーとは何者で、どういう経緯で、自分の名が縫い取られたジャケットを持つようになり、刑務所のランドリーでそれをなくすことになったのだろう?

出入り口の横の監視ステーションを訪ねると、フランキーという名の看守がデスクにつき、ウォルターがその傍らに立っていた。二人はおれを外に出すために必要な書類を作成し、出入記録に署名させると、電子錠を解除して、広広とした囲い地と早朝の雪のなかへ送り出した。

作業に狩りだされたもう一人の囚人は、すでに外に出て煙草を吸っていた。ラス・ハーパーだとすぐにわかったのは、図書室やその周辺で何度も見かけていたからだ。元プログラマーで、AAの会合には必ず出席し、教育プログラムにも真面目に参加していた。その日は、両肩に西ドイツの小さな国旗が縫いつけられたグリーンのフィールドジャケットを着て、雪よけにジャケットのフードをかぶっていた。おれたちは雪上のトラックのタイヤ跡をたどって裏の敷地へと歩きだした。ラスが煙草を勧めた。

「いや、けっこう」とおれは答えた。雪の降り方が激しさを増し、遠ざかるにつれ建物が小さくなっていった。金属製の屋根の煙突から薄い煙が立ちのぼった。ハロゲン灯が降りしきる雪を照らし、白いスクリーンのように見せていた。

「最近あんたを見かけないな」と彼は言った。

「プログラムに参加するのをやめたんだ」とおれは答えた。「出たって意味がないように思えてね」おれたちはトラックのタイヤ跡の上を並んで歩いた。

「仮釈放されたことは？」と彼は尋ねた。それは、お互い訊かれてもおかしくない質問だった。

「ああ」とおれは曖昧に答えた。「三度拒否された。プログラムに参加しても役には立たない、それどころか害にしかならないと思ったんだ。それから、仮釈放委員会に呼び出されることは二度とないだろう」

ラスは頷いた。フードから赤毛がはみ出していた。「わかるよ、人それぞれだからな」彼はタイヤ跡から出て、粉雪の上で固くなった雪のなかを進んでいたが、歩きにくかったのか、やがてタイヤ跡に戻った。「刑に服して二年過ぎたとき、おふくろが死んだ。だからわかるんだ。今じゃ親父も死にかけている」フードに隠れて顔は見えなかった。「癌なんだ」

「つらいものだよな。おれもセント・Jにいたとき祖母を亡くした」おれたちは肩を並べて歩いた。「ところで、屋外作業って何をするんだ？」

「ああ」

「ウォルターから聞いてないのか？」と彼は聞き返した。

「まあ、楽しい作業じゃないのは確かだな」彼がそう答えたとき、電流を通したフェンスがビシッと音をたてた。あたりを見まわしたが、特に変わった様子はなく、いつもの低い唸りが聞こえるだけだった。

おれたちはタイヤ跡の上を歩きつづけ、やがて、裏の敷地に沿ってなだらかに続く丘のてっぺんにたどり着いた。丘の向こうは、雪で覆われた敷地が細長く伸び、右側の端に矯正局の青いピックアップトラックが停まっていた。おれたちはそちらへ向かって丘を下りはじめた。トラックが停まっているのは、電流を通したフェンスから約五十ヤード離れたところで、フェンスとトラックの間に、別のフェンスで縦横五十フィートほどの正方形に区切られた敷地が見えた。トラックの後部からその狭い敷地へケーブルが伸び、敷地の中では発電機が作動していた。丘を下りきると、背後の建物は完全に見えなくなった。タイヤ跡からはずれまいとして雪に足をとられ、何度か転びかけた。そのとき初めて、寒さで顔が強張るのを覚えた。吐く息が白く見えた。その間も、電流を通したフェンスから低い唸りが聞こえてきた。フェンスに向かってわずかに傾斜した地面は、そのままパトロール用の道路へ、さらに外側の低いフェンスとその向こうの森へと続いていた。そのときようやく、別のフェンスで区切られた敷地が囚人用の墓地であることに気づいた。

トラックのテールゲートにレブ・フィリップスが座り、マリファナを吸っていた。おれたちに回す素振りすら見せなかった。彼もまたフィールドジャケットを着ていたが、両腕と厚い胸板のあたりがひどくきつそうだった。黒のスキー帽を耳まで引き下ろしていた。おれたちに気づくと笑い声を上げた。彼は屋外作業を任された模範囚だが、何かと黒い噂があり、看守の大部分から腫れ物のように扱われていた。

「やつらときたら、よりによって時代遅れのプログラマーと新入りを寄こしやがった」彼はあきれたように首を振った。

トラックの荷台には膨れ上がった黒い遺体袋が二つ載せてあった。レブはそれを身ぶりで示した。「二日前に運び込まれたんだが、雪やら何やらで……」そう言って上空を親指でさした。雪は相変わらず降りしきり、空は一面雲で覆われていた。「いつもはここの雪を取り除くのにターボ・キャットを使うんだが、一台は故障中で、もう一台はウィンザーで道路の除雪作業に使われている」フェンスのゲートは大きく開け放たれ、その内側では、小型ジェットエンジンのようなヒーターが二台、五フィート離して設置され、雪に覆われた地面をぬかるみに変えていた。降り積もった雪の上に、白木の十字架の先端が突き出ているのが見えた。

「どうしてここに埋めるんだ？」とおれは尋ねた。

レブは墓地を指さした。「ヴァーモント州の刑務所内で死んだやつの遺体は、近親者が引き取りを拒んだり、そうする余裕がなかったりした場合、ここへ送られてくる」そう言ってにやりと笑った。「それをおれが埋めるわけだ」

もう一度墓地を指さしてから、トラックの荷台からスコップを二本降ろし、左側の遺体袋の端を平手で叩いた。「こいつの墓から先に掘れ。セント・Aにいたんだが、いいやつだった。こっちのもう一人は」――スコップの先で遺体袋をつついた――「セント・Jにいた。ちくり屋だったと聞いている。こいつは六フィートじゃなく、三フィートの深さの穴に埋めてやれ。地面が凍ったり溶けたりするのを、これからもずっと感じていられるようにな」

「本当にちくり屋だったのか？」とおれは尋ねた。

レブは険しい目つきでおれを見た。「こいつとダチだったのか？」

「どうかな」とおれは答えた。ラスはすでに最初の穴掘りにとりかかっていた。

レブは遺体袋をつかんで荷台の端まで引きずると、手を離して雪の上に落とした。それから袋の上に屈み込み、ジッパーを開けた。組み合わさった金属の歯が二つに分かれる音がした。死んだ囚人の目は閉じられ、豊かな白髪が波うちながら顔を縁どっていた。頬に舞い降りた雪片は、しばらく経っても白く凍ったままだった。レブは立ち上がり、おれの返事を待った。

「知らないやつだ」とおれは答えた。

「だったらさっさと口を閉じて穴を掘れ」レブはラスを見ながら言った。おれも穴掘りにとりかかった。レブはトラックの荷台に上がり、もう一つの遺体袋を地面に突き落とした。彼がジッパーを開くと、男の頭と閉じた目が見え、いやな匂いがした。「目の前で自分の墓が掘られるなんて、塀の外では得られない体験だろうな」レブはそう言うと、穴掘りをおれとラスに任せてトラックに乗り込んだ。それからまもなく、マリファナのかすかな匂いがあたりを漂った。しばらくすると、一台のピックアップトラックがパトロール用の道路を下ってきて、フェンスを挟んで墓地の真向かいに停まった。おれたちが体を起こしてその場に立つと、作業中の人員確認表をチェックして走り去った。

最初の遺体を埋めて土を戻し、白木の十字架を立て終えたとき、レブがやってきて森を指さしながら囁いた。「見ろ」

雪のせいで視界は悪かったが、森から出てきた鹿の小さな群れが、外側の低いフェンス際の木立へ近づくのが見えた。群れには一頭、大きな牡鹿が交じっていた。

「全部で五頭か」おれは声をひそめて言った。風が森のほうから吹いているため、鹿たちはおれたちの匂いや気配には気づかないようだった。

「ああ」とレブは答えた。「五頭だ。ずいぶん大きな牡鹿だな」

おれたちは、鹿が降り積もった雪を蹄《ひづめ》で掻きながら動きまわるのを見守った。そのとき、牡鹿がすばやく二歩前に進み出て、低いフェンスを飛び越え、高いフェンスとの間にあるジープのタイヤ跡に着地した。それからしばらく頭を地面に近づけていたが、やがて鼻面を雪まみれにしながら頭を上げた。何かを噛んでいるように口が動いていた。

「草かリンゴか何かが、あそこに埋まっていたんだろう」とラスが言った。

「野生のリンゴだ」とレブは答え、二つのフェンスの上に枝が伸びた木を指さした。「あれはたぶん野生のリンゴの老木だ。トラックが通ると、固くなった雪の表面にひびが入る。そうなると、鹿たちも雪に埋まったリンゴを食べられるってわけだ」さらに二頭の鹿が低いフェンスを飛び越え、パトロール用の道路を蹄で掻きはじめた。鹿が本当は何を探しているのか、ここからはわからなかった。いっこうにおさまる気配のない雪のせいで、フェンスの向こうはよく見えなかったからだ。二つのフェンスのそのまた向こうとなると、なおさらだった。中空のダイヤモンド形に編まれた金網二枚を透かして見ると、すべてが黒っぽいジグザグ模様を伴って――本当はそこにない何かの影を伴って

――見えた。

おれはフェンスに近づいた雌鹿に視線を定めた。鹿はフェンスに向かって三歩助走し、宙に飛び上がった。ところが、何らかの理由でフェンスを越えるほど高く飛べず、上のレザーワイヤーに引っかかり、思わず耳を覆いたくなるような鳴き声を上げた。

「なんてこった」とラスが呟いた。雌鹿がもがくとワイヤーはさらに絡みつき、体を激しく揺さぶるとワイヤーも揺れ、肋骨の下あたりに深く食い込んだ。ほかの鹿は白い尾をなびかせながら道路を下り、あっという間にフェンスを飛び越え、雪を踏み散らしながら森へ戻っていった。「レブ、看守を呼んでくれ」とラスは強い口調で言った。ピックアップトラックには無線が装備されているはずだった。

「誰も呼ぶつもりはないね」レブは首を横に振って答え、ワイヤーを見つめた。雌鹿は息とも声ともつかない音をたて、一瞬、甲高い悲鳴のような声で鳴いた。「あのワイヤーにはしょっちゅう何かがひっかかるんだ」

「小便してくる」ラスはそう言ってスコップを地面に置いた。それからゆっくりとヒーターを回り込み、フェンスで囲まれた墓地の外へ出た。そのまま歩きつづけて、電流を通したフェンスから十フィートほど離れたところで――レザーワイヤーに突き刺さった雌鹿の正面で――立ちどまった。

「ほかの鹿たちは行っちまった。人間と同じだな」レブは肩をすくめ、雪の上に唾を吐いた。

雪とフェンスのせいで、ラスの姿ははっきりとは見えなかったが、小便をしているのでないのはわかった。泣いているように背中を丸めていた。

レブもそれに気づいたらしく、大声でラスを呼んだ。「おい、そこの意気地なし！　鹿がワイヤーに引っかかるのに耐えられないやつが、どうやって世間と折り合いをつけられるっていうんだ？」ラスは今では声を上げて泣いていた。その声はおれたちの耳にも届いた。それが癇に障ったようで、レブは怒りを爆発させた。「おまえみたいな長期囚がここから出られると思うなんて、頭がおかしいんじゃないのか？　おまえの記録を見たことがあるが、あと十五年も刑期が残っているじゃないか！　いつかおれの手でおまえをここに埋めることになるだろうよ！　おまえを埋葬するために金を払うようなやつは、ヴァーモント州のどこを探してもいないだろうからな、この役立たずの腑抜け！」

レブはトラックに戻り、おれはその場に残った。ラスの啜り泣きが聞こえた。雌鹿は息をしようとしてひどく耳障りな音をたてる以外、今では動こうとしなかった。

それからしばらくして、レブがビールの空き缶を雪の上に投げ捨ててトラックから降り、ヒーターを荷台に積みはじめた。おれは二つ目の穴を掘っていた。ヒーターを積み終えると、レブはおれのところにやってきて、手彫りの白木の十字架を手渡した。十字架の根元には〝ちくり屋〟という文字が焼きつけられていた。

「やつの墓にはこいつを立ててやれ。おれは先に戻る。スコップとあの弱虫はおまえに任せる。帰るときゲートに錠をかけるのを忘れるな」彼はそれだけ言うと、トラックに乗り込み、敷地を突っ切って丘の向こうへ消えた。ラスはまだ泣いていた。電流を通したフェンスから相変わらず低い唸りが聞こえた。鹿は死んでいた。おれは穴を掘りつづけ、ふと顔を上げたときには、ラスはいなくなっていた。激しく降りしきる雪のせいで、足跡は見えなかった。鹿の頭はだらりと垂れ下がり、頭の下の降り積もった白い雪の上には、色鮮やかな血が点々とついていた。大きく見開かれた両目も、まるで雪が入りこんだかのように白かった。フェンスのグレー、わずかな光を反射するレザーワイヤー、おれのジャケットのグリーン、それと似たようなおれの顔色、それらをのぞくすべてが白一色に染まっていた。すべてが雪に覆われていた。

おれは二人目の男も人並みの深さに埋めてやるつもりだった。だが、できなかった。三フィートほど掘り進んだところで、複数の岩にいきあたり、どれ一つとしてスコップで取り除くことはできなかった。いったん引き返して看守からバールを借りてくる気にもなれなかった。たとえ引き返しても、おそらく貸してはもらえないだろう。もう一度スコップで試みたが、このままでは柄が折れてしまうかもしれず、あきらめた。遺体袋をつかんで雪の上を引きずり、穴の中に落とした。土を戻して十字架を立てた。それから墓地のゲートに錠をかけ、スコップを肩に担ぎ、来た道を引き返した。途中で一度振り返ったが、降りしきる雪のせいで個々の墓の区別はつかず、自分の足跡さえ見分けられなかった。

当直の看守フィルはおれを中に入れて尋ねた。「ハーパーはどこだ?」

「さあ」とおれは答えた。

「作業中にどこかへ行ってしまったのか?」

「おれが顔を上げたときにはいなくなっていた」鹿のことも話したが、フィルがちゃんと聞いていたとは思えない。あとから聞いた話によれば、ラス・ハーパーは懲戒委員会に呼び出され、屋外作業を放棄した罰として、これまで服役した日数から六カ月差し引かれた。それ以上のことは何も聞こえてこず、父親が癌で亡くなったかどうかもわからなかった。ただ、作業を放棄したあとでは、たとえ足かせをはめたままでも、葬儀への列席が許されないのは確かだった。

監房の窓から外を眺めるうちに春が訪れ、地面の雪はぬかるみに変わり、やがて雨の季節がやってきた。ほかの囚人たちにはできるだけ近づかないようにした。夜になるとときおり、足を引きずって歩きまわる音が聞こえた。闇の中で生じ、やがてぴたりと止むその音を、刑務所に入って以来ずっと耳にしていた。二日半と見なされるここでの一日は足早に過ぎていき、ここから出られる日が近づいていた。

ある木曜日の午後、看守長はおれを管理棟へ呼び出し、所長ロジャーズのもとへ連れていった。おまえの刑期満了に伴う釈放許可書が届いた、と所長は言った。釈放日は次の日曜日だが、週末は誰も釈放しないことになっているから、おまえの釈放も前にずらして明朝八時に行なう。ホワイトリヴァー・ジャンクションから派遣された警官が、駅までおまえを車で送り届けることになっている。明朝出られるよう用意しておくように。

それだけだった。おれは恐怖に駆られて午後の残りは監房に閉じこもって過ごした。妹に電話もしなかった。誰にも知られたくなかった。ここまできて誰かに刺し殺されるのはまっぴらだった。その日の夜遅く、監房の中を三歩で行ったり来たりしていると、コンクリートブロックの下のほうの、セメント床から少し上のところに、〝ＦＴＷ〟と文字が刻まれているのに気づいた。ずいぶん古そうだった。おそらく、終身刑を食らった囚人が何年も前に刻んだものだろう。この世のあらゆる人間と営みを呪いたくなった。

その後一睡もできないまま朝を迎え、七時に看守がやってきた。目の前で所持品があらためられ、刑務所に入れられたときから使っているスポーツバッグに詰められた。看守はおれをフェンス際まで連れていき、正面ゲートに設置された警衛所の前で待つよう指示した。やがて、覆面車のフォードアのジープがやってきて目の前で停まった。ゲートの電子錠が音をたてて解除され、おれは前に進み出て助手席に乗り込んだ。

「後ろに乗れ」と警官は言った。「そういう規則になっている」

おれがスポーツバッグを持って後部座席に移ると、車はホワイトリヴァー・ジャンクションへと走りだした。

「おまえもたぶん、まともな生活には戻れないだろう」と彼は言った。「刑務所に入ったやつは、たいていそうだからな。とにかく、このあたりには戻ってくるな。戻ってきたら、もう一度最長刑でぶち込んでやるからな。銃を盗むようなまねはよしておけ。自分のものでないものに手を出すな。おれがおまえだったらどこか遠くへ行く。フロリダなら、毎年やってくるハリケーンのおかげで建設現場での仕事にありつけるし、日差しもたっぷりある。今でも人並みに働けるんだろう？　働けなくなるような目には、ムショでそういう目には、あわなかったんだろう？　はっきり言わせてもらうが、このあたりでは誰もおまえを雇おうなんて思わないだろう。まあ、よく考えるんだな。遠くへ行くのも悪くないとおれは思うが。それから、駅で問題を起こすなよ。アムトラックの連中には、おまえが何者で何をやってムショに入れられたか、きちんと話しておくからな。

列車に乗り込んだら、エセックスに着くまでおとなしく座っていろ。誰にも迷惑をかけるな」

ホワイトリヴァー・ジャンクションにたどり着いた頃には、空はすっかり暗くなっていた。雨が降りだしたのは、駅へ続くコンクリートの階段を上っているときだった。

矯正局から発給された切符を握りしめ、待合室の片隅に立った。まわりの人間すべてがおれのことを知っているように思えたのは、生まれて初めてだった。誰もが、おれが刑務所から出たばかりで、そこで染みついた匂いは一生消えないことを知っているように思えた。あの雌鹿がもがいて傷を深めたことを思い出した。おれはじっと動かずその場に立ち、壁の一部になりきった。身じろぎ一つせず、瞬きも呼吸すらも止めた。聞こえてくるのは、心臓から送り出されて全身を駆け巡る自分の血の音だけだった。汗が額から流れ落ちた。列車が入ってくると、無理やり足を動かしてコンクリートのプラットホームを横切り、まわりに誰も座っていない席を見つけた。雨で全身ずぶ濡れになり、滴がしたたっていた。座ってからも、まるで貴重品が入っているかのように、スポーツバッグを離さなかった。ジッパーを少し開けてみると、衣類と書類も自分と同じように濡れていた。普通より浅く埋めたあの男のことを思った。一瞬、おれは彼になり、キャンバス地の遺体袋に染み込んだ雨が顔を濡らすのを感じた。ふと顔を上げると、雨はいっそう激しさを増していた。

制服姿の車掌が近づくと、求められる前に握りしめていた切符を差し出した。「どこまで行かれます?」と彼は尋ねた。エセックス・ジャンクションと答えようとしたが、最初の音節で喉に何かが引っかかり、甲高いかすれ声しか出なかった。車掌はおれに笑いかけた。「エセックス・ジャンクション、そう言おうとしたんでしょう? 声を出す練習をしておいたほうがいいかもしれませんね、ミスター」彼はそう言うと、次の乗客に話しかけて切符を受け取った。

おれは口元を手で覆い、何か考えているようなふりをして、まわりの乗客に気づかれないよう静かに練習した。

〝やあ、エリザベス、久しぶりだね〟妹に最初にかける声がしわがれるのは、どうしても嫌だった。だから、咳払いをして手の下でそっと繰り返した。〝やあ、エリザベス、本当に久しぶりだね〟

エル・レイ
El Rey

メイン州の伐採業が廃れるまで、ビルは木材運搬用の大型トラックを運転していた。稼ぎはたいていおれより良かった。おれは鋸《のこ》を挽いていた。酒を浴びるほど飲んだ。稼いだ金の大部分は酒代に消えた。仕事柄、腕力には自信があった。ホールトン郊外のバーで、相手をすばやい右パンチでノックアウトし、二百ドルせしめたこともある。そのときは、ボクサーとしてやっていけるんじゃないかと思った。

二人でメイン州を転々として、最後はヴァーモント州セント・ジョンズベリーのビルの母親の家に転がり込んだ。その前に先住民の居留地に立ち寄り、彼女への手土産に非課税の煙草を買った。おれたちが姿を見せたとき、彼女はうれしそうにも悲しそうにも見えなかった。ビルを抱きしめたりはしなかったが、煙草は喜んで受け取った。これは母の日のプレゼントかい？　ビルが煙草を差し出すと、母親はそう尋ねた。「そうだな、そういうことにしておこう」と彼は答えた。「代金を寄こせなんて言わないから、安心して受け取ってくれ」長年の貧乏暮らしで、彼らはそういう形でしか愛情を示せなくなっていた。

翌朝、おれはトンプソン伐採場まで歩いていき、十五分後にはそこで働きはじめていた。鋸を挽くようになったのは去年の五月からで、背中を再び思いどおりに動かせるようになるまで、一カ月かかった。体調がかなりいいときに始めたのが幸いした。そうでなければ、とても続かなかっただろう。背中が痛くて眠れない夜は、堅材の床の上で寝た。一日中チェーンソーを握っているせいで、仕事が終わったあとも両手が震えた。背骨はまるで錆びついたように、伸ばすことも曲げることもできなかった。あの頃は、翌朝ベッドから起き出して仕事場まで歩いていくなんて、とても無理だと思えたものだ。

一方、ビルは大きな会社に雇われて、ケベックからトラックで木材を運ぶようになった。ところが、その仕事を始めていくらも経たないうちに事故にあい、ぐしゃぐしゃに潰れた運転席から何とか助け出されたものの、全身が麻痺して車椅子での生活を強いられることとなった。それからは毎日、自分の部屋の窓から外を眺め、伐採場で働くおれを見守った。おれは彼に気づくたびに、手を振ったり合図を送ったりした。彼の身のまわりや食事の世話は、郡から派遣された看護人がやってくれた。訪れる人間をいちいち出迎えずにすむよう、母親は玄関のドアを開けっ放しにした。ビルの友人のトム・ケネディもときおり訪ねてきた。体は不自由でも話すのに支障はなかったから、世話される間、看護人にさんざん悪態をついただろうと容易に想像できた。他人に頼って生きるしかないことを彼は嫌っていた。いや、それ以上だった。

おれはほとんど毎日、チェーンソーで木を切りつづけた。冬に備えて薪を注文しようと人々が考えるようになると、注文に応じてつくるだけでなく、いくらか余分につくっておくようにした。日に十五件は注文が入った。自然乾燥させた薪と窯で乾燥させた薪を交ぜて一コード、自然乾燥させた薪を半コード、というように。おれの相棒のゲーリーは、地元で生まれ育った小柄な痩せた男で、口髭を生やし、〝アンバー〟という文字をハート形で囲んだ刺青を腕に入れていた。彼は油圧式割材機で丸太を薪のサイズに切り揃え、できあがった薪を錆だらけのトラックに積み込んだ。腕のいい働き者で、おれたちは日に八コード、前夜にどちらも深酒しなければ、十コードの薪を仕上げることができた。いずれにせよ、午前十一時になる前に、暑さがアルコールを体内から追い出してくれた。おれたちはみな小屋の裏に回って用を足し、その上に足でおがくずをかぶせると、さっさと持ち場に戻った。丸太を積んだトラックは、毎日のように公道から正面の作業場へ入ってきた。フランス系カナダ人のドライバーは、自前のクレーンを使って丸太を地面に降ろし、積み上げた丸太の上に降り立つと、ハロルド・トンプソンが詰めている支払い小屋へ歩いていく。ハロルドはそこで電話に応え、伐採場に運び込まれた丸太を現金で買い取る。ある程度まとまった量であれば、どこから運ばれてこようと、元の持ち主が誰であろうと気にしない。この業界では何よりもタイミングがものを言う。丸太の山を森の中に放置すれば、虫がついてあっという間に使いものにならなくなる。あるいは、境界線を越えて何者かが侵入し、すばやく何本かくすねていく。丸太はハロルドの伐採場に運び込まれたときから彼のものとなり、そのときの相場で引き取られた。だからフランス系カナダ人たちも、いつもまとまった量を運び込むようにしていた。ビルはそうした光景を自分の部屋から一日中眺め、おれが帰ってくると、伐採場でのその日のできごとを話題にした。

「テレビをぼうっと見ているよりましだからな」それが彼の口癖だった。トムが立ち寄った日は酒に酔っているので、すぐにそれとわかった。トムはビールや、ときにはウイスキーのボトルを差し入れていった。「あいつのおかげで、そうしたければ朝から晩まで酔っ払っていられるんだ」ビルに言わせればそういうことだった。そんな日はおれも彼に付き合っていつもより長くとどまり、さっきまで自分が働いていた伐採場を眺めた。

暑さのせいか厳しい労働のせいか、あるいは酒のせいかよくわからないが、伐採場で働いていると、どんな人間も気が荒くなった。八月の初め頃、昼飯を食べているとき、誰かがゲーリーの妊娠中のガールフレンドについて何か言った。翌日ゲーリーは、納屋のそばに立っていたその新参者につかつかと近づき、いきなり殴りかかった。割材機で薪をつくる仕事に戻ったときには、片方の目のまわりが黒ずみ、鼻血が出ていた。それから二週間ほど経ったある日、丸太を積んだ一台のトラックが作業場に入ってきた。丸太を降ろし終えたドライバーが支払い小屋へ向かう間、おれはチェーンソーを動かしながら、その男をゴーグル越しに見つめた。男は小屋に入っていきながら、おれに向かって中指を突き立てた。おれはすばやく行動に出た。チェーンソーのスイッチを切り、ケブラー製のオーバーズボンを脱いでヘッドホンと耳栓をはずし、ヘルメットとゴーグルをおがくずの上に放り出して小屋へ向かった。ドアの前までやってきたとき、男がちょうど出てきた。その顔面を拳で殴り、さらにもう一発お見舞いした。男が地面に膝をつくと、小屋の壁に立てかけてあった斧の柄で、そいつの肩と脇腹と背中をめった打ちにした。男の体に柄が当たったときの衝撃が手から骨に伝わるほど、ありったけの力を込めた。男がおがくずの上に倒れると、そいつの右の前ポケットを探り、丸太の代金として受け取ったばかりの金を取り上げた。誰かが男に手を貸して、トラックを停めた場所まで連れていった。男はしばらくその場に座り込んでいたが、やがてトラックに乗って走り去った。その日の夜、痛む右手で金を数えた。全部で五百ドルあった。角の〈ガス・マート〉まで歩いていき、自分への褒美として冷えたビールを二ダース買った。ビル・ドイルの家の屋根裏の蒸し暑い自分の部屋に戻る前に、そのうちの三本を飲み干した。家に入ると、ビルが階上からヒューヒューと囃したて、笑い声を上げた。

「あのカエル野郎を叩きのめしてやったんだな」

見上げると、彼の母親の部屋はドアが閉ざされ、下の隙間から明かりが漏れていた。おれは二階に上がり、彼の部屋に頭を差し入れた。長年トラックを運転しつづけたせいで、ビルの顔は今でも風焼けして強張っているように見えた。「おれもああいうことをやりたいって毎日思っているんだ。このくそいまいましい椅子から飛び出して、誰かを思いきり叩きのめしてやりたいってな」

「叩きのめしたはいいが、右手を痛めた」

「手なんかもう一つあるじゃないか。たいしたことじゃない」とビルは答えた。「トムにも見せてやりたかったな」

「だったら、彼が訪ねてきたときに話してやれよ」ビルはトム・ケネディを高く買っていたから、その彼と同等に扱われるのはひどく気分が良かった。

「そのつもりさ」とビルは答えた。「あいつは勝ちっぷりのいい喧嘩が好きなんだ」

翌日、仕事から戻ると、いつものように階段の下から「ただいま」と声をかけた。返事はなかった。階段を上がってビルの部屋のドアを開けたとたん、激しい吐き気に襲われた。ビルはもはやそこにはいなかった。ショットガンで吹き飛ばされた頭の大部分が壁に飛び散り、青みを帯びた煙がうっすらと天井を漂っていた。頭部のない体が車椅子にもたれ、ショットガンは床に落ちていた。何本ものビール瓶と安ウイスキーのボトルが一本、床に転がっていた。どれも空《から》だった。これほど小さな部屋でこれほどすさまじい爆発が起きれば、何か物音が——残響か何かが——聞こえるはずだと思うだろう。ところが何も聞こえなかった。あたりはひっそりと静まり返っていた。ビルの母親は葬儀をすませると、フロリダにいる妹と暮らすために家を出ていった。おれも間貸しをしている別の家へ移った。

八月の最後の週、ぴかぴかに磨き上げられた黒い四輪駆動トラックが二台、高速道路から入ってきて正面の作業場に停まった。窓には遮光ガラスがはめ込まれ、ニューヨーク州のナンバープレートをつけていた。最初は、このあたりに家を買ってニューヨークシティから引っ越してきた連中が、冬に備えて薪を注文しに来たか、あるいは地所の木を切り払ってくれと頼みに来たのだろうと思った。ところが、そうではなかった。

一台目のトラックから最初に降りたのは、全身めかし込んだヒスパニックらしき男だった。黒のサングラスに、ゴールドのチェーン。ボタンを二つはずして胸元をはだけたシャツ。しわが寄った黒いドレスパンツに、先の尖った黒い靴。言葉に強い訛りがあった。ハロルドが、腹まわりがはちきれそうなデニムのつなぎ姿で小屋から出てきて、男と握手した。おれたちは全員仕事の手を止め、二人のまわりに集まって耳を澄ました。

「やあ」と男はおれたちに言った。「メルヴィン・マルティネスだ。ボクシングの相手をしてくれる腕自慢の男を探している」訛りが強すぎて何と言っているのか、おれにはほとんどわからなかった。トラックからさらに数人のヒスパニックが降りた。いずれも若く、筋肉質のがっしりした体格で、髪は黒く、揃いの青いウォームアップスーツを着ていた。

ハロルドはトラックの横に並んだ男たちを見た。「ここへ来る前はどこにいた？　ケベックか？」

「ああ」とメルヴィンは答えた。「ケベックの伐採場を皮切りにあちこち立ち寄りながら、ニューヨークシティへ戻ることにしている」ボクシング用の赤いトランクスをはいた若者を指さした。「あいつがエル・レイだ。そろそろプロデビューさせようと考えている」

「試合で勝ったことは？」とハロルドは尋ね、尻ポケットから取り出した赤いハンカチで汗を拭った。

「エル・レイはこれまで一度も負けたことがない」とメルヴィンは答えた。首につけたゴールドのチェーンが陽光を受けてきらめいた。左手首にゴールドの太いブレスレットとゴールドの時計をはめ、指にもいくつか指輪をはめていた。

ハロルドはそれが意味することをしばらく考えて尋ねた。

「ウェイトは？　どの級《クラス》の相手を探している？」

「エル・レイは戦う相手を選ばない。グローブをはめ、リングの上で規定のラウンドで戦えるのなら、相手が誰であろうと気にしない。ヘッドギアはつけない。キックは禁止。本物のボクシングだ」

ハロルドは顎鬚を撫でながら頷いた。「なるほど。ところで、普通はメインイベントの前に一つか二つ別の試合をやるだろう？　試合をやりたがっているやつはほかにもいるのか？」

「ああ」とメルヴィンは答え、トラックの横に立っている男たちを見た。「ヘクターがやりたがっている。普段はエル・レイのスパーリング・パートナーを務めているんだ」男たちの一人が片手を上げ、ウォームアップスーツの上着を脱ぎはじめた。

「いいんじゃないのか」とハロルドは答えた。「よし、それでいこう。その前にこっちもいろいろ準備があるから、少し時間をくれ」彼はおれたちのほうを向いてゲーリーに言った。「ハンマーと巻尺と、小屋の脇に置いてある鉄柱を何本か持ってきて、ここにリングをつくってくれ」それからメルヴィンに向き直った。「どれくらいの大きさでつくればいい？」

「二十フィート四方が望ましい」とメルヴィンは答えた。

「グローブはある。十六オンスと少し重めだが、手を保護するにはそのほうがいい。そっちも必要か？」

「ああ」とハロルドは答えた。「ここにはボクシング用のグローブなんて置いてないからな」

ゲーリーが鉄柱を支え、おれがそのてっぺんをハンマーで叩いた。鉄柱の先が地面に食い込むたびに、まわりのおがくずが舞い上がった。巻尺で二十フィート測り、次の鉄柱を立てる位置を決め、下げ振り糸を使って鉄柱が垂直に立っているか確かめた。下げ振り糸がぴんと張ると、糸についていた青いチョークの粉が散り、熱気をはらんだ空気中を漂った。同じようにして四本の鉄柱を立て終えると、そのまわりに白いロープを張った。

ハロルドとメルヴィンは一台目のトラックのボンネットに座り、しばらく二人だけで話していた。その間、おれたちは全員、支払い小屋の近くに立ってリングを見ていた。やがて話がまとまったのか、ハロルドはこちらへ向かって歩きながら髪を手で梳き、おれたちに話しかけた。

「こっちが勝つのに二百五十ドル賭けた。さて、どうなることやら。ほかにも賭けたいやつがいたら、あいつのところへ行ってそうするがいい」そう言ってメルヴィンを指さした。「オッズはなし、判定であれノックアウトであれ、どっちが勝つかに賭ける、それだけだ」さっそく二人がメルヴィンのところへ行って金を渡したが、おれはもう少し様子を見ることにした。

ハロルドはヘクターの対戦相手にジョージ・ハックを選んだ。ジョージは大酒飲みの大男で、バーで飲むと相手かまわず喧嘩を吹っかけた。森林で伐採するときはたいてい木材牽引車を運転し、作業場ではいつも大型の鋸を挽いた。セント・ジョンズベリー高校の元フットボール選手で、今でもその頃のことを自慢げに話した。そうした栄光の時代からは何年も経っているものの、町の大通りにある〈スエドンズ・バー〉の用心棒、ジミー・コンラッドを叩きのめして気絶させたのを、おれもこの目で見ていた。おれたちがリングとそのまわりのおがくずを熊手でならす間に、ジョージは小屋の中へ入っていき、出てきたときには、シャツを脱いでジーンズとワークブーツだけになり、十六オンスのグローブを両手にはめていた。腹まわりの贅肉がジーンズのベルトの上にのしかかっていた。一方、ヘクターはジョージより小柄だが、余分な脂肪はまったくついていなかった。ボクシング用のトランクスと膝下までの編み上げ靴を履き、自分のグローブをはめていた。最初の試合のレフリーはメルヴィンが務めることになった。彼は白いタオルを首にかけていた。

ゴングが鳴ると、両者はそれぞれのコーナーから、おがくず敷きのリングの中央へ飛び出した。ジョージが先に大きなスイングを放ったが、空を切っただけで、足元をよろめかせた。すでに汗をかいていた。一方、ヘクターは相手のまわりをすばやく動きながら、二度続けて左のジャブを繰り出し、ジョージの顔面とボディに命中させた。さらに右の拳を体に引き寄せてチャンスをうかがい、徐々に相手にプレッシャーをかけていった。ジョージの両腕がヘクターの両腕の動きを追うようになると、左耳に狙いを定め、引き寄せていた右の拳をさっと繰り出した。バシッ！　強烈なパンチがジョージの耳に命中した。ジョージは両膝をついて倒れ、おがくず敷きのリングに頭が当たって大きく跳ねた。意識を失ったにもかかわらず、両目から涙が流れていた。男が二人、リングに飛び込み、ジョージを引きずってピックアップトラックの荷台に運び上げた。仰向けにされたジョージの胸と顔と股間に、おがくずが張りついていた。股間が濡れていることから、頭に一撃食らったとき失禁したのがわかった。

ハロルドがいきなりおれの腕をつかみ、支払い小屋の裏へ連れていった。「トム・ケネディを連れてこい」彼は声をひそめて言い、百ドル札を取り出した。「引き受けてくれたらもっと払うとやつに伝えろ」

「エル・レイの相手はおれにやらせてくれ」とおれは言った。

ハロルドは首を横に振った。「この賭けにはどうしても勝ちたいんだ。この前みたいに、斧の柄を持ってリングに上がるわけにはいかないんだぞ」口の端だけ動かして言った。「それに」――彼はまっすぐおれを見た――「おまえにはトムのように命がけで戦う度胸はないからな」

おれは金を受け取ると、伐採場の裏の境界線をなす小川沿いに歩いて、ランモア通りのはずれに出た。トムの家はその一つ先のハーチェル通りにあった。そこからは、土が凍ってひび割れた歩道を南へ進んだ。

トム・ケネディはトンプソン伐採場の従業員で、高さ百フィート以上の木に登り、枝を払う仕事をしていた。少なくとも、そう言われていた。だが、おれが彼を伐採場で見かけたことは一度しかなかった。本当のところは――ビルから聞いた話によれば――伐採場に近づかないことを条件に、ハロルドから毎週金を受け取っていた。気性が荒く酒癖が悪いことは、セント・ジョンズベリーに来た当初から耳にしていた。その腕っ節の強さから、地元の伝説的存在にもなっていることも。彼にまつわるエピソードはビルからいくつも聞いていたが、伐採場で一度だけ見かけたときも、今まで聞いたこともないような激しい口調で、ハロルドを怒鳴りつけていた。トムがたちの悪い酔っ払いなのは、その口調と言葉遣いからよくわかった。ハロルドに「ケツでも食らえ」と言い放ち、ふんぞり返って返事を待った。ハロルドは何も言い返さなかった。そんな彼がハロルドの頼みをすんなり引き受けるとは思えなかった。

歩道の先に目をやると、トムが自宅の玄関ポーチに座ってビールを飲んでいた。ビルから聞いた話によれば、トムの父親はアイルランド系の警官で、ボストン警察を辞めてセント・ジョンズベリーに法による秩序をもたらそうとした、最初の人物だった。トムもしばらくは父親のような警官になろうと努めたが、どこかで何かが噛み合わず、ほんのわずかな間警察に勤めただけで、辞めてしまった。制服を着ることもパトカーに乗ることも、二度となかった。警官としての人生に幕を降ろし、別の人生を送りはじめた。

あたりを駆けまわっている子供たちの何人かは彼の子供で、別の何人かは彼のガールフレンドの子供だった。赤の他人の子供も何人か交じっていた。これから十年後、今ここにいる子供たちのなかで、ケネディという名の人間と関わりを持ちたがる者は一人もいないだろう。おれはそのまま歩道を進み、ポーチの前で足を止めた。

「やあ、トム」

「よお」と彼は答えた。「ハロルドのやつ、今度は何をやらせようってんだ？」ビールを一気に飲み干すと、空き缶を脇に放った。陽光のせいで、赤みがかった髪がブロンズ色に見えた。

おれはポケットから百ドル札を取り出し、彼に渡した。

「ニューヨークシティからやってきた男たちが、伐採場でボクシングの試合をやりたがっている」そう言って金を指さした。「引き受けてくれたらもっと払うとハロルドは言っている」

「そいつらの人種は？」と彼は尋ねた。「ニガーか？」

「いや」とおれは答えた。「ヒスパニックだ。ニューヨークシティからやってきた」

トムは笑い声らしき音をたてた。「そいつらはこのあたりの生まれじゃない、つまり地元の人間じゃない。ヴァーモント州にスペイン語野郎はいないからな」そう言っておれを見た。「そいつらはどれくらいタフなのかな？」片手で自分の頬に触れた。「黒人のなかには、顔面がめちゃくちゃ固いやつがいる。殴ったほうの手の骨が折れることもある。それに、まわりからしょっちゅう見下されているから、いったん火がつくと手に負えないほど凶暴になれる。ヒスパニックはそういうのとは違う」

「そいつらの一人が、ほんの少し前にジョージ・ハックを病院へ送り込んだ。あのジョージをさんざん痛めつけた」

「ジョージ・ハック？　あいつはおれの妹とだってろくに戦えやしない」

「とにかく強烈なパンチでジョージをノックアウトした」

おれはジョージの両目から流れた涙のことを思った。彼が漏らした小便のことも。

「ジョージ・ハックをタフな男だと思っていたのか？」彼はワークブーツの紐を結びはじめた。

「ああ、たぶん」

「ジョージ・ハックはただのデブだ」と彼は言った。「おれだったら、あいつが運び込まれた病院へ行き、そんなみっともない負け方をした罰として、思いきり殴りつけてやるところだがな」彼が右耳に手のひらを押しつけると、軟骨がたてる音がおれの耳まで届いた。「あいつがボクシングをやるなんて、最初から無理な話だったのさ」

「かなりひどくやられたのは確かだ」

「おれの相手になる男はどれくらいのでかさだ?」

「かなりでかい。体重はたぶん二百二十ポンド、あるいはもっとあるかも」

「世間ではそういうのを何と言っているか、知ってるか?」

「いや、何だって?」

「犬同士の喧嘩で勝負を決めるのは、体のでかさじゃない、闘志のでかさだ」

「へえ」おれは曖昧に答えた。トムは立ち上がって両腕を伸ばし、また腰をおろした。「ところで、ビルが生きていた頃、ちょくちょく訪ねてくれただろう? あれには感謝しているんだ」おれは酒を差し入れてくれたことの礼も言った。

「おれたちの付き合いはずいぶん長かったからな」とトムは答えた。「昔はいい友達だった。あいつはまだ生きていた頃のおれの親父を知っていた。おれはあいつの母親が雪に閉じ込められて難儀してないか、ときどき様子を見に行ったものさ」自分が言ったことを払いのけるような仕草をした。「まあ、このあたりじゃ当たり前のことだけどな」それから伐採場のほうを指さした。「おれにそいつを倒せると思うか?」

おれは少し考えて答えた。「いや。あんたには倒せないと思う。やつがジョージ・ハックと戦った男より強ければ、絶対無理だ」

「凶暴そうなやつか?」

「わからない」

「いや、おまえならわかるはずだ。しばらく前に、どこかのカエル野郎を斧の柄でさんざんぶちのめしたんだろう? ビルから聞いたぞ」

「ああ」

「おまえは拳の使い方を覚えるべきだ」と彼は言った。

「ボクシングのやり方を」

「ボクシングのやり方くらい知ってるさ」とおれは答えた。

トムは鼻を鳴らした。「おれがそのときの相手だったら、おまえの手から斧の柄をもぎとってケツに思いきり突き刺し、口から木屑を吐き出させていただろうよ。ボクシングについてちゃんと知りたいか？　だったら、おれの試合を見ることだ。本物のボクシングとはどういうものか、きっちり見せてやる」彼は立ち上がってぐっと背伸びをし、通りを走りまわっている子供たちの一人を見つめた。「プラスティックのヘルメットとおもちゃの銃でいくら遊んでも、本物の兵士にはなれない」

「もう一人の男がジョージ・ハックに何をしたか、あんたも見ていたら、おれが言っていることもわかるんだろうが」おれはさっきの言葉を繰り返した。

「あいつは小便を漏らしただろう？」

「ああ。どうしてわかった？」

「経験と勘からさ」彼はおれに右手を見せた。人差し指と中指の付け根の関節に、盛り上がった傷跡が見えた。「ある男を強く殴ったとき、そいつの前歯がここに突き刺さった」そう言って左手で傷跡を示した。「歯の先が骨まで届いていた。パンチにひねりを加えると、そういうことが起きるんだ。おれが今話しているのは喧嘩についてじゃない。ボクシングについて話しているんだ。おれの親父が昔教えてくれたように」おれたちは黙って歩道を歩いた。道を曲がるとき、おれはもう一度彼の右手を盗み見た。


伐採場に戻ったときには、五十人ほどの男たちが小さなリングを取り囲み、四輪駆動トラックを背にコーナーのスツールに座っているエル・レイを見つめていた。エル・レイとヘクターは、メルヴィンとスペイン語で何やら話していた。

作業場に入ったとたん、ハロルドが寄ってきて握手しようとトムに手を差し出した。トムはその手を邪険に払いのけた。

「さっきのとは別にもう二百ドルだ」とトムは言った。

「わかった」ハロルドはつなぎのポケットからしわくちゃの百ドル札を二枚取り出し、トムに渡した。

トムはショートパンツ一枚になり、ブーツをスニーカーに履き替えた。背中の右側の肩甲骨の下に、半分ほど仕上がった刺青が彫られていた。絵柄は、屍衣をまとい大鎌を構えた骸骨と、〝死に神《グリムリーパー》〟というぎざぎざの文字を組み合わせたもので、腐植土のような色をしていた。トムはリングに入って自分のコーナーのスツールに座ると、反対側のコーナーのエル・レイを見つめた。

メルヴィンとハロルドがリングに入り、目を合わせた。メルヴィンが手を叩くと、あたりはしんと静まった。

「レディーズ・アンド・ジェントルメン、これより一ラウンド二分、十二ラウンドで、本日のメインイベントを行ないます」メルヴィンはそう言ってエル・レイを指さした。「赤コーナー、赤いトランクスのヒスパニック・パニック、二百二十一パウンド、不敗のキング・オブ・ノックアウト、ニューヨークシティ、ブロンクス出身、エル・レイ！」ヒスパニックの男たちが一斉に指笛を鳴らし、拍手した。エル・レイは立ち上がってしばらくシャドーをやり、短いパンチをすばやく繰り出して締めくくると、その場で跳ねるように足を動かしながら、試合の開始を待った。メルヴィンがリングの外に出ると、ハロルドが咳払いをしてトム・ケネディを指さした。

「青コーナー、百八十五パウンド、プライド・オブ・セント・ジョンズベリー、トム・ケネディ！」

トムはスツールから立ち上がると、跳ねるように足を動かしながら小刻みに体を揺らし、軽めのパンチを何発か繰り出した。おれたちは全員、トムに声援を――本物の心からの声援を――送った。ウォーミングアップが終わると、その場で軽く足を動かしながら、準備ができていることを示した。

グローブを触れ合わせるよう、ハロルドが二人に合図し、二人がそうすると同時に、メルヴィンがゴングを鳴らした。エル・レイがさっと前に出てトムに近づき、スイングを放ったが、空振りした。トムはすばやいジャブを二度、相手の肋骨に当てて後ろへ退き、両腕を体に引き寄せて奇妙な角度で構えた。足はその間も動かしつづけていた。二人は同時に前に出たが、先にエル・レイが、右腕を体に引き寄せながら左腕で一度二度とジャブを繰り出し、さらに右腕で大きなスイングを放った。だが、そのときすでにトムは後ろに退いていて、さらに横に動いたあと、再び相手の懐に飛び込んで、バン！　バン！　とすばやい右パンチを二発、頭に食らわせた。そこでゴングが鳴った。

トムはコーナーに戻ってスツールに座ると、おれが差し出した水を口に含み、おがくずの上に吐き出した。エル・レイのコーナーでは、メルヴィンとヘクターがスペイン語で何やら喚いていた。

トムは白いマウスピースを右手のグローブに吐き出し、おれに声をかけた。「おれの動きをよく見ておけ。そこから拳の使い方を学ぶがいい」それだけ言うとマウスピースを口にはめ込み、エル・レイのコーナーを見つめた。ゴングが再び鳴ると立ち上がり、おれはスツールをリングの外に出した。

二人はリングの中央で向き合った。エル・レイは頭を左右に揺らして相手を欺く動きを見せたあと、スイングを放った。トムは上体を屈めてそれをやり過ごし、右、左とパンチを繰り出した。どちらもボディに当たり、さらに繰り出した二発のうち、一発が鳩尾《みぞおち》に命中した。そのときエル・レイの顔に浮かんだ表情は、おれもよく知っているものだった。彼が右腕を下げて防御の姿勢をとると、トムはすかさず右側頭部を何度も殴った。血飛沫が飛ぶのを見て、トムは攻撃の手を緩めて後ろに下がるだろうとおれは思った。ところが、彼はさらに前に出て接近すると、エル・レイの鼻に左パンチを食らわせた。エル・レイの体がぐらりと傾いたところで、ゴングが鳴った。

トムはスツールに座り、荒い息遣いを繰り返した。全身汗まみれになっていた。おれたちがその汗をタオルで拭う間、反対側のコーナーでは、スペイン語の甲高い声が飛び交っていた。トムはマウスピースをはずしたが、今度は何も言わなかった。その顔には狂気じみた表情が浮かんでいた。エル・レイのコーナーを見つめながら、マウスピースを口にはめ込み、ゴングが鳴ると同時に、ロケットのようにスツールから飛び出した。彼から軽い右パンチを二度仕掛けられ、エル・レイは一歩退いた。トムは前に出てさらに接近し、立て続けにスイングを二発放った。それは、紙でできた的《まと》に弾丸で穴を開けるようなものだった――パンチが体を突き抜けるまで、エル・レイはわずかな衝撃しか感じなかっただろう。

　次に何が起きたのか、はっきりしたことはおれにはわからなかった。トムの動きがあまりにも速かったからであり、彼の背中に遮られて、パンチが当たる瞬間をこの目で見られなかったからだ。おれに見えたのは、パンチを繰り出すたびに動くトムの肩甲骨と、何とか意識を保とうとしながら、トムの肩越しにこちらを見つめるエル・レイの顔だけだった。今やトムはエル・レイの頭に攻撃の的を絞っていた。右のパンチで一度、二度、三度と殴りつけ、エル・レイがリングに両膝をついても殴りつづけた。エル・レイの耳から血が流れ出て、おがくずの上に滴り落ちた。やがてエル・レイは頭から倒れた。頭が地面にぶつかったとき、まわりのおがくずが跳ね上がるのが見えた。エル・レイが目を閉じると、あたりはしんと静まった。次の瞬間、ヒスパニックの男たちがリングに飛び込み、エル・レイの鼻の下に気付け薬を押しあてた。だが、彼はぴくりとも動かなかった。トムは自分のコーナーに戻ってスツールに座った。その胸には血が飛び散っていた。男たちはエル・レイを抱え上げてトラックの荷台に乗せ、おそらく病院へ向かった。

　男たちがメルヴィンから金を受け取り、トムのところに立ち寄って祝福の言葉をかける間、あたりは奇妙な静けさに包まれていた。トムはそのときもまだ汗をかきながら、息を整えていた。顔のパンチを受けた箇所に――いつ受けたのか、おれは見た覚えがなかったが――痣《あざ》ができはじめていた。胸の打たれた箇所は、赤みを帯びて熱を放っているように見えた。彼は歯を使ってゆっくりとグローブをはずした。

「何か手伝ってほしいことは？」とおれは尋ねた。

「いや。今はただ、一息入れたいだけだ」やがて彼はシャツを着て、ハロルドと言葉を交わし、おれと来た小川沿いの道を逆にたどって自分の家へ帰っていった。

　おれは今では別の仕事についている。州都モントピーリア近郊の会社で、出荷と梱包を担当している。トンプソン伐採場の前を通り過ぎるとき、そこで働く男たちを目にするたびに、それが自分でないことを心からありがたく思う。昨夜は夜更かしすることにして——女房は、すぐ近くに住んでいる病弱な母親の様子を見に行っていた——ビール片手にテレビのチャンネルをＥＳＰＮ（米国のスポーツ番組専門ケーブルテレビ局）に合わせた。深夜に放送されるボクシングの試合に、エル・レイが出るのを知っていたからだ。彼は一段と体が大きくなっていた。試合が始まる前に角の店へ行き、ビールとスナックをもう少し仕入れることにした。十一月半ばとあって、外は雪が吹き荒れていた。

店にはトム・ケネディがいた。酒臭い匂いを漂わせ、店の奥にあるビールが入った冷蔵ケースを見つめていた。

「やあ、トム・ケネディ」とおれは声をかけた。「〝プライド・オブ・セント・ジョンズベリー〟」

トムは振り向いておれを見た。酔いがかなり回った人間は、ときおり独特の表情を見せる。自分のまわりにかかった霧を通して、現実の世界を眺めているような。こちらに向けたまなざしからすると、トムがその段階に達しているのは明らかだった。彼にはおれが誰だかわからなかった。

「よお、ミスター」と彼は答えた。この寒さにもかかわらず、擦り切れたジーンズによれよれのフランネルシャツしか着ていなかった。

「今夜ＥＳＰＮでエル・レイの試合が放送されるんだ。うちで一緒に見ないか？」

「何だって？」と彼は聞き返した。

「覚えているだろう。エル・レイだよ」とおれは答えた。

「トンプソン伐採場であんたが打ち負かしたやつだ」彼は聴力も衰えているようだった。

「今は誰とも喧嘩なんかしていない」と彼は言った。

「そうじゃない。三年前の話だ」

彼はおれをじっと見た。「三年前だと？　三年前と今と何の関係があるんだ？」

その問いは、答えを得られないまま宙を漂った。今のおれには三年前のことを、テレビのことを考える贅沢が許されていた。あるいは、女房の帰宅を待つ贅沢が。「いや、何でもない」とおれは答えた。「あんたも興味があるかもしれないと思っただけさ」

「今、興味があるのは、ビールを何本か手に入れることさ。なのに、あのガキはおれに売ろうとしない」トムはカウンターの後ろにいるアルバイトの高校生を指さした。「すでに酔っ払っているからだと。そうだな？」彼は殺気を帯びた目で若者を睨みつけた。

「今すぐ店から出て行かないと、警察に通報するぞ」と店員は言った。「前にもそうしたことがあるんだ」今度はおれに向かって言った。「そうするしかなかったからさ」電話は彼の後ろの壁に掛かっていた。そのとき、トム・ケネディが冷蔵ケースにさっと近づき、瓶ビールの六本パックをつかむと、吹雪のなかへ飛び出していった。おれはカウンターの上に十ドル札を放ってあとを追った。トムはすでに歩道の先のほうを歩いていた。

「おい、トム」とおれは声をかけた。「ちょっと待ってくれ」

彼はさっと振り向いた。降りしきる雪を背に、くっきりと浮かび上がった顔の表情から、おれを思い出したのだとわかった。

「おれがあいつを撃った」と彼は言った。「そうしてくれとあいつから頼まれたからだ。あんたがいい友達だったのなら、あんたがやるべきことだった」

「何だって？」とおれは聞き返した。

「あいつの頭を吹き飛ばしてやったのさ。生きていたくないのに生きていたって、何の意味がある？」

「ビルのことを言ってるのか？」

「そうさ」と彼は答えた。「だけど、あれはあんたがやるべきことだった。あんたが引き金を引くべきだった」

トムは手にしていたビール瓶でおれの側頭部を殴った。おれは雪が降り積もった地面に倒れ、途切れがちな意識のなかでパトカーのサイレンを聞いた。セント・ジョンズベリーではめったに聞くことのないその音は、深夜のひっそりした通りと家々の間を駆け抜け、かすかなこだまを響かせながら、ノースイースト・キングダムの鬱蒼とした森とその向こうへ吸い込まれていった。

変人とアンフェタミン
Crank

その日の朝、おれたちは、ニューハンプシャー州ジェファーソンの北を走る三号線沿いの陰気なレストランに集まった。おれたちとはレッド・グリーン、コンヴァース、おれの三人で、場所はコンヴァースが選んだ。その頃のおれは、ケベックからリトルトンの伐採場までトラックで木材を運搬していて、何度もその前を通り過ぎていた。

レッド・グリーンはアンフェタミンでハイになっていた。あれほどハイになった人間を見たのは初めてだった。内側から輝いていた。おれ自身はめったにやらなかったが、アンフェタミンでハイになるために、ニューハンプシャー州とメイン州のバイカーたちが相当金をつぎ込んでいるのは知っていた。コンヴァースも、その金の動きに気づいていたにちがいない。

レッド・グリーンはブース席のおれの隣に滑り込み、コンヴァースと向かい合った。サンディエゴから三日間ぶっ通しで車を走らせてきたのに、食い物は注文しなかった。頬のこけたその顔は、煙草と麻薬を大量に摂取しながら食事はろくにとらない人間の、典型的なそれだった。赤い髪をポニーテールにして、グレーのTシャツとジーンズを着ていた。彼は店内の、赤い人工皮革に金の縁飾りが施されたブース席に視線を巡らせた。

「この店に未来はなさそうだ」と彼は言った。「どうやったらこれほど多くの人間が、無気力に生きていられるんだ?」彼自身は不健康な活力にあふれていた。

コンヴァースは何も言わず頷いた。

レッド・グリーンはかまわず話しつづけた。「製造所として使える納屋付きの家が必要だ」

「もちろん」とコンヴァースは答えた。おれのやることに抜かりはないと言いたげだった。

「あと必要なのは、食い物、銃、化学薬品、犬、消耗品、それからストーブ、そこら辺の安物じゃなくて、ちゃんとしたストーブだ。だからって『レッド・グリーンのせいですっからかんになった』なんて言うのはよしてくれ、おれにはちゃんとしたストーブが必要で、最初にちゃんとしたストーブを用意してくれたら、あとでごちゃごちゃ揉めずにすむんだ」店内にいるほかの者全員がスウェットシャツかフランネルシャツを着て、なかにはコートを着ている者さえいるにもかかわらず、レッド・グリーンはTシャツに染みができるほど汗をかいていた。

「すべて用意できている」とコンヴァースは答え、厚手の白いカップからコーヒーを飲んだ。

「へえ、そうかい、おれには見えない、何にも見えないけどな」とレッド・グリーンは言った。「見えるのは、ベーコンを食っている何人かの唐変木《とうへんぼく》だけだ」レストランにいるほかの客を手で示した。「場所はどこだ、ケツを上げてさっさととりかかろう」

「ハイになっているんだな」コンヴァースは淡々と事実を述べた。

「それがどうした」とレッド・グリーンは答えた。「怖気づいて手を引くってのなら、勝手にしろ――そうでないなら、文句を言わずにさっさと仕事にとりかからせてくれ。自由に生きられないのなら、死んだほうがましだ、おれにはよくわかっている。さあ、ゲームを始めよう」

「運転はレイに任せて、おれのあとからついてこい」コンヴァースはそう言っておれに頷き、「あんたの車はここに置いていけ」とレッド・グリーンに言った。

「ああ、ついに」とレッド・グリーンは言った。「ついに、ついに、自分で運転しなくてもよくなり、ついに、ついに、ついに仕事にとりかかれる」おれたちは立ち上がり、レストランの出口へ向かった。外は身を切るような寒さだった。吐く息が白く見えた。コンヴァースは駐車場を横切って自分のトラックへ向かった。途中、レストランへ向かう三人の伐採人――一人はおれと顔見知りだった――と行き合ったが、男たちは全員、普段は無表情な顔に精一杯の愛想を浮かべながら、彼のために大きく道を開けた。コンヴァースはこのあたりの顔役だった。

レッド・グリーンはおれの錆びついたフルサイズ（乗用車区分による最大級の大型車）のフォード・ブロンコの助手席に乗り込むと、サイドミラーに映る自分を眺めた。

「まったくありがたいこった。こっちはただ仕事を始めたいってだけなのに、誰も彼もが、はるばるサンディエーゴウからやってきたかつての親友、かつての仲間、比類なきレディッシュグリーンさまの邪魔をしやがる」彼はサイドミラーからおれへ視線を移した。

「コンヴァースはいつもああなんだ。気にするな」おれはコンヴァースに続いて駐車場から車を出すことに、神経を集中させた。エンジンをかけっぱなしにしている木材運搬用のトラック数台と、運転手がコーヒーを飲みに行っている間も中身が固まらないよう、ドラムを回転しつづけているコンクリートミキサー車を迂回した。

「おれはフィラデルフィアより北と東の地域で最高のアンフェタミンをつくれる」と彼は言った。「くだらない人生を送っている連中がバーで口にする戯言《たわごと》と一緒にしないでくれ。『もちろん、愛しているとも』とか『あなたってハンサムね』とか『おれは胸の小さな女が好きなんだ』とか、そういうくだらないこととはな。おれにはファンが大勢いる。今この瞬間にも、モンタナ州の山岳地帯でバイカーたちがおれのアンフェタミンをやっているのを、事実として知っているし、やつらが最高にハッピーで頑固で勇敢な男たちで、自分たちが信じる神に忠実なことも、事実として知っているんだ」

「どうしてモンタナ州の山岳地帯なんだ？」とおれは尋ねた。

「おれと同じくらいの速さで動きまわれば、この国がいかにちっぽけかよくわかる。内燃機関の出現以来、おれたちはどこへでもほんの一走りで行けるんだ」彼は煙草のセロファンを剝がして封を切り、一本くわえて銀のジッポで火をつけた。「ここニューハンプシャー州では、禁煙のサインは消えっぱなしで、あらゆる場での喫煙が奨励されている」そう言って、ラジオがあるはずの場所に穴があいているダッシュボードを見た。「ヘルメットもかぶらなくていい」

おれはコンヴァースのあとから、ノースイースト・キングダムへ続く郡道に車を乗り入れた。その後は、ヴァーモント州との境をなすコネティカット川をしばらく左手に見ながら、北へ走りつづけた。

「コンヴァースは覚えておくべきだな」レッド・グリーンは話をやめようとしなかった。木材を南へ運ぶトラックとすれ違った。「おれの頭蓋骨が白熱光を放つことを」

「どういう意味だ？」とおれは尋ねた。

「おれのいる世界では、夜が早めに来るんだ」とレッド・グリーンは答え、後ろへ遠ざかる木立や山々を窓越しに眺めた。「おれは道化者なんかじゃない。偉大なる死の天使から秘薬の製法を伝授された、世界でも稀な男だ」

「その秘薬とやらをちょっと味見しすぎていないか？」おれはコンヴァースが運転する新車のフォード・ブロンコに続いて、車を右折させた。おれたちがどこへ向かっているにせよ、今や道路は未舗装のそれに変わり、標識らしきものはどこにも見あたらなかった。錆びてでこぼこになった郵便受けが道路脇に設けられていたが、いずれも名前はなく、いつ配達されたものか、水を吸った古い新聞が突っ込まれていた。

「おれがどう生きようと、あんたの知ったことか」とレッド・グリーンは言った。「おれみたいに生きるのは、あんたにはとうてい無理だな。毎日が出たとこ勝負なんだ」そこで急に笑いだした。「血管の汚れは血が洗い流してくれる。おれには自己浄化力がある。つまり、レッド・グリーン洗浄機ってわけだ」

そんな調子で彼が一時間ほど話しつづけたところでようやく、コンヴァースが用意した納屋付きの家にたどり着いた。深い森の中にあり、人里から何マイルも離れていた。おれたちはさっそく仕事を始めた。おれと初めて会ったとき、コンヴァースには妻と子供も一人いて、ささやかな伐採業を営んでいた。ある年の夏、おれは彼に雇われて毎日チェーンソーで木を切りつづけた。おれと同じく彼も地元の人間だった。その後、奥さんは子供と一緒にフロリダで暮らすようになったが、彼とその話をしたことは一度もない。たぶん、よその男と浮気でもしたんだろう。彼のもとで働いた夏、おれは付き合っていた女に裏切られた。だから、自分の身に引き寄せてそう考えただけかもしれない。はっきりわかっているのは、麻薬を売るのは、毎日チェーンソーで木を切るよりずっと危なくないように思えた、ということだ。実際、稼ぎもずっとよかった。

おれの仕事は商品を届けてまわることだった。ニューハンプシャー州とメイン州のバイカーたちが集まるバーは、試供品を渡すと、たいてい自分たちの店で商売をやらせてくれた。ポートランド郊外のバーで、あんたのそれはレッド・グリーンがつくったものかと聞かれたこともあった。連中は、おれが届けたアンフェタミンのおかげで、何カ月でも起きていられた。おれも配達をやりこなすためにいくらかやった。そいつが流れ込むと血が燃えるように熱くなった。十二月はほとんど眠らず、降り積もった雪のなか、納屋と配達先を行き来した。作業員はおれからアンフェタミンを買うと、除雪機のブレードから火花を散らし、雪煙を巻き上げながら、凍りついた道路の除雪作業を進めた。

ブリザードが吹き荒れる一月のある夜、少し飲んで体を温めようと、ニューハンプシャー州とメイン州の境にあるバーに入った。〈ドギーズ・プレイス〉という安酒場で、女嫌いか、あるいは醜すぎて女に相手にされない伐採人やバイカーで込み合っていた。彼らの話題は仕事、車やバイク、そして借金だった。誰がどこにどれだけ借金しているか。何人かは、負けた者が酒を奢る約束でビリヤードをやっていた。おれはカウンターに座ると、あまり飲み過ぎないよう、ビールとウイスキーのストレートを一杯ずつ注文して、代わる代わる飲んだ。

「おい」誰かがカウンターの向こうから呼びかけた。「おい、あんたに話がある」髪を短く刈り上げ、両腕に刺青を入れた図体のでかい男だった。男はおれに話しかけていた。やがてスツールから立ち上がり、おれの背後に近づいた。「おれのダチに質の悪いヤクを売ったのは、あんただろう」そう言っておれの右肩に大きな手を置いた。おれはそれを振り払った。「おかげであいつは今も病院にいる」

「あんたなんか知らないな」おれはそう答え、スツールに座ったまま彼と向き合った。頭の中で何かが打ち鳴らされる音がした。鞘に入れてブーツに結びつけているナイフを抜き、みんなが見ている前でこの男を刺したかった。

「あんた、ヤクの売人だろう」男は酔っ払って呂律が回っていなかった。「その刺青に見覚えがある」そう言っておれの右手の甲を指さした。そこには力という意味の中国の文字が彫られていた。「ポートランドであんたを見かけた。そのときは、エド・ジャックのバーで上質のヤクを売っていた」

おれはカウンターの上に十ドル札を置き、彼の横を通り過ぎて出口へ向かった。外は真っ暗で、前が見えないほど雪が降りしきっていた。寒さは気にならなかった。ブロンコを停めた場所まで歩き、運転席のドアを開けたとき、男がついてきたことに気づいた。男ともう一人、おれのすぐ後ろに立っていた。

「あんたに話があると言っただろう」と男は言った。「逃げるな。あんたが最低のくそ野郎だってことをはっきりさせようじゃないか」

おれは座席の下に手を伸ばし、タイヤレバーをつかんで振りかざした。男の額に二度振り下ろすと、やつは雪の上に倒れた。そのあとも何度か殴ったと思う。もう一人は、バーのネオンを背にじりじりとあとずさった。

「あんたにも何発か食らわせてやろうか?」とおれは尋ねた。今にも皮膚を突き破りそうな勢いで、血が全身を駆け巡っていた。

「いや、けっこう」とそいつは答え、バーへ向かって歩きだした。

「そりゃそうだろう」

「おれのことは放っといてくれ」そう答えたのを最後に、バーの中へ消えた。おれはブロンコに乗り込み、座席の下に戻す前にタイヤレバーを見た。先端に血がついていた。

トラックをバックで出して向きを変えた。雪に覆われたバイクとトラックが数台と、雪の上にまだ倒れている男が見えた。その横を通り過ぎるとき、目測を誤って腕を轢いたような気がしたが、車を停めて確かめたりはしなかった。おれがかく汗で、車内の湿度が上がった。州境へ車を走らせながら、前が見えるよう、フロントガラスの曇りをタオルで何度も拭き取らなければならなかった。

納屋に立ち寄るたびに、レッド・グリーンと一緒にアンフェタミンをやった。彼がつくったそれは、とにかく効いた。ある夜、極上のアンフェタミンを打ったあと、ボストンへ向かった。ストリップバーへ行き、ダンサーの一人と一夜を過ごすつもりだった。ところがそうはならなかった。どうして喧嘩になったのか覚えていないが、気がつくと、雪が降り積もったどこかの駐車場で、高校生のガキ二人を相手に野球バットを振りまわしていた。そのあとしばらく、何も考えずに車を走らせた。再び気がつくと、ハロゲン灯とレザーワイヤーに囲まれた広大な敷地の横を走っていた。ナシュア（ニューハンプシャー州南部、メリマック川とナシュア川の合流点にある都市）の北にある刑務所だった。

「よう、兄弟、元気でやってるか？」おれは闇と雪に向かって叫んだ。「こっちの世界も相変わらずひどいもんさ！」トラックでフェンスを突き破りたかった。あのときそうしなかったことに、今でも驚いている。

春になると、コンヴァースはウェインという名の見張りを雇った。ある日、レッド・グリーンから新しい商品を受け取って納屋から出ると、そいつがおれのブロンコの横に立っていた。迷彩服を着て黒いジャングル帽をかぶり、腰に巻きつけたホルスターにでかい銃を差していた。

「ウェインだ」彼はそう名乗っただけで、握手する素振りすら見せなかった。「誰にもあとをつけられるなよ」

「そんなことはさせない」とおれは答えた。「いつも気をつけているからな」

「それならもっと気をつけろ。間抜けは間抜けなりにな」やつはそう言って森の中へ消えた。

おれはトラックに乗って配達に向かった。やつの声はレッド・グリーンにも届いたにちがいない。あのときコンヴァースが家の中にいたなら、おそらく彼にも。それはつまり、ウェインとおれは近いうちにきちんと話をつけなければならない、ということだ。その日一日、そのことが頭から離れなかった。そのことしか考えられなかった。

配達を終える頃には、二日前に打ったアンフェタミンが切れかけ、やっとの思いでレッド・グリーンの納屋に戻った。ウェインに対する憎しみは、その日一日トラックを運転する間に、これ以上ないほど膨れ上がっていた。おれは頭をすっきりさせておくために、手持ちの最後の一回分を血管に打ち込んだ。

「なあ」とおれは言った。「これからウェインに思い知らせてやるつもりだが、あんたも見たいか?」

そのときレッド・グリーンは、試験管の下に当てた青い炎を調節していたが、顔を上げておれを見た。「何をするつもりだって? あいつのケツを思いきり蹴りつけるのか? 地面に這いつくばらせるのか? ちょっと待ってくれ、おれも行くから」彼は器材を点検してから、おれと一緒に外に出た。

「やつはどこにいる?」とおれは尋ねた。全身に汗をかいていた。

「あいつは丘の木の上に見張り台をこしらえた」レッド・グリーンは森の奥を指さした。「さあ行こう、案内してやる」そう言ってさっさと歩きだした。「あいつにおまえのことをパパと呼ばせるつもりか?」

「まあ、そんなところだ」とおれは答えた。これから先のことを考えると少し緊張した。ウェインは銃を持っているが、おれは持っていない。レッド・グリーンは森の中を突き進みながら話しつづけた。おれたちはかなりのスピードで森に分け入っていた。

「ウェインはかなり手強そうだぞ」とレッド・グリーンは言った。「女をあしらうようにおまえを張り倒すかもしれない」

「そりゃどうも」とおれは答えた。やがて丘にさしかかり、おれたちは大枝をよけながら進んだ。

「おおい、ウェイン」レッドは前方に呼びかけた。「レイがあんたのタマを炒り卵にしたいとさ」

「馬鹿、よせよ」とおれは言った。

「レイがおまえに男とはどういうものか、きっちり教えてやるってさ」

おれたちは丘の上の平地にたどり着いた。ここに生えている木の上からだと、何ものにも遮られずに三マイル先まで見渡せるだろう。ウェインはそこからあたりに目を光らせていた。

「よお、ウェイン」レッド・グリーンは木立を見上げながら大声で言った。

「何だ?」ウェインの声が葉や枝をすり抜けて地上に届いた。

「ここにいるレイが、あんたを叩きのめしてやりたいんだとさ」とレッド・グリーンは言った。

「今行く」とウェインは答えた。

木立の上からざわめきが聞こえ、続いてウェインが見えた。相変わらず迷彩服をまとい、登攀用のベルトで体を木の幹に結びつけていた。

「ちょっと待っていろ」とウェインは言った。おれたちがいるところからも、ベルトのクリップをいじっているのが見えた。おそらく木から懸垂下降するつもりだろう。

地面から高さ七十フィートの空中に、一瞬やつの体が浮かんだ。それからわずかに下に動いたかと思うと、まるで石のように一直線に落下した。顔から地面に叩きつけられて体が跳ねたとき、乾いた銃声が二度聞こえた。やつは木立の下に倒れたまま動かなかった。レッド・グリーンが先に駆け寄った。

「なんてこった」と彼は言った。「銃が暴発したんだ。いわゆる友軍砲火（味方に損害を与える誤爆撃を言い換えたもの）ってやつだ」

ウェインの体から血が流れていた。その場に倒れたまま、ぴくりとも動かなかった。

「死んだのか?」とおれは尋ねた。

「おれに関して言えば」とレッド・グリーンは言った。「今回の仕事に人命救助は含まれていない」ウェインの傍らに膝をつき、首と手首に触れて脈を探った。「また一人、主なる神のもとへ召された」そう言って立ち上がった。

そのとき、レッド・グリーンの背後からコンヴァースがあらわれた。「くそっ」そう呟くのが聞こえた。「レイ」と彼はおれに言った。「しばらく向こうへ行ってろ。話がついたらまた呼ぶから」おれは丘を下ってトラックの横に立った。それからあたりをうろうろして、さらにタイヤを蹴った。

やがてレッド・グリーンとコンヴァースが森から出てきた。コンヴァースはそのまま家の中へ消え、レッド・グリーンはおれのところへやってきた。

「ちょっとばかり運が悪かったたな」と彼は言った。「そろそろヤクを打つ頃合いだ」おれは彼のあとから家の裏へまわり、納屋へ向かった。「こんなふうに考えたらどうだ」と彼は続けて言った。「どんな人間も一度は死ぬ。中国には死の言い表わし方が何通りもあるが、言いたいことはすべて言った、というのもその一つだ。ウェインも彼なりに言いたいことを言い尽くしたんだろう」納屋の中はかすかにガソリンの匂いがした。彼はコカインをいくらか鼻から吸い込み、アンフェタミンを打つのに必要な道具を揃えると、あたりを歩きまわりながらおれに話しかけ、煙草に火をつけた。

「どうした、その顔は。たった今悪魔にレイプされたみたいな顔つきだぞ」と彼は言った。「ウェインのことか？　やつのことなど誰が気にする？　やつはこの納屋もろとも燃やすことにした。罪は全部やつがかぶる。新聞はウェインがやったと報じるだろう。それで万事めでたしってわけだ」

「コンヴァースは怒っているのか？」とおれは尋ねた。

「なあ、おれはどこかの刑務所のセラピストか？　確かにあんたはちょっとばかりへまをした。それなりの報いはあるだろうさ。でもまあ、少なくともウェインはあんたを撃たなかった。自分を撃っちまった」

「あいつはおれを撃つつもりだった。木から降りながら銃を抜こうとしていた。だから暴発したんだ」

「頭が少しおかしくなっているようだな。言っとくが、あんたがそうなったのは、おれのせいじゃないからな」レッド・グリーンは自分の左腕の血管に注射針を刺した。しばらくすると、内側から燃え上がるように輝きはじめた。

「ふうっ、こいつはまさしくロケットだ」

「あんたも見ただろう」とおれは言った。「銃が暴発したのは、あいつが銃を抜こうとしたからだ」

「それって警官がよく口にするセリフだよな」とレッド・グリーンは言った。「〝容疑者は誤って自分を撃ったものと思われる〟」

おれは頷いた。

「一ついかれた話を聞かせてやろう」とレッド・グリーンは言った。

「ああ」

「今から数年前、おれはヤクをやめることにした。つまり、今後一切ヤクには手を出さない、ミスター・クリーン、ミスター・しらふになると決めたんだ。それから世界中を旅してまわった。禅を学ぶつもりだった。金はそれまでにたっぷり貯め込んでいた」彼は缶ビールを一口飲んでおれに差し出した。おれが首を振って断わると、話を続けた。

「最後はペルーにたどり着いた。そこでいかなる神の気まぐれか、センデル・ルミノソ（ペルーの極左ゲリラ組織）の捕虜になった」

「よく殺されずにすんだな」

「その時点では殺されたほうがましだったかもしれない。最初にやつらは、おれと一緒にいた二人のドイツ人旅行者を撃ち殺した。それから二人の遺体を鉄道線路の脇に置き、線路もろともダイナマイトで吹き飛ばした。おれは目隠しをされたまま、ちっぽけな部屋に入れられた。誰もおれが捕われたことを知らなかった。ゴムホースと警棒での拷問が何日か続いたあと、頭目があらわれて完璧な英語でこう言った、『こっちへこい。見せたいものがある』

おれはそいつのあとから広々とした部屋に入った。そこにはライフルと銃剣で武装した男が数人いて、ネズミを入れた檻がいくつか床に置かれていた。あんなでかいネズミを見たのは初めてだった。真面目な話、小型犬と見間違えたくらいだ。

そのとき頭目がこう言った、『どのネズミが勝つか選べ』おれはほかより見劣りのする一匹を指さした。連中はそいつをもう一匹のネズミと一緒に別の檻に入れた。そのとたん、おれが選んだネズミは相手の目を食いちぎり、時間が経つにつれ、ますます凶暴になっていった。おれは食い物と、ひどくまずかったが煙草にありついた。それからの一週間、おれは勝者になるネズミを選びつづけた。おれが殺されずにすんだのはそういうわけだ」

「どうやって逃げ出したんだ?」とおれは尋ねた。

「忘れたな」とレッド・グリーンは答えた。「誰かが夜に逃がしてくれたかどうかじゃなかったかな。それより、おれが何を言おうとしているかわかるか?」そう言っておれを見た。

おれは歯軋りしながら彼の話が終わるのを待っていたが、その問いかけには首を振った。「いや。何を言おうとしているんだ?」

「正しいネズミを選べってことさ、レイ。最初にそう言ったのは、デイル・カーネギー（米国の著述家、自己修養法の指導者）だと思うが」

「正しいネズミを選べ、か」

「いいか、レイ。年をとっても丸くなるな。そうならないよう精一杯努力しろ。要するに、ずっととんがったままでいろってことだ。あんたのとんがったところを生かし、育ててやれ。おれが言おうとしているのは、そういうことか?」

「いや。あんたが何を言おうとしているにせよ、さっぱり意味がわからない」

「まあいいさ。おれたちは確実に何かを成し遂げつつある。あとは運を味方につけることだ」レッド・グリーンは缶ビールを飲んで一息ついた。「運を味方につけると言えば、あんたがおかしくなったり完全に気が狂ったりするような目にあわないことを願っている」

「ああ。だけどあんたも見ただろう? あいつはおれを撃つつもりだった」

「それから、あんたが癌に冒されないことを願っている。いや、すでに冒されているだろう、人生なんてそんなものだからな。それなら、あまり苦しまずにすむことを願っている」彼はまたビールを飲んだ。「それから、自分の死を前もって正確に思い描いておくことを忘れるな。何百回何千回と、ときには数日間ぶっつづけで、夜寝る前に、病院で暮らすようになる前に、墓に埋められる前に、自分の死についてよく考えて理解しておくことだ」彼はすばやく煙草を吸い、話しつづけた。「もう一つ、死は突然訪れることを忘れがちだということも、ちゃんと覚えておけ。死とは電灯のスイッチをひねるようなものだ。そこをきちんと理解しておくには、自分の死のイメージを思いがけないときに思い浮かべて、自分をびっくりさせるといい。死はあんたが望んでいるような形では訪れないし、その速度も把握できない。なぜなら、死は速度を超越したもので、あんたが生まれたときからゆっくりと忍び寄っているからだ。だから、訪れたときは突然のように見えるんだ。それから、生きることと生きていることを混同するな。生きている限り、心臓は動いている。だが、死を体験するのは心臓じゃない、その人の精神、心だ。おれが言いたいことはこれで全部だ、これ以上何も言うことはない。あんたはおれの英知の一端に触れ、おれはあんたと分かち合える限りの英知を分かち合った。今は自分が見せた才気にうんざりしているし、ヤクが効きすぎて気分が悪い」

「ああ、覚えておく」とおれは言った。「それでだが、やつは銃を抜こうとしていたとコンヴァースに言ってくれないか？」

「そんなあくまで推測にすぎない不確かなことに関わりたくない。そういうのはいずれ言った言わないの話になり、ことが面倒になるだけだ。ただし、これだけは言っておこう。死を恐れる九十六歳の老人が目の前にいても、あんたにはどうすることもできない。だが、ウェインは少なくとも、そういう恐れを味わわずにすんだ」

「やつは間違いなく銃を抜こうとしていた」とおれは言った。

「その言い分を変えないことだな」とレッド・グリーンは答えた。「さっきの運の話に戻るが、あんたがありきたりの癌になることを願っている。珍しくて治療不可能な癌じゃなく、昔からよくある癌だといいな。なるのなら、そっちのほうがいいだろう？　そうなるよう祈るがいい。というのも、おれの友人は――本当は友人じゃなく、バスで乗り合わせただけなんだが――頭に緑色のこぶがいくつもできていて、癌によるものだと言っていた。見た目が悪くて治らないなんて、最悪の組み合わせだ」

「そうだな」とおれが答えたとき、コンヴァースが納屋に入ってきた。彼はおれに金を渡し、折りを見て連絡すると言った。それ以上話すことがなくなると、彼とレッド・グリーンはおれが立ち去るのを待った。おれはレッド・グリーンを見た。

「どうした?」とレッド・グリーンは言った。「まるで友人を見るような目つきをしているぞ」

「おれたちは友人のようなものだろう?」

「やはり少しおかしくなってる」と彼は言った。「おれには関係ないけどな」

「ああ、今はそれがわかるよ」とおれは言った。

「だとしたら、おれも少しは役に立てたようだな。それじゃ、やらなきゃならないことがまだ残っているんでね」彼は試験管やバーナーのもとへ戻り、おれにさよならと手を振った。「あんたに幸運を。裏切りや刑罰や最終的な死が、最良の形であんたに訪れますように。これからいろんなことが起きるだろうが、おれはあんたの味方だし、うまくやっていけると信じている」

「あんたの言いたいことが少しはわかったような気がする」とおれは言った。

「わかったような気がする?」と彼は言った。「まったくどうしようもないやつだ」

「そうだな」

「知ってるか? 張《チャン》大人は生涯、言葉ではなく指を鳴らして意志を伝えた。それから、オクラホマ州のアダで——そこは町じゃなく、道幅が広がっているだけなんだが——とにかくそこで暮らしている女性は、十八歳のときから電話のそばを離れたことがなく、今では六十歳の誕生日を迎えようとしている。あることを知らないやつが、どうやって別のあることを知ることができる? 事実かもしれないことととそうでないかもしれないことを区別し、新たな事実を見いだすために二つの事実を比較するのは、現代の哲学的思考の基本だ。あんたはそれがまったくわかっていないように見える。おかげでこっちは、あんたとあんたの薄ぼんやりした世界から逃れるため、ヤクを打ちたくなるんだ」

「そいつは気づかなかった」とおれは言った。

彼はドアを指さした。「さあ、もう行け。あんたの理解は水たまりのように浅い。おれはそういうことに我慢できないたちなんだ」

「そんなことはない、ネズミとセンデル・ルミノソの話はちゃんと理解している」

レッド・グリーンはおれを見ながら言った。「ここ十二年、おれは本当のことなど一度も話したことがない。それが何についてであれ、あんたの理解というのは、あんたがこしらえたものにすぎない。つまり、おれのでたらめをあんたなりに解釈したでたらめってことさ」

球電

Ball Lightning Reported

昨日から吹き荒れる暴風と凍雨のなか、おれは車を北東へ走らせていた。ヴァーモント州バーリントンからニューポートのレッド・グリーンの家まで、四十五マイルの道のりだった。道路の両脇の森には、すでに大きな被害が出ていた。氷の重みで裂けた何本もの大枝や幹が、凍りついた雪の上に倒れ、切れた高圧電線から飛び散る火花が、氷で覆われたアスファルトの上に青白い孤を描いていた。分刻みで変化する気温に合わせて、凍雨も雪や氷霰《こおりあられ》に変わった。荒れた天候は、ヤクが切れかけたおれの精神状態を反映しているように思えた。ヤクに対する欲求が野球ボール大の氷霰となり、頭の中で暴れまくっていた。途中、引き返そうかと何度か考えたが、そのたびにレッド・グリーンの家でハイになっている自分の姿が目に浮かび、そのまま車を走らせた。天候が良くてアンフェタミンでハイになっていれば、五十五分でたどり着く道のりだが、このままだと六時間ほどかかりそうだった。

　ここ四年ほど、バーリントンからニューポートへ、週二回通っていた。友人の友人――人間関係のなかで最悪のもの――が、レッド・グリーンとおれを再び引き合わせたのだ。そいつはレッド・グリーンの名前を挙げ、彼があんたのことを聞いていたから、一度会いに行ったらどうかと言った。

　再会したとき、おれは真っ先に尋ねた。「どうやっておれを見つけた？」

「これまで何かをなくしたことは一度もない」とレッド・グリーンは答えた。「一セントだってなくしたことはない、記憶もそうだ。くだらないことや他人とのつながりを切り捨てたことはあるが、なくすのは嫌なんだ」

　その頃おれは、バーリントン南部の医療廃棄物処理施設で働きはじめたばかりで、毎晩、有害物処理用のプラスティック容器を工業用加熱圧力釜に押し込んでいた。レッド・グリーンはそれを聞くと、それらの処理用容器から医療用の麻薬を回収できるかもしれないとほのめかした。そのときから週に二回、中身の詰まった処理用容器が二箱、おれのトラックに必ず積み込まれるようになった。

レッド・グリーンもおれもその取り決めに満足していた――週に四箱の処理用容器が、おれのヤク代を賄ってくれた。たいていはマリファナと、少しダサいオクシコンティンというヘロインで、日中しゃっきりしていなければならないときは、純度の高いアンフェタミンをやった。ヤクをやるときは、チェイサーとしてビールをしこたま飲んだ。レッド・グリーンはそれより強いヤクを――粉末PCP《エンジェルダスト》と液体コカインを歯科用の麻酔薬に混ぜたものを――好んだ。ヘロインだけで過ごす一週間を挟んで、その分量を微調節するのも好きだった。おれが運び込む容器には、ときどきお宝が交じっていた――半分しか使っていないモルヒネの袋、ハルドール点滴薬（中枢神経抑制薬）、手っ取り早くハイになれる、色鮮やかな中枢神経興奮薬。レッド・グリーンはそうしたものを売りさばくコネと顧客を持っていたが、自分で使うヤクをどうやって手に入れているかは謎だった。アンフェタミンをやる人間にはたいていバイカーの友人がいるものだが、レッド・グリーンの家でバイカーを見かけたことは一度もなかった。週に二回、おれはレッドの家でハイになり、自分用のヤクをバーリントンに持ち帰った。この四年間に、おれが使うヤクもエンジェルダストとアンフェタミンに格上げされたが、頭の中でいつも聞こえる低い唸りを抑えたいときは、ヘロインをやった。

ニューポート郊外へ達したとき、嵐もピークに達した。耳をつんざくような雷鳴が断続的に響き、氷霰が機銃掃射のように車のフロントガラスを叩いた。凍結したメンフレメーゴク湖の古い沿岸道路を道なりに進み、湖岸に建つレッド・グリーンの家の前で車を停めた。彼の住まいは一階建ての白い丸太小屋で、玄関にはステップの代わりにコンクリートブロックが置かれ、窓には内側からピンクの断熱材が張られていた。トラックから降りると、氷霰が当たらないようジャケットの襟を立て、湖に面した裏口へ走った。あたりは薪の煙の匂いがした。雷鳴が響くと同時に、裏のポーチから百ヤードほど離れた湖上を稲妻が走った。雷が落ちたあたりに目をやると、パチパチと音をたてながら白く輝く球が三つ見えた。球は凍った湖面からゆっくりと浮かび上がり、シューという音をたてながら三十フィートほど移動した。その間に光は少しずつ薄れ、やがて闇の中へ消えた。完全に消えたあとも、三つの光球の残像が見えた。

裏口のドアを開けると、レッド・グリーンが薄汚れたフランネルシャツにジーンズとブーツといったなりで、カウチに寝転がっているのが見えた。明かりは消えていたが、明々と燃えさかる暖炉の火が、室内を照らし出していた。火傷しそうなほど暖炉に近いところに寝そべっているのは、短い毛の大型犬で、体重は百ポンド近くありそうだった。腰のあたりに毛布がかけられていたが、体の震えに合わせて、首輪の飾りがカチャカチャと音をたてた。この前訪ねたときはいなかったから、飼うようになったのはつい最近だろう。おれが挨拶代わりに頷くと、レッド・グリーンはおれの左側にあるテーブルを指さした。おれは椅子を引き出して座り、とりあえずマリファナとエンジェルダストで渇きを潤してから、彼に話しかけた。

「あの犬はどこか具合が悪いのか？」

「寒さに弱いんだ、そのうえ雷が大の苦手ときた」とレッド・グリーンは答えた。暖炉の近くで毛布をかけられて寝ているにもかかわらず、犬はまだ震えていた。

「品種は？」

「ローデシアン・リッジバックだ」

おれは首を横に振った。「聞いたことないな」

レッド・グリーンが指さした先に目をやると、床の上に本が積み上げられていた。どれも同じ装幀で、色も同じ青色だった。「そいつで調べるといい。数日前に手に入れた百科事典だ。買ってくれないかと男が訪ねてきた。買いはしなかったが、ハイにしてやったら置いていったんだ」

おれはレッド・グリーンを見た。「そいつは本当に百科事典を売り歩いていたのか？　この悪天候のなかを？」

レッド・グリーンは首を横に振った。「そうじゃない。

その百科事典を売ろうとしたんだ。もともとは妻に買ってやったものだが、彼女はフロリダへ逃げてしまった。だから、そいつも処分したくなったってわけだ。このあたりの人間だ、前にも見たことがある――あんたも顔を見ればわかるはずだ。あの出っ歯はかなり目立つからな。名前はディクソンだと思う」

おれは百科事典の山に近づき、背にRと記されている一冊を引き抜いてページをめくった。〝ローデシアン・リッジバック〟という見出しの下に、レッド・グリーンの犬そっくりの写真が出ていた。

「何と書いてある?」とレッド・グリーンが尋ねた。

「もともとはライオン狩猟用の獣猟犬で、ライオンドッグとも呼ばれている。背に畝状の被毛の隆起線がある」

おれは暖炉のほうへゆっくり歩いていき、犬の背中を調べた。確かに、短い被毛が背骨に沿って逆立ち、くっきりした線を描いていた。百科事典のところへ戻り、前後の項を読んだ。「ローデシアという国はもはや存在しないとここには書いてある。今では〝旧ローデシア〟と呼ばれているんだと」

レッド・グリーンはしばらく考えて答えた。「それは多くのことにあてはまるな」それから、前に置かれたコーヒーテーブルに顔を寄せ、その上の白い粉を鼻から吸い込んだ。

おれはRの巻の装幀を調べた。表表紙に安っぽい金色の筆記体で『エンサイクロペディア・ブリタニカ』と印刻されていた。背の部分中央のRと、その上の一九八五年という文字は、それぞれ金色で印刷されたものだった。ほかの巻はと見ると、何冊かは違う年が印刷され、表紙の色も少し違っているのがわかった。「ずいぶん古いな」とおれは言った。「こういう本は新しくないと。これでは役に立たない。発行された年もばらばらだ」

レッド・グリーンはコーヒーテーブルから瓶ビールを取って飲み干すと、テーブルの上の数本の空き瓶の間に置き、首を横に振った。「全巻揃っていれば、古かろうと新しかろうとたいして違いはなかろう? ここのは全巻揃っている。それなのにどうして役に立たないなんて言えるんだ？」

「内容が正確じゃないってことさ。古い情報しか載ってなくて、一九八五年以降に起きたことには触れていない」おれは百科事典の山のいちばん上にRの巻を載せた。

「ものごとなんてそう大きく変わるものじゃない。変わったというのなら、その項目を読んでくれ。最初から見ていこう、Aの巻を見つけて、大きく変わった項目を読んで聞かせてくれ」レッド・グリーンはコーヒーテーブルにもう一度顔を寄せ、白い粉を鼻から吸い込んだ。

おれはAの巻の最初のページを開いた。「ああ、これなんかそうだ。大きく変わっている」

「読んでくれ」

外では相変わらず、むせぶような音をたてて嵐が吹き荒れていた。

おれは咳払いをして言った。「アルコール中毒についての説明だが、補足として、オクラホマ東部精神病院に収容された男のことが書かれている。その病院では電気ショック療法を施す間、患者に生肉を噛ませていたそうだ」

レッド・グリーンはおれを見た。「それのどこが変わったんだ？　今でも人はアル中になる。治療のために病院に行ったことのある人間なら、何人も知っている」

「そうじゃない。治療法が大きく変わったんだ」

レッド・グリーンは肩をすくめた。「今だって薬を用いて同じことが行なわれているじゃないか」それから頷いた。「いいだろう、どんな薬が使われているかあまり知られていないものの、変わったのは確かだ。だけど、そんなのは大きな変化とは言えない。今だってアル中は精神病院に送り込まれる」そう言ってカウチから立ち上がり、キッチンへ向かった。冷蔵庫を開ける音がした。居間に戻ってきたときには、口に生肉をくわえていた。犬が頭を上げ、じっと彼を見つめた。

「何をしているんだ？」

レッド・グリーンは生肉をくわえたまま、もごもごと答えた。「ショックに備えているのさ」生肉の血が顎を伝ってシャツに滴った。「人生はショックの連続だからな」肉を口から出して犬に投げ与えた。肉はほとんど丸呑みにされた。

「電気ショック療法か。まさに命がけだな」おれは百科事典を顎でさした。「あれには古いことしか書かれていない」

「わかった。確かにそのとおりだ」レッド・グリーンは頷いた。「それではやはりまずいのかもしれない。だが、これだけは言っておこう、今だって精神病院に送り込まれるのは治療を受けるためだ」そこでビールを飲んだ。「テレビで見かけるような豪華なリハビリ施設に入れるのは、映画スターくらいのものだ。自分をごまかすのはよせ――おれたちのような人間のくずは、閉鎖病棟に送り込まれるのがおちだ。金持ちは夏を涼しく過ごし、貧乏人は冬を涼しく過ごす。だからといって、世の中なんてそんなもんだなんて抜かすなよ」

「だけど、電気ショック療法を受けるのは、アル中になるよりまずいだろう？」

レッド・グリーンは頷いた。「ああ、おれも受けたいとは思わない。ヤクの場合、ハイになったときはハイな気分になれるし、そうでないときはそうなれない。もう一度ハイにならない限り、そのときの気分を翌日に持ち越すことはない。だから、ヤク中を克服しようとは思わない」嵐の音に耳を傾け、百科事典を指さした。「少なくともここには全巻揃っている」それからおれを見た。「Fの巻を見つけて、フェローを調べてくれ」

おれはFの巻を手に取った。「フェローって？」

「昔はやったトランプゲームさ」彼はそう答えてビールを飲んだ。

フェローはすぐに見つかった。「これか。ここにはこう書いてある、『普通の五十二枚のトランプを使って複数の人間によって行なわれる、賭けゲームの一種』」そのあとにルールが簡単に説明されていた。

「新しい百科事典には載っていないだろう。ずいぶん前に廃れたゲームだからな」彼はそう言って頷いた。「そのゲームについてはおふくろからよく聞かされたものさ。どうだ、古い百科事典だってまったく役に立たないわけではないだろう？」

おれは首を横に振った。「だけど、重要なことは載っていない」ページをぱらぱらとめくった。フォードの項目では、ヘンリーとジェラルドについて説明がなされていた。「ここにはフォード大統領の夫人が禁酒したことも、本人が狙撃されたことも書かれていない」

レッド・グリーンはもう一度、コーヒーテーブルの上の粉を鼻から吸い込んだ。「誰がやつのことなんか気にする？　もう死んじまったんだろう？」

「いや、まだ生きている。ほらな、これでわかっただろう？　古い百科事典には漏れがあるんだ」室内に沈黙が流れた。おれは立ち上がり、右の鼻の穴からエンジェルダストを思いきり吸い込んだ。犬はまだ震えていた。

「全巻揃っていれば、おれはそれでも構わないけどな」レッド・グリーンはぽつりと言った。

おれは話題を変えることにした。「なあ、ここに来る途中、おれが何を見たかわかるか？」

レッド・グリーンは首を横に振った。

「球電《ボール・ライトニング》だ」

「何だ、それは？」

おれはもう一度、百科事典の山へ戻った。「調べてみよう。親父がよく話してくれたものだが、気象条件が揃えば、雷光が球状になって空間を移動することがあるんだ」Bの巻に球電の項目はなかった。

「天候《ウェザー》で調べたらどうだ？　なあ、あんたに雷が落ちていたら、生肉を口に押し込んでやったのにな」

「気象《ミティロロジー》で調べてみる」おれはMの巻を開いた。

レッド・グリーンはビールを飲みながら尋ねた。「今日は何曜日だ？」

「さあ」とおれは答えた。レッド・グリーンが妙な精神状態になりかけているのはわかったが、そうなるのはヤクが効いているからなのか、それとも切れかけているからなのかはわからなかった。

「今日はおふくろの誕生日なんだ」

おれは頷いた。「だったら電話してやれよ」

「さっきかけたんだが、つながらなくてさ」

「どこに住んでいるんだ？」

「以前はリノ（ネヴァダ州西部の都市。離婚裁判所と賭博場で有名）に住んでいた。ギャンブルが好きなんだ。だけど、しばらく前にカナダのトロントに引っ越した。これを機会に訪ねるべきだな」

「そこまでしなくても、心の中で祝ってやればいいさ」

「トロントまで行くのにいくらかかる？」

「調べてみよう」おれは百科事典の山を崩して探したが、Tの巻は見つからなかった。「レッド、Tの巻が欠けてるぞ」

「あのくそったれが。おれは念を押したんだ、『全部揃っているんだな？』って。やつは『ああ、もちろん揃っているとも』と答えた。あのペテン師野郎！」レッド・グリーンはカウチから起き上がり、あたりをぐるぐる歩きはじめた。「そろそろ帰ってくれないか。最近は、ヤクが切れかけると、まわりに当たり散らしたくなるんだ。またあとで連絡する」

「だけど嵐が――」

「嵐なんぞ知ったことか！」彼は顔を紅潮させ、目を細くしておれを睨みつけた。呂律《ろれつ》が回っていなかった。「さあ、帰れ、今すぐだ！」

おれは床から立ち上がり、裏口から外へ出た。風雨はずいぶんおさまっていたが、今も遠雷が轟いていた。レッド・グリーンはおれのあとから出てきてポーチに立ち、「ディクソンのくそったれ」と低く呟いた。

「なあ、スノーモービルを動かすのを手伝ってくれないか。これからおふくろに会いに行く」

スノーモービルは家の横に停めてあった。おれはトラックから雪かき用のスクレイパーを取ってきて、座席から氷を剝がした。レッド・グリーンは家から持ち出したキッチンナイフで、ダッシュボードから氷を叩き落とした。それから座席に座り、キーをひねった。エンジンはブッブッという音と咳き込むような音を繰り返したが、やがて正常に動きはじめた。ヘッドライトが灯ると、レッド・グリーンは歓声を上げた。

「まったく、てこずらせやがる！」彼は凍結した湖の向こうを指さした。「あっちがカナダだな？」

エンジンのやかましい音に負けないよう大声を出す代わ

りに、おれは口だけ動かして答えた。「ああ」

「さあ行くぞ、旧レッド・グリーン」彼は両手でハンドルを握り、エンジンを吹かした。スノーモービルは前に飛び出すと、キャタピラの跡を雪上に残しながら、湖へ向かって速度を増していった。湖面に達しても速度は衰えず、そのまま八十ヤード進んだ、そのときだった。スノーモービルは凍った湖面を突き破り、レッド・グリーンもろとも氷の下へ消えた。おれはさっきまでレッド・グリーンがいたところを——湖面に開いた穴を——見つめた。スノーモービルのテールライトが氷を通してかすかな光を放ち、しだいに薄れていった。思わず凍った雪の上に膝をついたとき、ヤクが効きはじめた。振り返ると、犬が裏のポーチに立っていた。そいつは吠えようと口を開いたが、実際に聞こえたのは、おれの悲鳴だった。


　気がつくと、凍った雪の上にうつ伏せに倒れていた。顔が強張り、ひりひりした痛みを覚えた。スノーモービルのキャタピラの跡が湖まで続き、新しく氷が張った湖面付近で途絶えていた。立ち上がって体についた氷を払い、トラックに乗り込んだ。エンジンがかかる音を聞きつけて、犬が家から出てきた。助手席のドアを開けてやると、寒さに震えながら飛び乗った。おれはトラックを出し、バーリントンへ向かった。

　道路の状況は来たときと特に変わりなかったが、おれ自身は生きていることを実感し、これからもずっとそうでありたいと強く思った。球電という現象がときおり見られるのは知っているが、実際に見たのは、あのときだけだ。

野焼き
Controlled Burn

去年の冬は何をやってもうまくいかず、年が明けて春になると、さらにひどくなった。ビル・アレンが生まれて死んだのは、気の遠くなるような暑さが続いた夏のことで、おれはニューハンプシャー州オルフォード近郊の、組合に加入していないロバート・ウィルソンの伐採場で働いていた。六月のうだるような暑さは、七月に入ると、サウナに入っているような蒸し暑さに変わり、木材運搬用のトラックが伐採場に入ってくるたびに、アスファルトから陽炎《かげろう》が立ちのぼった。七月の終わりには、作業服を半袖から長袖に切り替え、暖房用の薪をつくりはじめた。おれは日に八コード分の木を切り出し、ロバートがそれを液圧式割材機で薪にした。そうやってできた薪を、おれたちはトラックに積んで客に届けた。なかには自分で取りに来る客もいて、そういう連中のなかには、白く乾いた汗の跡をブーツやジャケットにつけている者もいた。ビールのような匂いを漂わせた者もいたが、たいていはガソリンのような匂いがした。彼らはほとんど口をきかず、代金を払うとピックアップトラックに薪を積んで走り去った。いずれも仕事で忙しいか、偽りの生活を続けるのに忙しいかのどちらかだった。後者もいわば仕事のようなもので、それがどういうものか、おれにはよくわかっていた。ビールの空き缶を一個一個踏み潰すように、毎日きつい仕事を繰り返し、空き缶の山をつくるように、虚ろな人生を積み上げていくのだ。連日、太陽が眩しく照りつけるにもかかわらず、夏は陰鬱に過ぎていった。

あの金曜日も含めて、夏の間ずっと、おれはビル・アレンだった。電話が鳴るたびに飛び上がったのも、ビル・アレンのせいだった。おれはニューヨーク州グレンズフォールズから来たビル・アレンで、大学が夏休みなのでここで働いている——まわりに人がいるときは必ず大声でそう話した。電話は誰かが、ビル・アレンであることをおれに証明させようとして、かけたのかもしれない。ありえないとわかっていても、そう考えずにいられなかった。去年の十二月、別の偽りの生活を送っていたとき、ニュージャージー州ケープメイ近郊で、おれはガソリンスタンドに強盗に入った。オフシーズンであたりに人影もなかったから、うまくいくと思った。それに、そのときの偽りの自分にぴったりの所業に思えた。カウンターにアルバイトの女子高生しかいないことを確かめると、スキーマスクで顔を隠し、安物のセミオートマティックを手に店内に押し入った。そのとき、指が引き金に引っかかったにちがいない。というのも、弾丸が勝手に飛び出したからだ。彼女は死ななかったかもしれないが、本当のところはわからない。弾丸はキャッシュレジスターに当たり、彼女は悲鳴を上げた。おれはレジに入っていた金を奪い、急いで立ち去った。悲鳴を上げたということは、死んではいないということだ。少なくともそれが、自分に何度も言い聞かせたことだった。頭の中が燃えるように熱くなったのを覚えている。撃つつもりはなかった。だが、今さら何を言っても手遅れだ。それからしばらくして、ロバートの伐採場で働きはじめた。ロバートは国税局と関わるのを嫌がり、給料は週末ごとに現金で払った。おれを雇うときも、身元保証人だの何だのうるさいことは言わなかった。やらなければならない力仕事が山のようにあり、いつも手伝わせていた息子を当てにできなくなっていたからだ。ビル・アレンはその仕事にぴったりの男で、おれはビル・アレンでありつづけるために、毎日できる限り努力した。それでも不安は治まらず、忌まわしい過去がコネティカット渓谷での暮らしに長く暗い影を落としていた。毎日、伐採場に車が入ってくるたびに仕事の手を止め、誰かと顔を合わせるたびにその表情をうかがった。ビル・アレンが心穏やかに過ごせた日は一日とてなかった。ロバートのもとで朝から晩までへとへとになるまで働いていなければ、眠ることもできなかっただろう。ビル・アレンでありつづけるためにあれほど努力していなければ、この手で撃ち殺していたかもしれない。だが、そうならなくても、いずれ別の名前で別の人生を送るときがやってくる。アレン・ウィリアムズ、アル・ウィルソン、ビル・ロバーツ、とにかくそういった名前で。ビル・アレンはあの夏、炎に焼かれて死んだ。忌まわしい過去とともに。そういうことにしておこう。

その金曜日の正午頃、伐採場に電話の音が鳴り響いた。八月に入ると、電話は毎日のようにかかってきた。当時、ロバートの息子ジョンは加重暴行罪で起訴され、州都コンコードの拘置所で公判を待っていた。電話が鳴る回数が増えたのは、そういうわけだ。電話にはスピーカーが二つ接続されていた。どちらもロバートが取り付けたもので、一つは、事務所代わりの小屋の煙突にボルトで固定され、もう一つは、伐採場のはずれの枯れかけた楡の木に、梱包用のワイヤーでくくりつけてあった。少なくとも日に二回、電話がふいに鳴りだすたびに、おれの心臓は激しく鼓動した。あちこちに積み上げられた丸太の山の間にも、その音は響いた。伐採場は、ハノーヴァーの北を走る高速道路のすぐそばにあり、草が生い茂るなだらかな丘と窪地に生えた木々に囲まれていた。ロバートの自宅は、その丘のてっぺんに、伐採場を後方に農地を前方に見下ろす形で建っていた。静かな日は、農地を四分の一マイルほど流れるコネティカット川の美しいせせらぎとともに、小鳥の声や木々を吹き抜ける風音も聞こえてきた。だが、おれがそうした日を心から楽しめたことは、一度もなかった。

電話の音は、おれが操作している黄色のマキシリフト——作業場を片付けるために使いつづけている、廃車寸前のクレーン車——のエンジン音にかぶさるように鳴り響いた。おれは太陽に照りつけられて汗まみれになりながら、切り出した十二トンのサトウカエデを、次の年に備えて乾燥中の薪の山に積んでいた。電話はいったん止んでまた鳴りだしたが、おれにかけてきたのではないとわかっていたから、無視した。機械を止めて作業場を突っ切り、小屋に飛び込んで受話器を取り上げても、ほとんどの場合、かけてきた相手はロバートはいるかと尋ね、いないと答えるとすぐに電話を切った。あるいは、出たのがロバートでないとわかると、何も言わずに切った。そこでようやく、おれは普通に息ができるようになる。なぜなら、おれを探している誰かからではないとわかったからだ。電話をかけてくるのは、おれと話しても埒《らち》が明かないと考える地元の人間か、そうでなければ、拘置中のジョン・ウィルソンからのコレクトコールを受けるかと機械的に尋ねるメリマック拘置所の交換手だった。後者の場合は、受けると答えてロバートを呼んでこなければならないが、いずれにせよ、誰もおれとは話したがらなかったし、おれも誰とも話したくなかった。だからそのときも放っておいた。いずれロバートが出るだろう、あるいは出ないかもしれない。どこを探せばおれを見つけられるか連中もわかっているはずだ、彼はよくそう言った。三十年間同じ場所で働いているんだ、やつらがおれを見つけられないからといって、何でおれが電話に出なきゃならない？　そんな間抜けな連中にいちいち付き合ってられるか。ロバートの声は低くざらついていた。がっしりした胸の内側を何年も汚しつづけている煙草のせいだ。伐採場に通じる未舗装の道路の入り口には、何の標識も出ていなかった。ロバート・ウィルソンの伐採場がどこにあるか、人に聞かなくても、地元の人間はみなわかっていた。

ロバートが小屋からあらわれ、クレーンを止めるよう手を振って合図した。おれはスイッチを切り、キーをひねってオフの位置に合わせると、ブレーキレバーを引いてクレーンから降り、小屋まで歩いていった。ロバートはいつものデニムのつなぎ姿で眩しそうに目を細めながら、こちらに頷いて話しはじめた。

「電話はフランク・ロードからだった。明日、薪を届けてほしいそうだ」ロバートはポケットから二十五ドル取り出しておれに渡した。そういう取り決めになっていた——土曜日に働くときは五十ドル、そのうち二十五ドルは前渡し。「今日のうちにトラックに積んでおいてくれ」

おれは頷いた。「注文の内容は？」

「普通の薪を二コード、窯で乾燥させた薪を半コードだ」

ロバートは古いトレーラーを窯に改造し、その中で薪の一部を乾燥させていた。ここの客の大半は、自然乾燥させた薪と窯で乾燥させた薪を組み合わせて注文した。窯で乾燥させた薪は、自然乾燥させた薪より多くの熱を発する。つまり、窯で乾燥させた薪を交ぜて燃やせば、より多くの熱が得られ、自然乾燥させた薪も効率的に燃焼する。たとえば、薪ストーブで暖をとる場合、自然乾燥させた薪二コードに、窯で乾燥させた薪半コードを交ぜて燃やせば、乾燥させていない薪四コードを燃やしたのと同じだけの暖かさが得られる。薪ストーブが家全体を暖める主たる器具であるときは、薪一本一本から得られる限りの熱を引き出さなければならない。ロバートは窯で乾燥させた薪に普通の薪より高い値をつけていたが、そのことで文句を言う客は一人もいなかった。

おれはテキサコの野球帽を脱いで尋ねた。「いつものように、ごっちゃにならないようトラック二台に分けて運ぶんだろう?」フランクの農場は、ここからやや西寄りの北の方角へ三十五マイル行ったところに——地図の上では、コネティカット川のヴァーモント州側、ニューベリーの近くに——ある。コネティカット川は、ノースイースト・キングダムを北から南へ貫くように流れる川だが、ウェルズリヴァーの少し先でU字型に湾曲し、わずかな間、北へ向かったあと、南向きに戻って流れている。彼の農場は、その湾曲部全体を内部におさめ、西端の高速道路五号線から東端の川岸まで——ヴァーモント州とニューハンプシャー州の境まで——広がっていた。地球上で最も美しい場所の一つで、そこの畑と木立と空の組み合わせほど心動かされる風景を、おれはそれまで見たことがなかった。

おれはその夏に一度だけ、ビル・アレンはそれまで見たことがなかった。

おれはその夏に一度だけ、ロバートとともにウェルズリヴァーまでチェーンソーを買いに出かけたとき、そこを通り過ぎた。五号線を北上するトラックの窓からの眺めに、いきなりフランクの農場の白い建物と畑があらわれたときは、これからもずっとビル・アレンのままで、どこかで生きていけるかもしれないと思った。その帰り道、緑色の絨毯のような畑が川の湾曲部まで続いているのが見えたとたん、あらゆるものが動きを止めた。トラックのエンジン音も、ギアを切り替える音も聞こえなくなった。トラックがゆっくりと前進する間、川の湾曲部に広がる光景を、農場と畑と夕陽に染まる青空を、何枚もの写真に切り取って心にしまい込んだ。おれはそのわずかな間だけ生き返り、農場が後ろに遠ざかるとまた死んで、偽りの自分――ビル・アレンと名乗る男――に戻った。

ふと気がつくと、ロバートが首を振りながら話しかけていた。「ほかにもやってほしいことがあるそうだ。小型トラックのほうはストービクに運転させよう」

ストービクは、伐採場の南のホワイトリヴァー・ジャンクションに家があり、ロバートのもとで半端仕事をやっていた。電話がないので、ロバートが彼に何かやらせたいときは、いつもおれが朝いちばんに車で迎えに行った。といっても、玄関先にブロンコを停め、彼が出てくるのを待つだけだったが。ときには、薄汚れた窓の向こうに細く白い手があらわれて、帰ってくれと合図した。つまり、酔っ払っていて仕事はできないということだ。妻との仲が険悪になったときは、伐採場の排水路の中で一ヵ月ほど暮らしていた。彼の妻は彼らの家と同じくらい大きかった。彼自身はレールのように痩せていて、ここしばらく――一週間、一ヵ月、もしかしたら一年――シャワーを浴びていないような匂いがした。そのうえ、歯は折れて茶色くなった歯根だけが残り、指先には煙草の脂《やに》が染みついていた。それでも、男二人でやるよりも早く薪を割って積み上げ、手間賃は普通の半分だった。

「それなら明日の朝、やつを迎えに行ってくる」

「いや、いいんだ。おれが今夜のうちにここに連れてきて、ポーチで寝かせるから。明日間違いなく働けるようにしておきたいからな」ロバートはそう答えると、小屋の中に引っ込んだ。おれはフランク・ロードのところへ持っていく薪を用意してから、ねぐらにしている納屋の二階に引き揚げた。

翌朝、五時半に伐採場へ行った。あたりはまだ真っ暗だったが、ロバートは先に来て、走行灯をつけたピックアップトラックの中で、コーヒーを飲みながらゆで卵を食べていた。彼が窓を開けて座っている運転席側に、おれは車を寄せた。

「まだ寝てるんじゃないかと思った」と彼は言った。

おれはブロンコから降り、白い大型トラックの助手席に乗り込んだ。小型トラックの運転席にはストービクが座っていた。

大型トラックの床は運材用のチェーンに占拠されていた。ロバートが最後にそれを使ったのは、比較的まともな取引相手のもとへ木材を運んだときだった。そうしたチェーンを、彼は納屋に納まりきれないほど持っていた。だからいつもは、トラックに積んだまま木材の重量を測らせ、木材を降ろし終えると、はずしたチェーンはほったらかしにして引き揚げた。これまで何人の客がチェーンの重量分まで払わされたかは、神のみぞ知る。助手席側のヒューズボックスに覆いはなく、走行中に跳ねたチェーンからいつ火花が散ってもおかしくないとあっては、気の抜けないドライブになりそうだった。

トラックを出し、コネティカット川のニューハンプシャー州側にあるノース・ヘイヴァリルへ向かった。積載量ぎりぎりまで薪を積んでいたから、時速三十五マイルでゆっくり走った。ストービクはウインカーを点滅させながら、おれたちのすぐ後ろからついてきた。ロバートはギアと格闘しながら丘を登りきると、煙草に火をつけて話しはじめた。

「おれは十五のときに家を飛び出し、フランク・ロードの農場で働くようになった」そう言っておれを見た。

「そいつは知らなかったな」とおれは答えた。

「フランク・ロードにさんざんこき使われ、このまくたばるんじゃないかと思ったが、おかげでまともな人間になれた。あれはおれの身に起きた最良のできごとだった」

「そうなる前はどこに問題があったんだ?」

「すぐかっとなったのさ」と彼は答えた。おれたちは崩れかけた納屋の前を通り過ぎた。「短気なうえに大酒飲みだった」

「十五歳で?」

ロバートは頷いた。「あの頃の十五歳は、今の三十五歳とたいして変わらなかった。仕事と車さえ持っていれば、一人前の男として暮らしていけたし、そんな暮らしがいやになったら、とっととおさらばしてやり直せばよかった」

そう答えて深々と煙草を吸った。そのあとは黙り込み、目的地にたどり着くまでひたすら煙草を吸っていた。

ドライブウェイに入ると、フランク・ロードが前方に立っているのが見えた。酸素吸入マスクをつけ、〝酸素〟と白い文字で書かれた緑色のボンベを隣に立たせていた。その背後に、川岸まで広がる畑が見えた。大きな白い母屋はペンキを塗り直す必要があり、そのまわりに建っている納屋や家畜小屋も同様だった。母屋の脇に停まっているピックアップトラックだけが新しかった。母屋のてっぺんに取り付けられた錬鉄製の風向計は、大きな牡馬をかたどったもので、そのときは北をさしていた。

彼はロバートに曖昧に手を振った。「何の用だ？　性根を叩き直してもらいたいとか？」透明なプラスティック製のマスクに遮られて、その声はひどく聞きとりにくかった。彼は吐く息でマスクの内側を白く曇らせながら、いちばん近くにある納屋を指さした。「薪はあそこに入れてくれ。きちんと分けて積むんだぞ」

それだけ言うと、ロバートとともにゆっくり母屋まで歩いていき、ポーチに置かれたキッチンチェアに座った。ストービクとおれはトラックから薪を降ろし、納屋に運び入れた。ストービクはすばやく、しかも、おれがこれまで見たことがないほどきっちりと、薪を積み上げた。黙って作業する間、永遠に貼りついたような笑みを浮かべていた。

できあがった薪の山はどこから見ても完璧だった。おれたちはポーチにいるロバートとフランクに報告した。時刻はちょうど正午をまわったところだった。

「全部すませたぞ」とおれは言った。

ロバートはストービクに頷いた。「誰がどれだけ仕事をしたか、ちゃんとわかっているからな」

「もう一つやってもらいたいことがある」フランクはそう言って一枚の紙切れを差し出した。

「何だ、それは？」とおれは尋ねた。

「昨日の朝、ハリス判事がここに立ち寄った。非公式にな。彼の家族とは五十年ほど前から知り合いなんだ」そよ風がトウモロコシの穂を揺らしながら通り過ぎた。「わたしがマリファナを栽培していると、誰かが州警察に密告したそうだ。連中は令状をとり、わたしの家と畑を捜索するつもりらしい。それで、これを届けてくれたわけだ」おれは紙を受け取って目を通した。それは一日限りの野焼きの特別許可書だった。

「おれたちにどうして欲しい？」

「焼き払ってくれ、何もかも。道路の端から川岸まで。畑にあるものは一つ残らず」フランクはストービクとおれをまっすぐ見た。「ひょっとしたら、メキシコから持ち込まれたマリファナがトウモロコシ畑に紛れ込んでいるかもしれない。用心することに越したことはないからな」

作業の指揮はロバートが執った。母屋に最も近い正面のトウモロコシ畑から始めたのは、風が川へ向かって吹いていたからだ。彼とおれは噴霧器でガソリンを撒き、地面と作物をたっぷり湿らせた。ただし、畑を貫くように細長く、完全に乾いた部分を残しておいた。畑の畝と畝の間には、フランク・ロードの主要な収入源であるマリファナが、三株ずつまとめて植えてあった。

次に、トラクターに乗ってまばらな木立を突き抜け、川岸まで続く広大なトウモロコシ畑に出た。六百ヤードほど先の、畑のちょうど真ん中あたりに、ちっぽけな白い小屋が建っていた。

ロバートはそれを見ながら言った。「おれと最初の女房は、あそこに住んでいた」

おれは彼を見た。「あんたが結婚していたなんて知らなかったな」

彼は頷いた。「していたんだ、しばらくの間は」そう答えて小屋を指さした。「ああいうところに住んでいたら、結婚生活なんてそう長くは続かないものさ」その目は小屋から離れなかった。「それに、あの頃のおれはすぐかっとなった」

おれは目をこすった。「あれも燃やさなきゃだめかな？」

「もちろんだとも」ロバートは赤いハンカチで額を拭った。額を流れ落ちる汗が目に入り、顎を伝っていた。

おれはもう一度小屋を見た。「誰かが住んでいたらどうする？」

「かまうもんか、畑もろとも燃やしちまおう。誰かが住んでいるとしても、そいつはロード家の人間じゃないし、この地に居座る権利もない」ロバートはトウモロコシの茎を引っ張りながら答えた。「フランクが燃やせと言ったんだ、おれたちは言われたとおりにやればいいのさ」川岸まで続いているトウモロコシ畑を見渡した。「くそっ、地獄のように暑いな」そう呟いておれを見た。「こいつをすませたあとは、二度と寒さなんか感じなくなるだろうよ」彼はおれを後ろに乗せたままトラクターを出し、白い小屋へ近づいていった。

トラクターは小屋の手前で停まった。そこから見える窓ガラスはすっかり割れ落ち、補強用の金網だけが風雨で錆びつきながら残っていた。中からブーンというかすかな音が聞こえた。

「気をつけろ」ロバートはそう言って噴霧器のノズルをつかみ、窓にガソリンを噴きつけた。やがて、ハチが数匹ずつかたまって窓から飛び出してきた。そのうちの何匹かは動きが鈍く、金網にしがみついた。ロバートはそれを指さし、トラクターがたてる音に負けないよう声を張り上げた。「スズメバチだ。このあたりでいちばんの厄介者さ」おれの目にも、触覚が伸びた頭部とくびれた胴部、尻から突き出た針が見分けられた。どのハチもガソリンで濡れていた。

「もういいだろう、火をつけろ」

「だめだ、引火して爆発しちまう」おれは噴霧器と、トラクターに載せたガソリンタンクを指さした。

「ガソリンは燃えない。液体だからな。液体のままじゃ燃えない。気化したときに燃えるんだ」ロバートはポケットからマッチを取り出し、トラクターの表面で擦って火をつけると、ガソリンを噴きつけた窓から投げ入れた。

大きな音をたて、炎が上がった。スズメバチは死にもの狂いで窓から飛び出そうとした。炎の壁にまっすぐ飛び込んで突き抜けようとし、火がついた羽をはばたかせながら、気流に乗って上昇する間に燃え尽きた。燃えながらシャツに貼りついてきたハチを、おれは地面に払い落とした。今やハチは、いたるところで飛んだり燃えたりしながら、行く手を阻むものに針を突き立てていた。片方の羽をなくしながら飛びつづけていた一匹は、やがて硬貨ほどの火の玉となり、ぐるぐる回りながらトウモロコシ畑に飛び込んでいった。窓から飛び出してきた別の一匹は、ガソリン独特の光沢を放ちながら、火のついた羽をはばたかせて畑まで飛んでいき、胴体が灰となって焼け落ちるまで、羽を動かしつづけた。ロバートは腕に止まった数匹を払い落とすと、再びトラクターを出して川へ向かった。

川の手前のトウモロコシ畑には、たっぷりとガソリンを染み込ませ、川岸にはそれより少なめに撒いた。「火のほうでガソリンを見つけてくれるだろう」とロバートは言った。「さっき残しておいた乾いた部分は、ほかよりゆっくり燃えるはずだ。これで準備はできたな」

おれたちが決めた手順は次のようなものだった。最初に、ストービクを湾曲部のニューハンプシャー州側へトラックで行かせ、そのあと、おれが川岸から火をつける。そうすれば、炎が勢いに乗って川を越え、対岸まで燃え広がるのを防げるからだ。ロバートがトラクターで畑を突っ切って戻っていくと、おれはマッチを手に川岸に立った。そこからだと、白い小屋はトウモロコシに隠れてほとんど見えなかった。川が岩の間を流れながら、軽やかな笑い声をたてた。それ以外のものはすべて動きを止めた。おれの心臓も、何年かぶりに激しく鼓動するのをやめた。ビル・アレンは川岸に立ち、今こそ死ななければならないと思った。自分が生まれた場所に戻り、自分がつくりだされるもととなった罪を償わなければならない。そのとき、大型トラックのクラクションが鳴った。畑を通り抜けたとロバートが合図を送ったのだ。おれはトウモロコシ畑に火をつけ、ビル・アレンは炎に飛び込むことにした。おれ自身は死ぬつもりはなかった。どれだけ痛みを伴おうと、普通の生活に戻る方法を見つけるつもりだった。偽りの生活を送るうちにそれが当たり前になっていたが、そろそろ何とかすべき頃合いだった。

火は瞬く間に燃え広がり、おれはコネティカット川に飛び込んだ。冷たさはまったく感じなかった。まるで、火から生じた熱が湾曲部に達し、水の中まで届いたようだった。対岸に上がって振り向くと、ロバートがかつて結婚生活を送った白い小屋が、ちょうど炎に包まれるところだった。まるで薄葉紙でできているかのように、壁と屋根がめらめらと燃え上がり、次の瞬間、全体が焼け落ちた。その間にも火は勢いを増し、顔を向けていられないほどあたりの空気が熱くなった。土手を上がると、ストービクが小型トラックを停めて待っていた。ヴァーモント州側へ引き返す間、おれもストービクも何も言わず、青く美しい水平線上に黒い雲が立ちのぼるのを眺めた。おれたちが空を永遠に汚してしまったような気がした。

フランクの農場に戻ると、地元ボランティアの消防隊がサイレンを鳴らし、ライトをつけて駆けつけていた。ロバートは彼らに引き揚げてもらおうと、ハリス判事がフランクに与えた許可書を見せてまわっていた。

がっしりした体格の隊員が許可書を手に取り、目を通した。「ミスター・ロード、いったい何を考えているんです？　野焼き？　一つ間違えば大変な惨事になっていたかもしれないんですよ」そう言って、ロバートとフランクに火災の恐ろしさを説いた。彼の言うとおりだった。

ストービクとおれは小型トラックの中にとどまった。一時期、炎は母屋より高く立ちのぼった。ストービクはフロントガラスにひびが入らないよう、トラックをバックさせた。おれは大型トラックの助手席に移ってしばらく見守っていたが、そのうち眠ってしまった。ロバートが運転席に乗り込んできたのは、夜もだいぶ更けてのことで、彼がドアを閉めた音で目が覚めた。畑はまだ燃えていた。おれたちはゆっくり車を走らせて伐採場に戻り、おれはブロンコの中で寝た。明日は一日中車を走らせて警察に自首しよう、そう心に決めていた。ビル・アレンはもう死んだのだから。

翌朝、伐採場に鳴り響くけたたましい電話の音で目が覚めた。ロバートが電話に出ようと小屋へ入っていくのが見えた。まもなく、いつものつなぎ姿で小屋からあらわれ、こちらに近づいてきた。おれがブロンコから降りると、コーヒーが入ったスタイロフォームのカップを渡し、ブロンコを指さした。

「昨夜はそこで寝たのか？」おれが頷いてコーヒーを啜ると、彼は続けて言った。「電話はジョンからだった。あいつは明日、二年の刑と引き換えに有罪を認めるそうだ」いったん口を閉じ、首を横に振った。「いずれにせよ、明日は休みだ。おれはコンコードまで行って、判決の言い渡しに立ち会ってくる」そう言ってポケットから丸めた札束を取り出し、おれに渡した。

「これは?」とおれは尋ねた。

ロバートはすっと目を細めておれを見た。「要るのか要らないのか?」その口調から、おれの意図を察し、黙って行かせようとしているのがわかった。おれがただ頷くと、彼はこちらに背を向けて小屋へと歩きだした。おれはその後ろ姿を、ドアの向こうに消えるまで見守った。それからブロンコに乗り、伐採場をあとにした。五号線に出ると、車を北へ走らせてヴァーモント州との境を越えた。川の湾曲部の上空には、今もなお巨大な黒雲が浮かんでいた。五号線を北上しながら、完全に焼け野原と化し、今もくすぶりつづけている畑を眺めた。煙のせいで、フランクの農場全体が灰色がかって見えた。なおも車を走らせてノースイースト・キングダムに入った。そして、自首する勇気を奮い起こせないまま、その冬はケベックの伐採現場で過ごした。

あれから一度だけ、ノースダコタ州で渋滞に巻き込まれたとき、道路沿いの電話ボックスからロバートの伐採場に電話した。だが、出たのが息子のジョンとわかると、何も言わずに切った。それからまた時間が流れ、別の名前で別の人生を送っていたとき、どこかへ向かう途中で誰かから道路地図をもらった。それをぱらぱらめくるうち、ヴァーモント州とニューハンプシャー州が同じページに載っていることに気づいた。二つの州の境界線をなすコネティカット川を、北へ遡るように指先でなぞった。その指が川の湾曲部に達したとき、思わず地図を取り落とした。ほんの一瞬だが、指先がそこに触れたとたん、地図の表面が焼けるほど熱くなったのだ。炎がたてる唸りが聞こえ、白い小屋が焼け落ちるのが見えた。空気を求めて炎が舞い、風を巻き起こした。ガソリンの匂いがした。ビル・アレンが黒い馬にまたがり、炎を飛び越えようとしていた。そのすぐ後ろに続く三つの黒い影は、長い黒髪をなびかせたスズメバチで、火に焼かれながら彼を追っていた。やがて、叫び声を上げながら彼に襲いかかり、馬から炎の中へ突き落とした。

それからまた数年後、タコマ（ワシントン州西部の港湾都市）近郊にある州立西部病院の閉鎖病棟で、拘束衣を着てストレッチャーに縛りつけられている男を見かけた。おれは男に近づいて声をかけた。

「今でも拘束衣が使われているなんて、知らなかったな」

男はわずかに頭をそらして答えた。「まあ、見てのとおりさ」病棟のどこにいても、麻酔剤の匂いがした。白衣を着た医師が通り過ぎるまで、男は黙っていた。「なあ、一つ頼みがある。おれの肩を掻いてくれないか？」

おれはゆっくりと手を伸ばし、キャンパス地の上から右肩を掻いてやった。病棟の窓はすべて頑丈な金網で覆われていた。

「もっと強く。それじゃ何も感じない」男はおれを見上げた。「連中は暖房費をけちっているんじゃないかな。寒くないか？」おれがいやと首を振ると、男は言った。「おれは昔から寒がりなんだ」

おれはキャンパス地に爪を立て、さっきより力を込めて掻いた。「まだ名乗ってなかったな。ジョン・ウィルソンだ」

男は目を大きく見開いておれを見つめ、それから穏やかな声で言った。「おれと同じだ」

おれは思わず手を止めた。「ミドルネームは？」

彼はかすかに首を振り、目を閉じた。「あんたと同じさ」そう答えて身を震わせた。だが、おれはどっと吹き出た汗で、お仕着せの薄いガウンを湿らせていた。顔が火であぶられたように熱くなり、煙の匂いがはっきりと嗅ぎとれた。

虎
Tigers

R・HとA・J・Cへ

氷は生きものではないが、成長すると言われている。冷気を取り込んでその厚みと強さを増し、いたるところにあらわれる。気温が摂氏〇度に達すると、徐々に融けて水になる。大陸ほどの大きさの氷山でも、気温が数度上がれば消えてしまう。寒さが戻ると、再びあらわれて成長する。

冬のある朝、コネティカット渓谷全域で冷え込みが緩み、気温が上昇した。ノーウィッチ（コネティカット州南東部の都市）の〈ダン・アンド・ウィッツ〉の小さな駐車場では、貯水池の氷が割れる音が銃声と聞き違うほど大きかったことが、ひとしきり話題になった。ホワイトリヴァー・ジャンクションでは、駅の貨物積み下ろし用プラットホームで、死亡事故が起きた。ガスストーブを積み上げたパレットが傾き、プラットホームにいた作業員たちの上に崩れ落ちたのだ。ハノーヴァーでは、車がカーブでスリップし、電柱に激突した。まるで渓谷全体が滑ったり転んだりしているかのように、電気と電話がときどき使えなくなり、そうした状態が正午まで続いた。川から氷があふれて道路やドライブウェイへ流れ込み、完全に水になったあと、再び凍結した。

ハノーヴァーの北に位置するオルフォード郊外の、雪が降り積もった道路からさらに二百ヤード引っ込んだところに、三軒の大きな農家が建っていた。マーク・ホフに仕事を依頼したのは、その真ん中の家だった。先日の嵐で、家屋のすぐそばに立つ二本のマツの大木が、上のほうから引き裂かれた。片方の幹は上から十フィートのところで折れ、排水溝にかぶさった。どちらも高さは七十フィートあり、屋根に当たらなかったのは幸いだった。

マークは耳栓とゴーグルをつけ、一日中チェーンソーを動かした。両方の木を切り倒し、切り株を地面すれすれまで切り詰め、表面を平らでなめらかにした。春になったら、研磨しに戻ってくるつもりだった。高校を卒業して十五年、マークは木を切りつづけていた。数年前までは請負業者として、嵐で電線に引っかかった障害物を除去しに、地元を中心に北はケベックまで出かけていった。彼が仕事を請け負っていた〈カルヴィンズ・ツリー・サービス〉は、ニューイングランド（米国北東部の六州からなる地域）全域で事業を展開し、一チームに一台の大型トラックと多数の請負業者を割り当てていた。マークは自分と自分のトラックだけで働くことを好んだ。組織や上司とずっとうまくやっていけるとは思えなかった。

木を切る間、キッチンのカーテンが動くのを、目の端で何度かとらえた。コーヒーを飲みたかったが、仕事の手を止めたくなかった。飲めば冷えきった体が温まるだろうが、そのあと決まって小便がしたくなる。住宅地で住人に見張られながら仕事する場合、それはまずい。そんなことをして誰かの感情を損ねたくない。カーテンが再び動いた。仕事中に見張られるのは嫌いだったが、そういう目にはしょっちゅうあっていた。住人のことは頭から追い出した。

代わりに、付き合いだして一年半になるガールフレンドのアン・レーサムと、彼女の息子ジミーのことを思い浮かべ、いい加減にならないよう気をつけながら、仕事の手を速めた。切り倒した木に近づき、枝を払いはじめたときには、ジャケットの下に汗をかいていた。そのあと幹を十フィートの長さに切り揃えたのは、契約しているクレーン車のドライバーがいつでも持っていけるようにするためだ。すべての作業を終わらせ、トラックの荷台に大型チェーンソーを載せる頃には、ドライブウェイの凍った雪の表面や木の切れ端に、おがくずがうっすらと積もっていた。今使っているチェーンソーは、住宅地での仕事や、ノースイースト・キングダムでいつかやりたいと思っている伐採の仕事にぴったりだった。刃の右側が平らになっているのは、表面にしっかりと食い込ませるためで、おかげで枝払いが楽にできた。取っ手とキャブレターは、電気で暖められるようになっている。こいつがなければ仕事にならず、食いはぐれてしまうだろう。今日もいい仕事をしてくれたことに、マークは満足していた。

そこは何年もの間、オーバック家が所有していた土地だった——マークは彼らの依頼で木を切っていた——が、今の所有者はジュディス・セルマンという女で、彼が仕事を終えたのを見ると、寒さに震えながらドライブウェイに出てきた。彼女は一本につき百五十ドル、合計三百ドルの代金を、マンハッタン銀行宛てに振り出した小切手で払った。今日は金曜日で、現金化できるのは早くても火曜日だったから、ありがたいとは思わなかった。

マークは小切手を受け取って彼女に言った。「なあ、おれを見張るのはよしてくれ。自分が何をやっているかくらい、ちゃんとわかっている」ジュディス・セルマンが何か言いかけたが、彼は踵を返してトラックへ向かいながら、半分自分に言い聞かせるように言った。「あんたのものになる前から、ここの木を切っているんだ」

南下してハノーヴァーを通過し、ダートマスの手前の緑地を迂回して、レバノンに入った。そこで小切手を預け、週末のために百ドル引き出した。彼の住まいは、ハノーヴァーから北へ三マイルのところにあった。かつて祖父のものだった家の一階がそれで、二階には、〈ホワイトマウンテン石油〉の配送トラックを運転している弟が住んでいた。

土曜日の朝、頭にずきずきとした痛みを覚えながら目覚めた。鼻水が止まらず、息が苦しかった。レバノンのアンの自宅に電話した。アンは歯科医院の事務主任としてフルタイムで働いていて、ジミーの面倒は彼女の妹が見ていた。留守番電話にメッセージを残す前に、どんな口調で話すべきか考えた。人と電話で話すときは、要件だけ手短にすませるようにしていた。ピーという音のあと、明るく軽い調子で話しはじめた。今日は気が進まなければ無理して来なくていい。ちょっと具合が悪くて、一緒にいても楽しくないだろうから。いずれにせよピザは注文するから、来たくなったら来てくれ。最後に「愛してる」と言い添えて電話を切り、ベッドに戻った。

愛は生きものだ。成長して、いたるところにあらわれる。成長させるには細心の注意が必要だが、生きているときのそれは、この世で最も美しいものの一つだ。

その日の午後遅く、マークはベッドから出て玄関へ行き、ドアのロックをはずしておいた。靴下のまま家の中を歩きまわり、ストーブに薪を入れた。冷蔵庫からオレンジジュースを取り出して一口飲み、ベッドに戻った。六時半頃、二人が歩道を歩いてくるのが聞こえた。彼女は雪のなかを足早に進み、男の子がそのあとを追いながら、何やら問いかけていた。やがてドアが開き、二人は中に入った。

「世界一いい子の調子はどうだ?」とマークは寝室から声をかけた。

「あいにく、ここにはいないわ」とアンが返事した。「代わりに、道路の端に立っていたこの子を連れてきたの。けっこういい子みたいよ」

マークのいるところから彼女の顔は見えなかったが、笑っているのが声の調子からわかった。母子は玄関でブーツとコートを脱いでいた。「世界一いい母親の調子は?」

「その女《ひと》が来たら訊いてみて」とアンは答えた。「わたしのほうはくたくたで、その頃にはカウチで眠りこけているでしょうけど」

一方、ジミーはいつものように、家の中の水道管と水の流れ具合を調べはじめた。寝室、キッチン、トイレ、洗面台を静かに見てまわり、自分用の小型の肘掛け椅子がいつもの場所に――マークの寝室のドアのそばに――置かれているか確かめた。そうした彼なりの儀式を終えると、虎のぬいぐるみを抱いて椅子に座った。マークを見つめるその姿は、いかにも子供らしい子供だった。茶色のコーデュロイのパンツにスニーカー、青のタートルネックセーター。

ジミーを診た医者は、彼が抱える問題を〝同一性の維持に対する強迫的欲求〟と表現した。何人もの医者がそれと同じ言葉、同じ言い回しを使うのを、マークも聞いていた。初めてそれを聞いたとき、アンは泣いた。ただし、泣いたのはそのときだけだった。三人で別の医者を訪ねたときは、涙を見せなかった。ジミーの父親は長距離トラックの運転手で、ときおり養育費を送ってくる以外、母子には関わらなかった。小切手が届くこともあれば、届かないこともあった。大勢のシングルマザーがそうであるように、アンももっといい目にあってしかるべきだった。安定を得てしかるべきだった。だが、現実の世界ではそううまくはいかず、彼女にあてがわれたのは、フレズノからトラックを走らせて、タラハシー、クリーヴランド、オースティン、ボルティモアを一週間でまわり、余裕があれば養育費を送ってくる男だけだった（フレズノはカリフォルニア州中部、タラハシーはフロリダ州北部、クリーヴランドはテネシー州南東部、オースティンはテキサス州中南部、ボルティモアはメリーランド州北部の都市）。

マークは息を吸って吐いてから、「聞こえるか？」とジミーに尋ねた。呼吸に交じるぜいぜい、ひゅうひゅうという音は、深夜にどこかから聞こえてくる獣の遠吠えのようだった。「喉にコヨーテが住んでいるみたいだろう？」

「虎も」とジミーは答えた。

「もちろん」とマークは答えた。「虎もだ」

ジミーはピザが届くまで椅子から動かず、食べるときは、アンが一度に一枚ずつ紙皿に取り分けてやった。アンも一枚食べたが、疲れすぎないうちに家に戻りたがり、早々に帰っていった。別れ際、彼女はマークの額にキスした。マークは、雪のなかを車へ向かう彼女の足音に耳を澄ました。続いてドアを閉めるくぐもった音と、エンジンをかける音がした。車が遠ざかると、あたりはしんと静まった。気分は相変わらず良くなかったが、こうした土曜日のひとときをこれからも続けていくために、骨身を惜しまず働こうと思った。これからのことが頭に浮かんだ。三人で過ごす週末、四季折々の行事、夏休み、クリスマス。懸命に働くことに価値があると思いたかった。それを証明してくれるのが、家族だった。彼にとって家族は生きものだった。誰かに家族について聞かれたら、それこそ延々としゃべりつづけただろう。だが、普段聞かれることといえば、木を切ってもらうのにかかる費用とか、届けてもらった木材の代金とか、そういうことばかりだった。

日曜日が終わる頃には体調も回復し、月曜日の朝には、凍えるような寒さのなか、オルフォード近郊で木を切っていた。チェーンソーを動かしながら、アンとジミーのことを考えた。彼は彼なりのやり方で、ジミーと同じものを欲していた。ただ働くだけの人生は送りたくなかった。

虎は生きものだ。彼らはどこにでもいる。デトロイトからベンガルまで、食料品店のシリアルの棚にもいる。大きくて強く、体長が十八フィートになるものもいる。強くてどこにでもいること——生きていくには、この二つが必要だ。本物のサーカスには必ず虎がいて、全国をまわっている。なぜなら人は、クマのプーさんとその仲間の話を読むだけでなく、たまには本物の生きている虎を見たいからだ。たとえ本物のジャングルで暮らしていても、虎は夜を檻の中で過ごす。十分な広さがあり、内側から錠をかけられるのなら、誰にも煩わされずにすむからだ。虎は親しみやすく、かつ危険な生きものだ。

生まれ育った土地で懸命に働き、誠実に生きる人々は、仕事をしながら考える。どの通りを行けばいいか、銀行は何時に閉まるか、そういうことをいちいち考えずにすむのは、これまで何度も考えてきたからだ。彼らが考えるのは、健康と金のことだ。財布には子供たち——軍隊に入っていたり、大学に通っていたりする息子や娘たち——の写真が入っている。あるいは孫の写真が。生まれ育った土地で生きる人々は、健康と金のことを考える。彼らは一日を、一週間を、あるいは一年を変えてしまったささいなできごとを考える。マークも、ジミーと初めて会った夜のことを、それから何年経っても繰り返し考えた。やがて、あの夜のことを思い出すのがマークの日課になり、思い出以上のものになった。

あの夜、何が彼女の気持ちを変えたのか、マークにはわからなかった。確かなことは何一つ。アンは外で食事をとりたがり、マークは彼女と出かけたがった。友人のジョージ・ポストから車を借りたのは、トラックにはガソリンと燃料油の匂いが染みついていたからだ。マークとジョージは高校在学中から、卒業後もしばらくは、つるんでビリヤード場に出入りしていた。ところが、仕事が忙しくなるとそうもいかなくなり、ジョージは海軍から除隊処分を受けたあと、配管工の父親を手伝うようになった。車はジョージの祖父が遺したフォードアのポンティアック・セダンで、ホワイトアウル（米国ジェネラルシガー社製の葉巻）の匂いが半永久的に染みついていた。マークはジョージの家の前にトラックを停め、彼と一緒に離れのガレージへ行った。薄緑色のポンティアックはそこに入れてあった。

「こいつはいわばタイヤ付きのベッドだ」ジョージは長いボンネットを軽く叩きながら言った。「実際、後ろの座席はそういうことにたびたび使われてきた」

「今夜は違う」とマークは答えた。

「まあ、口では何とでも言えるからな」ジョージはマークに鍵を渡した。「ガソリンは満タンにしてある。楽しんでこい」

　アンが気持ちを変えたのは、もしかしたらマークが車を借りたからかもしれない。ガソリンや燃料油の匂いがしない車内に乗り込み、座席に座るときに服に油染みがつく心配をしなくてすむのは、気分のいいものだ。もしかしたら、車を乗り降りするたびにマークがドアを開けてやったからかもしれない。それほどあの夜の彼女は美しかった。もしかしたら、ポンティアックのホイールキャップのせいかもしれない。アンのショートカットの黒髪も完璧だった。肌は内側から輝き、笑顔は眩しいほどで、目にはきらめきが宿っていた。もしかしたら、食事をしながら交わした会話のせい、あるいは、マークがごくさりげなく支払いをすませたからかもしれない。もしかしたら、マークがぱりっとした白いシャツに、いつものジーンズではなくチノパンを合わせてきたからかもしれない。もしかしたら、車内でことに及ばなかったからかもしれない。もしかしたら、今まで挙げたなかのどれも関係ないのかもしれない。マークとアンの間にはあるしきたりがあった。彼が車で送っていくときはたいてい、彼女の住まいがある通りの端で彼女を降ろし、家の中へ入るまで見送った。息子がいることと、これまでに男たちから受けた仕打ちが、彼女を用心深い人間にしていた。しかし、あのときアンはこう言った、「今夜は家の前で停めたら？　ジミーに会いたければそうして」

　マークは何度も頷いた。「そうしよう。彼のことはよく話に出ていたから、いつか会いたいと思っていたんだ」

「よかった」とアンは言った。「今夜はそれにふさわしい夜だもの」

二人は車から降りると、手をつないで玄関まで歩いていった。

彼女がドアを開けて中に入ったとたん、ジミーが抱きついてきた。裏庭で犬が吠えた。彼女の住まいは一階が半地下になった二階建ての家屋で、母親が遺してくれたものだった。家族は昔からレバノンで暮らし、フラワーショップを営んでいた。

「こちらはマークよ」とアンはジミーに言った。ジミーは彼を見つめた。「マークに家の中がどうなっているか見せてあげたら?」

ジミーは頷き、小さな右手をマークの大きな手へ差しのべた。その手には温水パイプを触ってできた火傷の跡があった。「行こう、見せてあげる」ジミーはマークの手を引っ張ってキッチンへ向かった。キッチンに入ると流し台の前でひざまずき、下の扉を開けた。その間も、虎のぬいぐるみをしっかり抱えていた。彼の関心はもっぱら、銀色に輝くパイプに向けられた。キッチンのパイプがどうなっているかマークに説明すると、今度は浴室へ連れていき、そこのパイプ、とりわけ洗面台とトイレの下にあるそれについて説明した。それから、マークを連れて地下室への階段を降り、彼の手が届くところにぶら下がっている紐を引いた。明かりが灯ると、パイプ、ボイラー、小さな覗き窓がついた暖房炉を見せた。マークはジミーの説明をすべて覚えようとした。その後も家を訪ねるたびに聞かされたが、内容はほとんど変わらなかった。ジミーは彼なりに秩序づけた世界のことを、パイプの説明という形で話していた。そのことがマークに強い印象を残した。

その夜、ジミーは虎の絵柄のパジャマに着替えると、ベッドに入る前に床にひざまずき、自分の隣で同じことをしてくれとマークに頼んだ。暗い部屋の中に廊下の明かりが差し込んでいた。ジミーは小声で何やら呟きはじめ、祈るように両手を組んだ。最後にアーメンと唱えると、ベッドに飛び込んで毛布の下にもぐり込んだ。

それから「オリーブ・ジュース」と言った。

マークが立ち上がったとき、アンが部屋に入ってきて毛布でしっかりジミーをくるみ、「オリーブ・ジュース」と言った。

二人で居間に戻ると、「オリーブ・ジュースって何のことだ?」とマークは尋ねた。

「これからそう言うから、唇の動きをよく見ていて」とアンは答えた。彼女が「オリーブ・ジュース」と声に出さずに言うと、「愛してる《アイ・ラブ・ユー》」と言っているように唇が動いた。

「こうすれば、相手に『今、愛してるって言った?』と聞かれたとき、『いいえ、オリーブ・ジュースと言ったの』って答えられるでしょう?」

水は生きもので、住まいを必要としている。だけど家に住むと、どこもかしこも濡れてまわりに迷惑だから、パイプの中に住んでいる。温水と冷水は友達で、蛇口から一緒に出てきて、顔を洗う水や、〝汚れん坊のジミーをきれいにする〟水になる。お風呂や、一人で浴びられるくらい大きくなった男の子のシャワーにも使われる。水は石鹸を泡立たせ、石鹸が染みた目から出た涙と一緒に、パイプの中へ流れ込む。どうしてかというと、水はいつもパイプの中に住んでいるから。温水は暖房炉の火でよく温められて出てくる。温水の特別なところは、水なのに暖房炉の火を消さないことだ。水は道路の下のパイプを通ってやってくる。ずっと動きつづけながら、みんなの家にやってくる。ヴァーモント州のおじいちゃんの家は別で、あそこには井戸があり、パイプに入る前の水が住んでいる。海水は魚が住んでいるから、パイプには入らない。どうしてかというと、海水は魚の家で、どんな家もパイプの中には入らないからだ。この世界のほとんどのものは生きている。水は雨が降れば成長する。水たまりが大きくなるのを見れば、水が成長する生きもので、どこにでもいることがわかる。水が住んでいる場所を全部合わせたら、数えきれないほどの数になる。水はどこにでもいるから、生きものであるのは間違いない。暖房炉の窓を覗けば火が見える。ぼくの友達の間抜けなジョンは、火は地獄を意味するって言うけど、本当はママが言うように天国の一部で、暑いところを意味するんだ。火は祈りの時間を短くし、水を温め、ちょっかいを出した人間にお仕置きをする。火のおかげで、生きものは生きていられる。この世界のほとんどのものは生きている、ママはいつもそう言っている。ママは生きているとはどういうことかわかっている。そしてぼくは、虎と生きていることと水のことがわかっているんだ。

ある日曜日、マークはアンをトラックで迎えに行き、伐採を必要としていそうな土地を探しにレバノン郊外へ向かった。ジミーの面倒はアンの妹が見てくれていた。

「この区画の木は、おれがすべて切り倒した。どれだけ仕事ができるか見せるためだ」マークは整地された住宅用地の脇を通り過ぎながら言った。反対側の用地はまだ木が生い茂っていた。「残りの区画の仕事もおれが落札するはずだった」

「何があったの？」とアンは尋ねた。

「町の連中が反対した。もっと大きな事業者にやらせたがった」とマークは答えた。

「どうして？」

「個人事業者が加入している保険では、何かあった場合、十分な補償が受けられないのではないかと不安なんだと。まったく、おれが家に木をぶつけるようなへまをやるとでも思っているのか」

「でも、彼らの気持ちもわかるでしょう？」

マークは険しい目つきで彼女を睨み、低い声で言った。

「おれには高額の補償保険に入る余裕なんかない」

アンは肩をすくめた。「そして彼らには家を建て直す余裕はない」

マークは造成中の土地をゆっくり通り抜けて町へ戻った。その間、一言もしゃべらず、アンを家の前で降ろすとすぐに走り去った。

その年の夏、町にやってきたのはサーカスだけではなかった。長距離トラックを運転しているジミーの父親もやってきた。ジミーはサーカスを見に行きたがり、父親はジミーに会いたがった。マークは仕事で忙しかった。木を切るだけでなく、芝生の手入れも引き受けるようになり、収入が増えはじめた。週末も仕事するようになったのが、その主な要因だった。彼はこれからやってくる週末のために働いていた。

その日、アンとマークはハノーヴァーで落ち合い、通りの角にある〈コーヒー・ブルース〉でコーヒーを飲んだ。

「ジミーをサーカスに連れていってやりたいの」とアンは言った。「でも、ちょっと不安なの。ビルがジミーを連れて逃げるとか何か、そんなことをやりそうで」テーブルの向かいのマークを見た。「どう思う？」

「さあ、どうかな」とマークは答えた。「彼とはうまくいっているのか？」

「ううん、あんまり。あの人はすぐかっとなるたちだから。ねえ、あなたにわたしたちを見張ってもらうわけにいかないかしら？　午後から仕事を休むとかできそう？」

「かまわないさ。きみたちのあとをついてまわればいいんだろう？」

「ジミーに見つからないようにしなければいけないわ、あの子はあなたを知っているから。それでも、わたしたちから目を離さないでほしいの」

「任せてくれ」

アンは笑みを浮かべたが、疲れた表情をしていた。「ジミーは虎とその仕草に夢中になって、あまり動かないと思うの。ビルは綿菓子でも買い与えて、父親らしい気分に浸るつもりじゃないかしら」

「任せてくれ」とマークは繰り返した。

「じゃあ、お願いね。わたしたちより先に着いて、正面観覧席の見通しのいい席を確保したら、そこからわたしたちを見張ってちょうだい。何かおかしなことが起きたら、すぐ警察に連絡して何とか食い止めて」彼女は首を横に振った。「本当は心配でならないの。たとえば、化粧室に行かなければならなくなって、出てきたら二人ともいなくなっていたら？　そうなったら、どうすればいいの？」

「とにかく、おれたちにできることをやろう」とマークは答えた。二人は手をつないでコーヒーショップを出た。

サーカスのテントはハノーヴァー北部の農地に設営され

た。マークは仕事を早めに切り上げ、商売道具を丁寧にしまった。それからサーカスまでトラックを走らせ、早めに中に入った。駐車料金は五ドル、サーカスの入場料は十二ドルだった。

アンは六時前にはやってこないと言っていた。マークは人込みをすり抜け、彼女との打ち合わせどおり、リングの反対側の席に座った。

そこからだと虎の檻がはっきり見えた。まもなくアンが姿を見せ、ジミーとビルと一緒に虎を見物した。虎は、藁が敷かれたそれぞれの檻の中を行ったり来たりした。ジミーが虎を指さした。ビルは野球帽をかぶったまま虎に見入った。アンは何度かマークと目を合わせたが、それは別にかまわないようだった。

それからまもなく、アンはジミーを連れてボストンの医者に通うようになった。そんなことができるだけの金を、どうやってビルから引き出したのだろう、とマークは思った。おそらく彼のほうから寄こしたのだろう。金は生きものだから、増えたり消えたり、どこにでもあらわれたりする。金は生きものだから、彼女の手元に少しずつ増える金があったのかもしれない。マークは尋ねなかったし、彼女もそのことには触れなかった。ビルは二度と北へはやってこなかった。

日曜日、二人は伐採を必要としていそうな土地を探しに再び出かけた。アンは車窓を通り過ぎる風景を眺めながら、彼との会話を試みた。

「ビルの小切手がまだ届かないの」

「どこかでまたサーカスに行っているんだろう」

彼女はしばらく黙り込んだあと、「どういう意味?」と素っ気なく尋ねた。

マークはただ肩をすくめた。

「あなたが言ったことでしょう、だから、どういう意味?」

マークは首を横に振り、再び木を探しはじめた。

「家の前で降ろして」とアンは言った。

彼は玄関へ向から彼女の後ろ姿を見つめた。彼女は一度も振り返らなかった。ドアが乱暴に開け閉めされたのが、音でわかった。裏庭で犬が吠えだし、前面の生垣がやけに目についた。彼女の家が通りのほかの家と同じくらいよそよそしく見えた。トラックを出して走らせながら、ふいに孤独を覚えた。生まれたときから知っている人々や土地に囲まれていても、彼は孤独だった。

何が彼女の気持ちを変えたのか、正確にはわからなかった。自分がいつもガソリンと燃料油の匂いを漂わせているのはわかっていた。ピザを食べながら過ごす金曜日の夜は、以前ほど楽しくなくなった。彼女はボストンへ行くたびに疲れて帰ってきた。セックスのせいではなかった。二人ともどれだけ忙しく疲れていても、そのための時間とエネルギーは別にとっていた。だが、そのセックスからも何かが失われていた。ジミーに会う機会が減ったのは、アンの提案で金曜日の夜は外で食事するようになったからだ。車を買う余裕はなく、そのときもトラックで迎えに行った。ジミーの姿は見あたらなかった。

「ジミーは？」とマークは尋ねた。

「妹が面倒を見ているわ」とアンは答えた。「マーク、実はね、このところずっと悩んでいたの」

「何を？」

「いろいろ考えたんだけど」彼女はそこで間を置いた。「ボストンに引っ越すかもしれない」

「どうして？」

「学校へ行って眼科の勉強をやりたいの。視力の治療を専門とする看護師になりたいの」

「仕事の拠点を移すのは、おれには無理だ」

「あなたにそんなことはしてほしくない。わたしがしばらくここから離れたいの」

「ここは木が多すぎる？」とマークは努めて明るく尋ねた。

「ええ、木が多すぎる」とアンは答えた。

木は生きものだ。成長し、呼吸をして、どこにでもいる。木の内側には、今まで何年生きてきたか、その間にまわりで何が起きたかを物語る年輪ができている。幅の狭い年輪は、その年に旱魃か火事があったことを示している。幅の広い年輪は、雨がたっぷり降って過ごしやすい年だったことを示している。ニューイングランドの農地に立つ木は、有刺鉄線を食い込ませたり、崩れた古い石壁をまわりこんだりして成長する。そのまま成長を続けられたら、生きていられたら、そうしたものより強く大きくなり、内側に取り込んでしまう。有刺鉄線は生きものではない。石も、どこにでもあるけれど、生きものではない。

マークはアンを彼女の職場の駐車場で見つけた。彼女は車に乗り込むところで、彼があらわれるとは予想してなかった。二人は二日前から口をきいていなかった。

「やあ、調子はどう?」とマークは尋ねた。

アンは首を横に振った。「もう会うのはやめましょう」

「それはつまりそういうことか?」

「ええ」

「友達としても?」

「考えさせて」

「どういう意味だ?」

「もうデートはしないってこと」アンはそう答えて駐車場から車を出した。マークは車が走り去るのを見送った。

愛にも死は訪れる。その死はひどく謎めいている。ときには、世にも稀な色合いを見せて記憶に永遠に刻まれる長い日没のように、ゆっくりと薄れていく。ときには、肥大化して自分の重みで——大きくなりすぎたものならではの鈍重さで——死んでしまう。別の人間や何かを愛するようになった者の手で、意図的に殺されることもある。その場合、それまで愛し合っていたもう片方の者は、人生が吹きつける強風にあおられ、切れた電線のようにパチパチと音をたてる。人生はときおり逆気流を起こし、まわりのものを吹き散らして通り過ぎていく。ほかのあらゆるものと同様、人生も生きている。どこにでもあり、その動きは速度ではとらえきれない。

マークは上り坂のてっぺんで車を停め、左側に建つアンの家を眺めた。その日火曜日は、ジミーをかかりつけの医者に診せるため、ボストンに出かけているはずだった。坂を下りながらトラックを道の片側に寄せ、大きくハンドルを切って彼女の家のドライブウェイに入った。裏庭のシェパードが、首輪の鎖をぴんと張って激しく吠えた。マークは助手席に置いておいた食べ残しのサンドイッチを袋から取り出し、犬に投げ与えた。犬はそれでようやく、マークとわかったようだった。

家に近い灌木の茂みから始めた。植木鋏を動かして、茂みをあるものの形に切り揃えていった。そこを終えると道路に面した生垣に移った。そこも同じ形に整えると、手を止めてしばらく考えた。芝生の虎は、どちら側から見たときに虎とわかるようにしよう？　家の中から、それとも通りから？　家の中からに決めた。三時間かけてやり終えると、トラックを出して走り去った。

その木がダンサーのように揺れ動くのを、マークは五十ヤード離れたところから見ていた。その日は下請け業者としてハノーヴァーの住宅地に入り、隣にすでに家が建っている用地の木を切っていた。

木を切るときいつも気になるのは、顔に当たる風ではなく、地面から七、八十フィート上を吹く風だ。そうした風は見ることも感じることもできないのに、作業に少なからぬ影響を与えるからだ。風は生きている。空もそうだ。

その木を任された男たちは、手順どおり幹の両側に刻みを入れて全体を切った。ところが、木はすぐには倒れず、幹を揺らして二百七十度向きを変え、しだいに速度を増しながら、地面と隣の家のポーチへ近づいていった。ポーチの屋根を突き破ったあとも倒れつづけ、目に見えない糸を地球が緩めると、軽く跳ねてようやく動かなくなった。飛び出してきた家主と争いが始まる前に、マークはトラックに乗り込んだ。

家に戻ると、アンの車がその前に停まり、アン自身は玄関ポーチに座っていた。

「やあ」彼はトラックから降りながら声をかけた。

「今日ですべて終わりにしましょう」彼女の声には抑揚がなく、疲れていたが毅然としていた。「今ここにいるのがわたしではなく、警官だったかもしれないのよ、それはあなたもわかっているでしょう。もっと分別を働かせてもいいんじゃない？　あなたには迷惑しているし、ジミーにも悪い影響を与えている。こんなことはもうたくさん」目には険しい光が宿っていた。

「おれはただ――」

「あなたのことなんかどうだっていいの、わたしに近づかないでいてくれたらね。今ここではっきり言わせてもらうわ、あなたと友達として会うのは、これが最後よ。今度また何か馬鹿なことをしでかしたら、警官を寄こすから覚えていて」彼女は顔をそむけて車に乗り込み、走り去った。

マークが彼女を最後に見かけたのは、夏も終わりの頃だった。鉄道の線路にさしかかったとき、信号が点滅し、彼のトラックのすぐ前で遮断機が降りはじめた。

線路の反対側を見ると、アンとジミーの乗った車が停まっていた。二人はマークとは逆の方向へ向かっていた。遮断機が完全に降りたあとも、信号は点滅を続けた。ジミーがフロントガラス越しにマークを見ていたが、お互い気づかないふりをした。マークは列車が通過するのを待った。線路の両方向に目をやったが、列車が近づく気配はなく、警笛も聞こえなかった。

信号の点滅が止まり、列車の通過がないまま遮断機が上がった。マークは用心してトラックを出さずにいた。アンもそうしていたが、やがて線路に進入した。彼女の車が線路の真ん中にさしかかったとき、マークは胃がぐっとせり上がるのを覚えた。今にも列車がやってきて彼女の車にぶつかりそうな気がした。だが、実際は何も起こらず、彼女の車はマークの横を通り過ぎた。後続の二台の車に先に行かせたあと、マークはようやくトラックを出した。

列車は生きている。彼らは速くてどこにでもいる。いつも礼儀正しく、町を通過する前に合図する。よく響く警笛を使って人々に話しかけ、警告し、列車同士で話をする。

お互いに話をするのは、生きていることの一部だ。

それから三年後、マークは仕事中に大怪我をした。大枝が胸にぶつかり、両方の肺を危うく貫通しかけたのだ。数日入院することになったが、その費用は、彼の年収を上回る莫大な額になりそうだった。

アンを見かけたのは、病室がある階の廊下を歩いて往復しているときだった。彼女は何人かの看護師たちと話しながら歩いていたが、彼に気づくと、グループから離れて彼のほうへやってきた。二人は待合室の青い長椅子に隣り合わせに座った。

「マーク、病院にいるにしては調子がよさそうね」と彼女は言った。

「きみもそうだ」と彼は答えた。「ジミーはどうしてる?」

彼女は眩しいほどの笑みを浮かべた。「わたしたちの小さな友達ジミーのことね。あの子の調子は上向きよ。そういえば、この前あなたのことを聞かれたわ」そう言って頷いた。「朝食を食べているときにこう聞かれたの、『母さんの友達だったマークは、今どこにいるの?』って」もう一度頷いた。「今でも祈りの文句に、あなたの名前を入れているそうよ」

「子供っておかしなものだな。それで、何と答えた?」

「どこにいるかはっきりとはわからないけど、ニューハンプシャー州のどこかの森で木を切りながら、元気でやっているんじゃないかしらって」

「ありがとう、そんなふうに答えてくれて」

「実際そうなんでしょう? 元気でやっているんでしょう?」とアンは尋ねた。「誰かと付き合ってるの?」

マークはためらいながら頷いた。「たまには他人よりいい目にあうこともある、みんなそうだろうけどな」そう答えて首を横に振った。「あとの答えはノーだ、誰とも付き合っていない」

アンは首を大きく傾げ、彼の顔を覗き込んだ。「ねえ、自分が今どれだけ落ち込んでいるか、わかってる?」

「いや、どういう意味だ?」

「何をやっても憂鬱で仕方ないんじゃない？」

「問題は金だったのか、アン？　おれにもっと金を稼いでほしかったのか？」

「わたしとわたしの人生にとって金はそれほど重要じゃない、なんて言うつもりはないわ。今でも二つの仕事を掛け持ちして、へとへとになるまで働いているもの。だけど、いいえ、そうじゃない。あなたと別れたのは、金とは全然関係のない理由からよ」彼女は話すのをやめて彼を見た。

「だったら、その理由を教えてくれ」とマークは言った。

「それがわかれば、おれも立ち直れるかもしれない」医師と看護師が二人の前を通り過ぎた。「働いていても、そのことが頭から離れないんだ」

「あなたは独りよがりで孤独な人間のまま、終わってしまうでしょうね」

マークは肩をすくめた。「懸命に働くことのどこが悪い。もともと楽な仕事じゃないし、この仕事で金を稼ぐのは大変なんだ。ほかのことを考えている余裕なんかない」

彼女は囁くように答えた。「なぜなら、ジミーはもっとましな人間になるってわかったからよ。そして、あなたはそうならないと思ったから」彼女は立ち上がり、待合室から廊下へ出て、夜間の職場へ向かった。

マークは暗がりに席を移した。長い間泣いたことのない目は、泣き方をすっかり忘れていた。かすかに痛んで熱くなったが、それだけだった。しばらくして開けたときも、目尻がわずかに濡れた程度だった。長い階段を上っているかのように、荒い息をついていた。

それから数時間後、ふと気がつくと、照明が灯った病院の駐車場で、自分のトラックに乗り込もうとしていた。そのまま車を出して自宅へ向かった。家々の窓から漏れる明かりが、闇の中に芝生を浮き上がらせ、道路まで続いているように見せていた。ようやく家にたどり着くと、ベッドに入って眠ろうとした。だが、眠れなかった。再び車を走らせて、川に平行して走る線路の脇に停めた。

喉の奥から苦いものが込み上げた。おれが家族を持つことはないだろう、これからも無意味に働きつづけるのだろう。頭上の澄みきった夜空をよぎる流星より早く、独りよがりな考えが頭を占めた。もう生きていたってしょうがない。

　遠くで警笛が鳴った。トラックのエンジンはかけたままで、ライトもつけたままだった。運転席側のドアを開けると、室内灯もついた。さっきより近いところで、もう一度警笛が鳴った。線路を伝って轟きが聞こえてきた。その瞬間、やれると思った。線路の中央に立てば、あとは列車がやってくれる。誰も巻き込まず、あっというまに片がつく。列車のディーゼルエンジンから吐き出される熱い煙の匂いがした。列車はすぐそこまで迫っていた。列車は生きている、とマークは思った。レールをまたいで線路の中央に立った。地面がかすかに揺れるのがわかった。先頭車両から放たれる眩しい光線が頭上を越えた次の瞬間、息が止まった。

　列車は警笛を響かせながら、マークのトラックの横を飛ぶように走り抜けた。トラックの中にいれば、鋼鉄製の枠にはめ込まれた黒い四角のような窓が、次々と目の前にあらわれて消えるのが見えただろう。次の駅で停まるまで、誰も何も気づかなかった。線路に立っていた鹿を轢いたかもしれないと車掌が言いだすまで。列車の走行速度を考えると、気づかなくても無理はなく、気づいたときはもう手遅れなのだ。

　アンは彼の死を新聞の記事で知った。妹がその記事のことを教えてくれた。

「アン、昨夜、痛ましい事故が起きたようよ」そのあとアンは涙が枯れるまで泣いた。

　マーク宛ての請求書が家へ送られてこなくなるまで、少なくとも一年かかった。それまでは請求書が届くたびに、マークの弟が〝本人死亡につき、送り主に戻されたし〟と表に書いてポストに投函した。その年の冬は、マークに伐採を依頼する電話が三、四回かかってきた。電話に出た弟がマークは亡くなったと話すと、一瞬ぎこちない空気が流れ、相手のほうから電話を切った。三月には、オルフォードのジュディス・セルマンから、芝生にある切り株を研磨してもらえないかと電話があった。弟は一瞬黙り込んでから、マークの死を告げた。誰か紹介してもらえないかしら？　と彼女は尋ねた。いったい何を考えているんだ、と弟は答えた。おれの仕事は燃料油の配達だ、伐採の仕事をしている人間なんか兄貴以外一人も知らない、電話帳か何かで自分で調べて見つけるんだな。ジュディス・セルマンは電話したことを詫び、翌日、悔やみ状を送った。

その年は、湖で子供が一人溺死し、卒業シーズンには、毎年事故が多発するデッドマンズ・カーブで、四台の車を巻き込んだ衝突事故が起きた。翌年は、海外に派遣されていた兵士たちが死傷し、反撃を受けた敵方にも死者が出た。生まれ育った土地で懸命に生きる人々も、夫や妻や子供を失った。病に倒れる者もいた。癌の発症率が上昇した。航空機が墜落した。さらに二機の航空機が墜落した。正気を失い、客が大勢いる店内で自動ライフル銃を乱射する者もあらわれた。翌年も同じようなことが繰り返され、十年が過ぎた。

時は生きている。どこにでも存在し、とどまることなく流れていく。

アンは木立や灌木の茂みに動物や何かの形を見いだすたびに、確信を深めた。あのとき自分がとった行動は正しかったのだと。人生は列車のようなもので、人はその線路の片側にたたずみ、前へ踏みだそうか踏みだすまいか、常に自分に問いかけているのだ。

彼女とその夫は、その日、大学に入学したばかりのジミーを訪ねるため、ホワイトリヴァー・ジャンクションへ向かった。ところが駅に近づき、列車がゆっくりとプラットホームに入っていくのが見えたとたん、彼女は思わず泣きそうになった。二人が駅に着くと同時に、北行きの列車が出発した。二人は列車が線路のはるか先に消えるのを見送った。夫は車を降りる前から、彼女の様子がおかしいことに気づいていた。

「気分が悪いのか？」と彼は尋ねた。マークの身に何があったのか、だいたいのことは知っていた。おそらく列車を見て記憶が甦ったのだろう、と思った。

「いいえ、大丈夫」と彼女は答えた。自殺する数時間前にマークと話したことを、夫に話す気にはどうしてもなれなかった。「たいしたことじゃないの」

「遠慮しないで話してごらん」

「マークが生きていたら、ジミーが大学に進学したことを教えてあげられたのにって思ったの。それなのに彼ときたら、列車に飛び込んで自ら命を絶ってしまった」

「彼は自分からチャンスを奪った。自分から人生を盗んでいった」夫は彼女の肩を抱いた。「もう終わったことだ。マークの望みは何もかも終わらせることだった。そして、その望みをかなえた。彼がそれを選んだんだ」

「列車に乗るのをためらうなんておかしいって、自分でもよくわかっているの」

「車で行ってもかまわないんだよ。でも、どうするか今すぐ決めないと」

結局、アンは列車に乗った。彼女と夫はマンハッタンで素晴らしい週末をジミーと過ごした。


死とは生きていないことだと言われているが、死はいつでもどこにでもいる。死は死なない。愛されていようと憎まれていようと命あるものすべてを取り込み、自らの力を強め、いたるところにあらわれる。死は狡猾で、あらゆる形をとる。一つの国が隣り合う国々に意図的に滅ぼされることもある。事故で死ぬ者がいる一方、小さな町の人口に匹敵する数の人間が、毎年自ら死を選ぶ。わたしたちも今はこうして生きているが、朝には死んでいるかもしれない。死はあらゆるものと結びついている。生きているものはすべて、同じ結末を遂げる。壊れやすいもの。親や夫婦が子供や連れ合いの無事を願う気持ち。信仰に基づくものであれそうでないものであれ、声に出すのであれ心の中であれ、何かに捧げる祈り。どれもみなそうだ。生きているものはすべて、ある段階に達すると、水が氷に変わるように死んでしまう。その段階に達するには、祈りを捧げるほどの時間もかからない。

線路
The High Iron

夏が終わり、高校の最上級生になって二カ月が過ぎても、彼の夜遊びは止まらなかった。週末は火曜日までずれ込み、夜が明ける頃、ほろ酔い気分で車を運転して帰宅した。その日の朝、彼のビュイック・スポーツクーペは、自宅のドライブウェイに斜めに停まり、前輪を芝生に乗り上げていた。潰れたビールの空き缶がドライブウェイにぽつんと立ち、空《から》の酒瓶が後部座席に散乱していた。十月の最初の週だった。ニューヨーク州北部では木々の葉が鮮やかな色に染まり、鹿撃ちの銃声が山あいに響く日がすぐそこまで来ていた。

父親は彼を起こしに行った。「起きろ、レイ」息子の部屋に頭だけ差し入れて言った。「出かけるぞ」

「いま何時？」レイは毛布にくるまったまま尋ねた。

「出かける時間だ」父親の忍耐心は、ドライブウェイに放置されたビールの空き缶と午前四時の帰宅で底をついていた。

二人は父親のグレーのフォード・ステーションワゴンで、ハドソン川（ニューヨーク州東部を流れる川。アディロンダック山に源を発し、南流して大西洋に注ぐ）沿いにコンクリート工場へ向かった。

父親の友人ボブ・リトルベアは、そこの工場の一つで夜間警備員として働いていた。ボブがその職につけたのは、レイの父親の力添えがあったからだった。今朝は番小屋の横に立って煙草を吸いながら、二人が来るのを待っていた。

三人はボブの小型モーターボートに乗り込み、ハドソン川を北上した。やがて前方にリップ・ヴァン・ウィンクル橋が見えてきた。橋は、石とコンクリートで造られた最も優れた橋脚の一つに支えられ、橋桁の下に線路が通っていた。以前、レイと同じ高校に通っていた少年が、そこから飛び降りて自殺した。父親が東側の川岸近くにある小島に目を向けたのを見て、レイは最初、シャッド（ニシン科の食用魚）の釣り場を探しているのだと思った。いや、シャッドの季節はもう終わっているから、ミズスズキかもしれない。

ところが、そうではなかった。父親は小島の向こうを指さした。

目を凝らすと、川面にもやもやした白い膨らみが見えた。波頭が白く泡立っているのだと思った次の瞬間、はっきりと見えた。それはアルビノの鹿だった。十頭ほどの群れが小島へ向かって泳いでいた。岸に上がると、全身を震わせて水気を払った。どの鹿も白く、奇妙な青みを帯びていた。赤い目がひどく目立った。

父親は、細い水路が小島を二つに分けていることを、二本の指で示した。小島は橋の真下にあった。「あの二つはひっくるめてロジャーズ島と呼ばれている」モーターボートと川の音に負けないよう、声を張り上げて言った。

「持ち主は誰？」とレイは尋ねた。「あそこで釣りをしてもかまわないの？」

「誰のものかは知らない」と父親は答えた。「おそらく鉄道会社だろう。ボートから釣る分には問題ないんじゃないかな」

レイは頷いた。

「だけど、ここから鹿を撃つのは無理だ」とボブ・リトルベアが言った。「こう流れが速くちゃな」父親は同意のしるしにボブに頷き、咳払いをしてレイに尋ねた。

「昔はここまで鯨が入ってきたって知ってたか？　ハドソンは捕鯨の拠点だった」

「知らなかった」とレイは答えた

「スタージョンもそうだった」とボブ・リトルベアが言い添えた。

父親は橋を見上げながら言った。「裏側も表側と同じくらいよく考えて造られている。マンハッタンからやってきた人間は、ここから戻ると決まって、この橋のことを話題にするそうだ」

揺れ動くボートの中から橋を見上げていると、レイの胃の中で昨夜のビールも揺れはじめ、喉元までせり上がった。

再び酔いが回ったように頭がぼんやりした。
「あのアルビノの鹿の群れはどこからきたんだろう?」とレイは尋ねた。
「連中はおそらく、あそこから飛び降りた死者たちの霊じゃないかな」ボブ・リトルベアはそう答えて煙草を川に投げ入れた。「いや、今のはちょっと頭に浮かんだだけだ。口にすべきじゃなかったな」

そのあと三人はほとんど言葉を交わさないまま、船着場へ戻った。家へ帰る道すがら、父親はレイにある話をして聞かせた。橋を見上げたこととコンクリート工場を見たことが、その話を思い出させたのだろう。父親は運転しながら話した。

第一次世界大戦中、おれのじいさん、ビル・クーパーは、前線で塩素ガスを浴びたが、何とか命はとりとめた。だが、海を渡って持ち帰ったしつこい咳は、ニューヨーク州北部に冬が訪れると、ますますひどくなった。町医者は西へ——空気の乾いたアリゾナ州へ——引っ越すよう勧めた。それでも故郷にとどまっていたが、痰に血が交じるようになると、愛する妻を故郷に残し、フーバーダムの建設現場で働くようになった。毎月妻に送金し、手紙の最後には必ず『愛している』と書き添えた。

最後に届いた手紙は、ビルが書いたものではなかった。文面は『親愛なるミセス・ビル・クーパー』で始まり、彼女の夫ビル・クーパーが亡くなったことが述べられていた。続いて、専門用語を交えた堅苦しい言いまわしで、彼女が受け取ることになる見舞金の額と、死亡診断書のことが記され、最後に、彼が亡くなったときの詳しい状況が綴られていた。

その日の朝、ビル・クーパーはほかの作業員と同様、ダムの巨大な空洞に吊り下げられた足場で作業をしていた。足場は、平行に並べたマツの厚板二枚を釘で留め、両端を綱で縛っただけの簡単なもので、両端の綱は、彼の頭上で親綱に結びつけられていた。気温四十度の炎天下のなか、彼は足場の中央に立ってバランスをとりながら、ダムの内側に流し込むコンクリートの型枠をつくった。一区画終えるたびに、頭上の作業員たちが親綱を操って足場を移動させた。親綱が切れたのは、そのときだった。厚板は水平を保ったまま、その上に立っている彼もろとも、建設中のダムの直径半マイルの穴の中へ吸い込まれていった。彼は落下しながら、それぞれの足場に立っている主任や仲間たちに、右手で敬礼した。その姿がどんどん小さくなって見えなくなるまで、右手は上げられたままだった。当時は、誰かがダムに落ちても、救出や遺体の収容作業は行なわないことになっていた。上からコンクリートを流し込むだけだった。それでも、その場に居合わせた作業員全員が、ビル・クーパーは落下する間ずっと敬礼していたと断言した。

家に帰りついたとき、父親は穏やかな表情をしていた。橋とコンクリート工場を見てその話を思い出し、息子に伝えられたことを、うれしく思っているようだった。

その年の秋、レイは自分が何をすべきかわかっていた。墓地まで車を走らせ、墓標が冬を持ちこたえられそうか確かめた。枯れた花を車のトランクにそっとしまいながら、親戚の誰が供えてくれたのだろうと思った。電話はだいぶ前に止められ、誰とも連絡をとっていなかったから、誰が墓を訪れたのかわからなかった。復員軍人の小さな旗もトランクにしまった。来年、春になったら、父と祖父のためにまた飾るつもりだった。雪の季節がすぐそこまで来ていた。

墓地からまっすぐ家には戻らなかった。ガソリンとビール二本の支払いを十ドル札一枚ですませて車に乗ると、何らかの理由で警官に車を停められた場合に備えて、ビールは助手席の下に隠した。それから、閉鎖されたコンクリート工場へ続く道へ入り、敷地内の老朽化した専用道路を進んだ。エンジンを切って車から降り、番小屋を通り過ぎて船着場に出た。ハドソン川にかかるリップ・ヴァン・ウィンクル橋と、その下を走る線路が見えた。橋の下のロジャーズ島も、かろうじてその輪郭をとらえることができた。

どこかの採石場で爆破作業が行なわれているようで、渓谷全体に轟音が鳴り響き、地面が揺れた。そのとき、マンハッタンへ向かう南行きの列車が、東側の川岸にあらわれ、銀色の鋼鉄製のヘビのように橋の下の線路を進み、反対側の川岸に達した。と同時に、線路に降り積もったさまざまな色合いの落ち葉が、一斉に舞い上がって大きな竜巻をつくり、走りつづける列車の後尾についた。遠目には子供のように見える男が、錆びついた線路の土手に自生するリンゴの木立の中を、北へ向かって歩いていた。採石場のダイナマイトが続けて二度爆発した。衝撃が橋を揺るがせ、神の拳となってレイの胸を突いた。

第二部　放浪の西部

留置場へ連行されるフランク・ジェイムズに、〈セデーリア・ディスパッチ〉紙の野心的な記者がインタヴューを試みた。「どうして自首したんです？」記者は声をひそめて尋ねた。「どこに潜伏しているか誰も知らず、誰も見つけられずにいたのに？」

フランクは鋭く言い返した。「それがどうした？　おれはもう無法者として生きるのに疲れたんだ。二十一年間追われつづけ、いつでも逃げられるようにして生きてきた。一日中穏やかな気持ちで過ごせたことなんか、一度もない。孤独で不安で、永遠に交代がやってこない不寝番についているようなものさ。寝るときだって兵器庫で寝るようなものだ。いつもより犬が激しく吠えたとたん、馬がいつもより大きな音をたてて動きまわったとたん、考えるより先に立ち上がって銃を構えている。そんな生活を送る人間が何に耐えなきゃならないか、あんたにわかるか？　いや、わかるまい。そんな生活を送っている人間でなければ、絶対にわからない」

——ジェイ・ロバート・ナッシュ、『ブラッドレターズ・アンド・バッドメン』

簡易宿泊所
The Rooming House

あれはおれが十二歳、七年生になる前の夏のことだった。環状に並び建つまわりの家と同じく刈り揃えたばかりのうちの芝生で、父親と野球の練習をしていた。土曜日の朝だった。ニューヨーク州北部は快晴に恵まれ、眩しい日差しが降り注いでいた。そのとき、見覚えのある黄色いステーションワゴンが背後からやってきて、道路の右カーブを曲がりきれず、隣家のドライブウェイの敷石に勢いよく乗り上げた。そのまま、路上に出ていたごみ容器をなぎ倒しながら、バランスを取り戻そうとジグザグに進み、おれたちの前を通り過ぎて、うちの郵便受けにぶつかった——バン！　という大きな音があたりに響いた——そのあと向きを大きく左に変え、自分の家のドライブウェイに突っ込んだ。

フレッド・クライトは車から降りると、自分の家の側面へ駆け寄った——彼の家は、環状に建つ家々のなかでも特に変わっていて、黒い屋根板の一部が白く塗られ、そこに〝フェイ - アン〟と書かれていた——そして、フックに掛けていた緑色のホースを引き伸ばしながら蛇口を全開し、ステーションワゴンに水をかけはじめた。親指をノズルのようにして噴出の勢いを強めると、水はドラムを叩くように激しく車にぶつかった。続いて、ステーションワゴンの開いている窓からホースを差し入れ、助手席と後部座席もびしょ濡れにした。それからいきなりホースを放り出し、地下室のドアから家の中へ駆け込んだ。環状に並ぶ家はどれも同じ造り——一階が半地下になった二階建ての家屋——で、半地下のドアも同じだった。中央にパネルが二枚はめ込まれた頑丈な木製のドアで、全体を白く塗られていた。取っ手は光沢のある金色で、上方のパネルは、厚みのある透明なガラス窓になっていた。クライト家では、ドアの内側に小さなカーテンレールを取り付け、赤と白の縦縞の手製のカーテンをそこから吊るし、窓を覆っていた。カーテンはドアが閉められたときにふわりと浮き上がり、ゆっくりと波うちながら動かなくなった。その間も、ホースは身をくねらせながら跳ねまわり、勢いよく水を撒き散らしていた。やがてフレッド・クライトがバケツとスポンジを持って出てきた。バケツには洗剤を入れてきたにちがいない。というのも、彼がスポンジで車体に触れるたびに泡ができたからだ。彼はもう片方の手でホースをつかみ、車にさらに水を吹きつけた。洗剤の泡が虹色に輝きながらあたりを漂った。続いて後尾の開いた窓から缶ビールを取り出し、顎を突き出して一気に飲み干すと、空き缶をドライブウェイに投げ捨てた。それからまたひとしきり車に水を浴びせたあと、ホースを投げ捨て、半地下のドアから家の中へ戻った。

まもなくクライト家の側面の窓が開いた。フレッド・クライトがそこから出てきて雨樋をつかみ、それを支えに屋根に上がろうとした。雨樋が重さに耐えきれずに剝がれると、下に投げ捨てた。次に屋根板の先をつかみ、地上から十フィートの高さにぶら下がった。そこから何とか体を屋根に引き揚げると、開いている窓に向かって叫んだ。

「早く持ってこい！」

小さな手が彼に大型のバールを渡した。屋根板を剝がすときに使われる長さ五フィートのL字型の鋼鉄製の棒で、短い方の先端は平らなV字型になっていた。彼はそれを使って屋根板を剝がしはじめた。黒くて重い雪のように、屋根板が次々とドライブウェイや車の上に落ちていった。屋根に再び目をやると、フレッド・クライトは〝フェイーアン〟と書かれた屋根板にとりかかっていた。彼はバールを使ってその板も屋根から剝がした。次々と屋根板を剝がす間、手を止めたのは、ジャケットから取り出した缶ビールを飲むときだけだった。飲み終えた空き缶は芝生に投げ捨てた。差し込んだバールをねじろうと前に屈んだとき、足元が滑った。そのまま屋根から転げ落ち、出てきた窓を通り過ぎて芝生の上に仰向けに倒れた。しばらくして立ち上がると、おれたちのほうをまっすぐ見た。それから自分の家の芝生と道路を横切り、さらにうちの芝生を横切って目の前までやってきた。ショートパンツに汗染みのついた白いTシャツ、ウォーキングブーツといったなりで、髪と同じ暗赤色の顎鬚は短く刈り込まれていた。小柄で痩せた男だった。おれは父の隣に立った。野球のグローブとバットは、刈ったばかりの芝生の上に転がっていた。

「やあ」とフレッドは言った。

「やあ、フレッド」と父は答えた。

「いい天気だな」

「ああ」

「さっき神と話した」と彼は言った。

父親は頷いた。「それはよかった」

「直接おれに話しかけた」

「そいつはすごい」

「『フレッド、今朝、おまえは悪しき行ないをした』って」

フレッドは父を見た。

父は再び頷いた。「そういうことは自分一人の胸にしまっておいたほうがいい」そう答えてフレッドの家を指さした。「家へ戻ってやりかけたことをすませたらどうだ？」

「一緒に祈ってくれないか？」フレッドは父の隣にひざまずいた。「この世で起きることはすべて神のご意志によるものだ」

「いや、よしておく」父はそう答えて間を置いた。「家へ戻れ、フレッド」

「神に言われたんだ」フレッドは空を見上げた。

「わたしには関係ない」

「祈ってくれ」フレッドは立ち上がった。「おれと一緒に」父に手を差しのべた。

「とにかく家へ戻れ」と父は言った。「だいぶ酔いが回っているようだぞ」正面の窓の向こうから、母が心配そうにこちらを見ていた。

「神はおれに話しかけた」とフレッドは言った。

「いや、そうじゃない」と父は答えた。

「どうしてそう言いきれる？」フレッドは両手を握りしめて頭を垂れた。

「神に言われたからさ」と父は答えた。「芝生からあんたをどかしなさいって」

フレッド・クライトは道路を横切って引き返し、半地下のドアから家の中へ入った。彼がドアを勢いよく閉め、内側からしっかり錠をかけると、ガラス窓にかけられたカーテンが揺れ、金色に輝く取っ手が左、そして右に回った。ホースからは相変わらず勢いよく水が流れ出て、ドライブウェイに水たまりをこしらえながら、道路の端に達しようとしていた。父とおれも半地下のドアから中に入り、そのまま地下室へ行った。シンダーブロックの壁とコンクリートの床に囲まれたその部屋は、いつも薄暗くひんやりとしていた。おれはグローブとバットをいつもの場所に――父が軍隊にいたときに使っていたダッフルバッグに――しまった。

「父さんもあんなふうになることがあるの？」とおれは尋ねた。

父は首を横に振り、「いや、おれは飲まないからな」と答え、さまざまな工具が置かれた作業台の前のスツールに座った。「フレッドは自分を大物だと考えている。酒を飲むとそんなふうに思えてくるんだ」そこで軽く頷いた。「軍隊にはそういう連中が大勢いた。まわりの人間には、そいつが酔っ払ってて自分自身を買いかぶっているのがわかるんだ」それから右手で拳をつくった。「酔っ払った人間が喧嘩っ早いのは、そういうわけさ」作業台の向こうのハンガーボードには、世界を形づくり秩序づけておくのに必要なハンマー、鉋《かんな》、水準器がいくつも掛けられていた。父はおれを見ながら言った。「あんなふうに飲みつづけていると、そのうち職も住む家も失って、簡易宿泊所を渡り歩くか、もっとひどいことになる」そのとき、お昼にしましょうと母が呼ぶ声がした。

フレッド・クライトの家に警察がやってきたのは、その日の午後だった。彼が飲酒運転の容疑で逮捕されたことは、ニュースで知った。おれと同じ学校に通っていた女の子を轢き殺したのだ。七年生の新学期が始まった日から卒業の日まで、おれは彼女の家の前をスクールバスで行き来した。広々とした玄関ポーチとガンメタル製のスクリーンドアがついた家だった。遺された家族はそこに住みつづけたが、おれがいつも気になったのは、彼女の部屋はどうなったのか、今も彼女の部屋のままだろうか、ということだった。

ある日、フレッド・クライトの妻フェイ－アンがうちの両親を訪ね、引っ越すことにしたと告げた。店で買い物をしているとき、まわりから向けられる視線やひそひそ声に、もう耐えられなくなったの。でも、あなたたちは以前と変わらぬ態度で接してくれたわね、そのことに感謝しているの。クライト家は住宅地を去り、おれも高校を卒業するとそうした。


その前に、高校を卒業する前にもう一度、印象に残るできごとがあった。その日、祖父とおれは祖母の墓参りに出かけた。たぶん、その日は母の日だったのだろう。両脇に墓が続くまばらな木立の中を歩いていくと、祖母の墓から三つ手前の墓の前に、男が立っているのが見えた。おれはまわりの草を刈り込むため、取っ手に黒いゴムが巻かれた小型鋏を持ってきていた。

「ちょっと待て」祖父はそう囁いておれの肩に手を置き、男の様子を見守った。

「何をしているんだろう?」とおれは尋ねた。

「小便をしているんじゃないかな」祖父はそう答えて、わざと咳払いをした。男はこちらに顔を向けながら、ゆっくりとズボンのジッパーを引き上げた。かなり離れているにもかかわらず、ビールの匂いがはっきりと嗅ぎとれた。

「こいつはおれのいちばん上の兄夫婦の墓だ」と男は大声で言った。「くたばってからも、むかつかせやがる」一見、こざっぱりとした身なりのごく普通の男だが、髪は例外だった。短く刈り上げていたが、長さはばらばらで埃にまみれていた。髪型のせいで大きな耳がさらに目立った。ズボンの丈が短かすぎ、裾から白い靴下がのぞいていた。

「なあ、もういいだろう」祖父はそう言ってあたりを見まわした。「ここにはほかの人たちの家族も眠っている。あんたはそれですっきりするだろうが、とばっちりを受けるのは彼らなんだ」

男は祖父に中指を突き立てると、おれたちから遠ざかるように墓の間を歩きだした。祖父とおれは男が木立の奥へ消えるのを見守った。祖父は首を横に振った。「あいつはいずれひどい目にあうぞ」

祖父とおれは祖母の墓のまわりの草を刈り、墓前に白いカーネーションを供えた。帰りがけ、祖父は男が立っていた墓の前で立ちどまった。「ブローデルか。そういえば、そういう家族がいたな」祖父の愛車であるグレーのシボレーにたどり着く前から、彼がいつも運転しながら吸っている煙草の匂いがした。運転席に乗り込むと、祖父はさっそく煙草の端を舌で湿らせて火をつけた。「ブローデルか」と呟くように言った。「連中があんな酒飲みとは知らなかったな」

祖父が亡くなり、それから何年か過ぎたある日、最初の妻との間でそれは起きた。招待した知人が家を訪れたとき、おれはすでに酔っていた。客が帰る段になると、妻と一緒にドライブウェイに出て見送った。動きだした車に手を振り、完全に見えなくなっても振りつづけた。くたびれたところで中へ戻ろうと向きを変えた。

「まるで小さな子供みたい」と妻は言った。「彼らには見えないのに。もうとっくの昔に行ってしまったのに。子供がよくそういうことをするわね、いつまでも手を振りつづけるの。ねえ、いったいどうしたの？　どうしてあんなふうに手を振りつづけたの？　まわりから変に思われるのがわからないの？　それとも、そう思われたってかまわないと思っているの？　いつになったら酒をやめるつもり？」

二人で家へ向かって歩きながら、妻は同じことを言いつづけた。おれが彼女の頬を張ったのは、そのときだった。拳ではなかったが、かなりの力を込めた。今でも、彼女の顔から白いシャツにどす黒い血が流れ落ち、呼吸に合わせて唇の端に泡が浮かんだのを覚えている。もしかしたら、もう一度叩いたかもしれない。あるいは、彼女が自分から倒れたのかもしれない。いずれにせよ、道路に頭をぶつけたとき、彼女はおれの妻であることをやめたのだと思う。まさにその瞬間にやめたのだ。少なくとも、おれにとってはそうだった。彼女がそのとき何を思ったか、正確なところはわからない。その後は、法廷に提出する書類や弁護士を通じて、互いの意志を伝えるようになったからだ。ある日、ショッピングモールから出てくると、トラックのドアの表面に〝酔っ払い〟という文字が、尖った鍵の先か何かで刻まれていた。それに気づいたのは、まさにバーに向かおうとしていたときで、その文字を見つめるうちに泣きそうになった。それでもバーに入ると、たちまち気分は良くなった。

居間で酒を飲んでいるところを二番目の妻に見つかったのは、ある水曜日の夜だった。飲んでいるのは明らかなのに、飲んでいないと言い張ると、彼女は家の外へ走り出てドライブウェイで立ちどまり、こちらに向かって叫んだ。「やるんだったら、ここでやれば？」と彼女は大声で言った。「ここで彼女を張り倒したんでしょう？」荒い息を繰り返しながら、さらに言った。「さあ、早く出てきなさいよ。出てきて、わたしを彼女と同じ目にあわせたら？」その声は、居間でおれに話しかけているようにはっきりと聞こえた。おれはビールを手に正面の窓に近づいた。ガラスに映った自分が、こちらを見返した。ガラス越しに彼女を見つめるうち、一瞬、自分の体が家につかえるほど大きくなり、すべての窓から同時に彼女を見ているような気分になった。

彼女を追って裏口から外へ出るとき、足がもつれてドアに頭をぶつけた。先に手を出したのは彼女だと思うが、決着をつけたのはおれで、その頃には通報を受けて警官が駆けつけていた。やつらはおれの肋骨を何本か折った。おれと彼女はほんのわずかな間だが、仲良く並んで道路に横たわった。妻はおれに殴られて、おれは警官に殴られて。その夜は二人とも病院で過ごしたが、退院後、おれはしばらく拘置所に入れられた。檻の向こうで二人の看守が子供や引退について話すのを、まったくの他人事として聞いたのを覚えている。そういうことを考える時期は、おれの人生ではずいぶん前に終わっていた。

それから何度か警察の世話になり、簡易宿泊所と施設を転々としながら、数年かけて国を横断し、シアトルに行き着いた。シアトルで世話になった施設は、ほかと比べればましなほうだった。オハイオ州のある施設では、グループセラピーへの参加を義務づけられ、参加する際は、玄関脇に置いてある紙袋の中から靴を選び、それを履かなければならなかった。靴は、施設に入っていた誰かが残していったものだった。また別の施設では、あらゆるものが釘か接着剤で床に固定され、壁掛けタイプの錆びついたヒーターから散った火花が、酔っ払った流れ星のように天井に向かって孤を描いた。シアトルでは個室にありつけた。廊下の端にある共同の浴室で、シャワーを浴びることもできた。安石鹸を泡立てて体中になすりつけ、頭から温水を浴びて洗い落とすと、自分の番号がふられたタオルで体を拭いた。ある日、自分の部屋へ戻る途中、開けっ放しのドアの前を通りかかった。部屋の住人はカーティスという初老の黒人で、キッチンからくすねたレギュラーコーヒーのフィルターにしようと、靴下のつま先を切り落としているところだった。おれは相伴にあずかり、彼が自分と同い年であることを知った。そのあと部屋に戻って服を着て、階下で行なわれるAAの会合へ向かった。一回でもさぼると施設から追い出されるきまりになっていた。出席カードに司会者のサインをもらわなければならないが、かわいい女の子が来ている可能性もあった。実際、会合に出席するのは初めてだという女子大生が、一度だけ顔を見せたことがあった。そのときは会合が終わったとたん、五十人の男が彼女のまわりに群がったものだ。残念ながら、その日は女の子の姿はなく、誰かが手を上げて話しはじめた――ものごとは起こるべくして起こる。これは何度も経験したうえでの考えだが、アルコール中毒者はある試練に直面している。試練は形を変えてどんな人間にも訪れるが、アルコール中毒者の場合は、常に何かに駆り立てられているような気分になり、恐れがとめどもなく沸き上がってくる。それは胃につかえて溶けない氷の塊のようなもので、背骨に内側から押しつけられた鋭い氷柱のようなものだ。そうした気分に耐えられなくなると、アルコール中毒者は酒を飲む。ただし、何かに実際に駆り立てられているわけではなく、すべては試練の一部で……

負け犬の戯言《たわごと》だ、とおれは思った。奇妙な優越感に浸りながら階上に上がり、廊下にずらりと並んだドアの前を通り過ぎた。明るい金色の取っ手がついたドアは、大量生産品の売れ残りで、安っぽい金色の蝶番で外側からドアフレームに固定されていた。したがって、どこかの部屋で住人が騒ぎだしたら、施設の管理者は蝶番をはずすだけで中に入れた。保護のための拘束がうまくいかなければ、酒で緩んだ脳味噌が引き締まり、しらふに戻るまで、外側の頭蓋骨を暴動鎮圧用の棍棒で叩けばよかった。

夏になると、おれは施設を出て再び飲みはじめた。昼は死んだように過ごし、夜は自殺願望を募らせながら、父親と野球をしていた頃に何とか戻れないものかと考えた。だが、冬になり、街のどこにいても雨と雪に見舞われるようになると、簡易宿泊所のさらに狭い別の部屋へ戻った。

核爆発
Atomic Supernova

その日は月曜日で、午前五時には、ブラックコーヒーを入れたサーモスを脇に置き、仕事にかかっていた。森とロッキー山脈の冠雪の上に朝日がちょうど差しはじめた頃だった。朝の涼しいうちに、ボイジー（アイダホの州都）まで三時間かけて運ぶスクラップをトラックに積んでおきたかった。

弟のトムと一緒に働くようになるまで、おれはオハイオ州にいた。それまで弟は一人でスクラップ業をやっていた。場所はネヴァダ州北部のエルコ郡、ジャービッジの近郊で、アイダホ州との境から二十マイルほどの距離にあった。今は八月だから、弟と働くようになってそろそろ一年になる。

弟とおれは金属でできたものなら何でも——車、伐採用具、鉱山の古くなった機材など——引き取ってスクラップにした。きつい仕事のわりに金にならないが、何とかそれで暮らしていた。通常は週に二回、トラックでスクラップを運び、それ以外の日は次の準備に費やした。スクラップ業は単純な作業の繰り返しだ——アセチレントーチで金属製品を解体し、銅、アルミニウム、鋼鉄に分ける。少しでも利益を上げるため、弟は一トン当たりのスクラップの値動きに目を光らせ、売るタイミングをはかった。今週は、今トラックに積んでいる九トン分のスクラップを水曜日までに売れば、普段より八百ドル余分に儲かるはずだった。

どこまでも広がる青空が、太陽を逆に大きく見せていた。ワシとコンドルが気流に乗って上空を旋回しているのが見えた。正午近くになり、裏の作業場で解体中の廃車が、顔も近づけられないほど熱くなると、圧縮機のスイッチを切り、水を飲みにオフィスの正面へ回った。オフィスは白塗りしたシンダーブロックの建物で、弟はそこで帳簿をつけていた。そのときも、復路の荷について誰かと電話で話しているのが聞こえた。おれはホースがついた水道の蛇口をひねり、熱されたゴムの味がしなくなるまで水を出しっぱなしにして、オフィスの陰に置かれた古いローンチェアに座った。数匹のハエが犬の頭のまわりを飛び交い、犬はそいつらを捕らえようと宙に嚙みついていた。おれは彼の金属製のボウルにも水を入れてやった。

車が近づいてくるのを、犬はおれよりずっと前に聞きつけた。ここは、州間九十三号線との合流点から優に一マイルは離れている。予告なしに誰かが訪れることはめったにない。犬は両耳をぴんと立て、唸り声を上げた。首輪の鎖をぐいぐい引っ張りながら前方を見た。おれは彼からの信号を受け取った。山々と森に囲まれ、静けさがあたりを支配していたが、犬は異変を嗅ぎつけていた。鎖をぎりぎりまで引っ張り、高速道路へ続く砂利道の先をまっすぐ見た。黒と茶色の毛の大きな雑種犬で、シェパードとハスキーの血が混じっていた。あの筋肉と牙で飛びかかられたら、相手はひとたまりもあるまい。犬は警戒を続け、おれもそれに倣《なら》った。

オハイオ州にいた頃、おれは警察と面倒を起こした。麻薬の売買で捕まって仮釈放処分を受けたときは、商売から足を洗うつもりだった。ところが、オハイオ州矯正局の連中がそうさせなかった。刑務所にぶち込まないでいてやるから、そのまま商売を続けて分け前を寄こせ、と言われた。二人の保護観察官が五、六人の警官と手を組み、おれたちのような人間から金を巻き上げていた。おれは週に一万ドル渡した。しばらくその状態が続いたが、やがてもっと金を寄こせと言ってくるようになった。おれと相棒は次の取引を最後に、連中と手を切ることにした。

ところが、四人の汚職警官と二人の保護観察官は、大量のコカインをめぐる最後の取引が終わったあと、おれと相棒を安モーテルに追いつめた。連中はおれたちを始末するつもりだった。連中が相棒を撃ち殺した次の瞬間——おれの心臓がこれまでにないほどゆっくりと大きく鼓動した瞬間——すべては終わった。おれの手の中で銃に命が吹き込まれ、連中から命を奪った。それこそ一瞬のできごとだった。運がおれに味方した。いずれにせよ、オハイオ州には何の未練もなかった。ジャービッジにやってきたのは、弟と一緒に働き、面倒に巻き込まれずにいるためだ。ここではそうすることができた。たまに法に反することをやったが、いずれも軽微なものだった。だが、今週予定しているスクラップの運搬を終えたら、それもきっぱりやめるつもりだった。後ろ暗い商売に関わるのは、明後日が最後だ。おれはそのつもりだったし、弟もたぶんそうだった。

おれが指を鳴らすと、犬は低く唸るのをやめた。あたりがしんと静まった。

砂利を踏みしだく音がしだいに近づき、ようやく保安官事務所のパトロールカーがあらわれ、ドライブウェイに停まった。かなり埃をかぶっていたが、色は白で、ボンネットと運転席側のドアにエルコ郡の星章が見えた。屋根に長いアンテナが一本、トランクにホイップアンテナが二本立っていた。運転席と助手席から男が降りた。どちらも髪は白く、老人らしい容貌をしていた。運転していた男のほうは、保安官事務所の茶色の制服姿で、煙草を吸っていた。年齢を見極めるのは難しかった。胸板の厚い大男で、銀色の星型のバッジがときおり眩しい光を放った。

「やあ」男は手を振ってゆっくりとこちらに近づいた。おれは曖昧に手を上げた。男は約五フィート手前で足を止め、かぶっていたカウボーイハットを脱ぎ、左手に持った青いハンカチで額の汗を拭った。ハンカチを尻ポケットにしまったとき、腰の右側のホルスターに、銃身の短い大型のリボルバーが納まっているのが見えた。さりげなさを装っていたが、彼の右手は銃の床尾から八インチ以上離れなかった。安全装置ははずれていた。「今日も暑いな」と彼は言った。

もう一人の男は何も言わなかった。そちらのほうは、きちんとプレスされた紺色のスーツに、白いドレスシャツとストリングタイといったなりで、グレーのカウボーイハットをかぶり、焦げ茶色のカウボーイブーツを履いていた。腰のホルスターに納まっているのは、コルト四十五口径オートマティックで、黒いチェックの浮き出し模様が施された握りにかからないよう、上着の裾を後ろに払い、右手を添わせていた。シャツの襟元に汗染みができていた。姿勢の保ち方と上着の左肩のラインから、左脇に吊るしたショルダーホルスターに別のピストルを納めて持ち歩いているように思えた。その目は泣いていたように赤く腫れ、まわりに隈《くま》ができていた。二人は品定めするようにおれを見た。

「暑いな」と保安官は繰り返した。

「このあたりはまったく暑い」とおれは答えた。「燃えるようだ」

「こんな暑さのなかで働くのは大変だろう」と保安官は言った。埃が風に巻き上げられ、車に舞い降りた。オフィスから弟が出てきて、腕を組んでおれの背後に立った。二人は弟にも視線を走らせた。銃を持っていないか調べているのだろうが、おれたちのどちらも、見ただけではわからないようにしていた。

「実を言うと、もう何年も働いていない」とおれは答えた。

「兄貴の言うことは、まともに受け取らないほうがいい」

弟は首を横に振って笑い、保安官の顔に笑みが浮かんだのを見ると、眉を上げた。「ケブラーは暑いから着てこなかったのか?」保安官の茶色の制服には、下に防弾ヴェストを着たときの膨らみが見られなかった。

「そんなことをして何になる?」保安官は左手でまわりの山々を示した。「悪さをする連中で、五十口径のでかいライフル銃を持っていないやつなんか、今どきどこにもいない。そんな銃で撃たれたら、防弾ヴェストなんか何の役にも立たない」そう答えて深々と煙草を吸った。「一マイル先からでも撃てるんだからな」

「らしいな」と弟は応じた。「誰かからそう聞いた」

「ああ、そのとおりだ」

保安官はそう答え、さっきから一言もしゃべらない男に合図した。男は小型のノートとボールペンを取り出し、ノートに何やら書きつけて、おれに見えるよう差し出した。そこにはこう書かれていた――〝ジム・アトウェル、元エルコ郡保安官助手。耳が聞こえず話せない。初めまして〟そして帽子に軽く手をやった。

「彼は知的障害者でも何でもない。ちょっとした問題を抱えているだけだ」保安官はそう言って煙草を吸った。「おれはアート・ジェンキンズ保安官」手を差し出しておれたちと握手した。「このあたりに来たのはずいぶん久しぶりだ」シンダーブロックのオフィスとその背後の作業場を顎でさした。

「何があったんだ？」おれはアトウェルを手で示しながら尋ねた。

「今から三十年ばかり前の話だ」保安官は煙草を地面に落とし、ブーツのつま先で火を消しながら言った。「最初から話すと長くなるから、かいつまんで話そう。そのときジムは副保安官としておれを補佐していた」新しい煙草に火をつけて一服した。銘柄はフィルターなしのキャメルだった。「ある日、知事から出た令状に基づいて、ブロートンという名の囚人を、ユタ州からおれたちの管轄区域を通ってカリフォルニア州まで護送することになった」東と西を結ぶ線を、指で宙に描いてみせた。「おれはその任務をジムに割り当て、運転手を務めるよう指示した。ほかにユタ州から屈強な警官が二人、エルコ郡からもう一人、アーニー・ディクソン保安官助手が任務にあたった」それから弟を見た。「アーニーが生きていた頃、あんたもこのあたりにいたか？」

弟は首を横に振った。「いや、覚えがない」その足元に犬がうずくまり、舌を出して喘いだ。

「あんたはまだ生まれてなかったかもな」と保安官は言った。「陽気で活発な男だった」少し間を置いた。「結婚して落ち着くまで、何人もの女と付き合っていたものさ」舌で口の内側を探り、煙草の小さな葉を唇の上に寄せると、ふっと息を吹いて地面に飛ばした。それからパトロールカーを顎でさした。「護送中は、ユタ州の警官が囚人を間に挟んで後部座席に座り、アーニーは助手席に座った。ジムは運転していた」彼は煙草をくわえて吸った。「どういうわけか、ブロートンは後部座席に座っている間に手錠をはずし、銃を奪ってユタ州の警官二人を撃った。続いて前の座席のアーニー・ディクソンを撃った次の瞬間、ジムが自分の銃を抜いて振り向き、ブロートンの額を撃ち抜いた」感じ入ったように首を横に振った。「ブロートンが何をして刑務所に入れられたか、忘れたな。おそらく、自分の母親を刺し殺して食っちまったか、自分の子供を犬に食わせたかしたんだろう」おかしそうに含み笑いをした。「どうであれ、おれは気にしない――あいつが何をやったかなんて知ったことじゃない。だが、ジムの俊敏な動きが騒ぎをおさめたのは確かだ。やつが死んだからといって嘆き悲しむ者がいるとも思えない」彼はもう一度煙草を吸った。「銃弾はブロートンの頭部を貫通し、パトロールカーのリアウインドーを粉々にした」そう言ってジム・アトウェルを指さした。「車内での発砲の衝撃が、彼の中耳に達し、鼓膜を破った。それでも車を道路から飛び出させずにすんだんだから、それなりに運がよかったのさ」それからまた深々と煙を吸い込んだ。「おれが思うに、自分の声が聞こえなくなったことで、うまく話せなくなったんじゃないかな」煙を吐き出しながら言った。「昔はたまにだが、話していたんだ。いつからかまったく話さなくなった」

「驚いたな」とおれは言った。ジム・アトウェルはわずかに背中を曲げ、想像上のハンドルを左手で握り、恐怖の表情を浮かべて首をすくめ、右手の人さし指と親指で銃の形をつくった。続いて、ハンドルを握ったまま上半身をさっとひねり、指でつくった銃の先を想像上の後部座席に向けて引き金を引き、銃が反動したようにぴくりと指を動かした。それから、背筋を伸ばしておれたちのほうに向き直り、肩をすくめた。

「そのあとがまた大変だった」と保安官は言って肩をすくめた。「状況はひどく込み入っていた。どう処理するかについて、三者の考えはばらばらだった。おれたちは、ブロートンはネヴァダの地で死んだんだから、遺体についてはは当然おれたちに法的権利があると主張した。ユタ州の知事は、やつの身柄をカリフォルニア州に引き渡すことに同意していたにもかかわらず、警官殺しの犯人として返してもらいたがった。カリフォルニア州は、やつの死亡診断書と遺体を欲しがった。三者とも一歩も譲らなかった」

「面倒なことになったな」とおれは言った。「それで、結局どうなった？」

「やつの遺体はネヴァダで棺に納められた」と保安官は答えた。「そして今もネヴァダにある。ここから西へ行ったゴルコンダ近郊の、墓標のない墓の中にな」煙草を吹かしながら続けた。「やつはアーニー・ディクソン保安官助手を職務中に撃ち殺した。だから、永久にネヴァダの地にとどまらせることにした、そういうことさ」煙草を地面に投げ捨て、別の一本に火をつけた。「そのあたりに用事で出かけるときは、必ず様子を見に立ち寄ることにしている。ついでに、墓に小便をかけてやるんだ」そう言ってズボンの前あきに触れた。「おれが日に何度小便したくなるか、知ったら驚くだろうな」少し間を置いた。「個人的には、年のせいじゃなく、怒りがそうさせるんだと考えるのが好きだがね」かすかな笑みを浮かべた。「おれは旧約聖書の信者でね。そこには、憎しみと報復は永遠不滅のものだと書かれている」そう言って頷いた。「その点が気に入っているのさ」右手は相変わらず銃の床尾近くにあり、左手で煙草を持っていた。口から煙が吐き出された。

「部下のことをずいぶん気にかけているんだな」とおれは言った。

　彼はどこまでも続く青空を見上げた。「この仕事をやっていくうえで大事なことは、それだからな。正義とか悪とか、そんなことはどうでもいい。誠実であることが重要なんだ」煙草をくわえ、最後の一口を楽しむように深々と吸った。「保安官助手という仕事は常に命がけだ。人生そのものを左右する」かすかに首を振った。「おれはジムに聴力を戻してやれるほど長生きはできそうにない。だから、チャンスが与えられたときにはベストを尽くすことにしているんだ」

「なるほど」とおれは言った。

　保安官はジッポで別の煙草に火をつけた。「ジムはおれの親友だ。あのときもそうで、今でもそうだ。おれたちがここに来たのは、それが理由だ」

　おれは頷いた。「おれたちにどうしてほしい？」犬が鼻をうごめかせ、あたりの空気を嗅いだ。

「おれとジムは今、厄介な問題を抱えている」と彼は答えた。

「どんな問題だ？」

「先週土曜日の夜、ジムの息子ジョージが逮捕された」

　おれは尻ポケットに手を入れた。「何をやったんだ？」

「そこが問題なんだ。クラップス（さいころ賭博の一種）の賭け金に偽百ドル札を使った容疑で、リノの警察に逮捕された。その偽札はあんたたちから受け取ったものだとジョージは言っている」保安官は煙草を吸ってリボルバーに手を添え、親指でジムのスーツを指さした。「おれとジムはジョージと話をして帰ってきたばかりでね。リノへは日曜日に行った。ジムはその日、今と同じスーツで教会へ行き、拘置所での面会にも行った。それなのに、今もいつもと同じきちんとした身なりをしている。どうやったらそんなことができるのか、おれには謎だがね」彼がジム・アトウェルの腕に触れると、ジムはかすかにほほ笑んだ。「ジョージの母親が亡くなったあと、彼は二年ほどモルモン教に改宗していた。それと何か関係があるのかもしれない」と保安官は言った。「ただし、今はルター派教会の信者に戻っているけどな」ジム・アトウェルはいつでも銃を抜けるよう身構えたまま、成り行きを見守っていた。「それでだが、あんたたちの帳簿を見せてもらえないだろうか？」

おれはゆっくりとオフィスに入っていき、業務日誌を手にごく自然な足どりで、彼らのもとへ戻った。「これがそうだ」おれは水色の罫の間に書き込まれた名前を指さした。ジョージ・アトウェル。保安官はおれの肩越しに覗き込んだ。「彼は数日前、車をここまで牽引してきた。それをおれたちがスクラップにした」とおれは言った。そこに書かれた数字や記号は、一九七七年型シボレー・インパラの代金二百五十ドルは現金で支払われたことを示していた。

「ジョージに渡した現金はどこから手に入れた？」と保安官は尋ねた。

「ボブ・バークだ」と弟が答えた。「百ドル札はすべて、ボブ・バークからその前に受け取ったものだ」

「その名前には聞き覚えがある」と保安官は言った。「いい噂は聞かないな」

おれは日誌の前のページをめくった――ロバート・バークの名前は、スクラップずみの鉱山機材の代金の横に記されていた。彼はそれをおれたちに金を払って引き取らせた。その日、弟はバークに弾薬二千発と爆破用の電管一ケースを売ったが、それについては日誌には記されていなかった。バークはその代金として、弟にいくらかの現金とアンフェタミン二十ポンドを渡した。弟はそれを明日ここに立ち寄る予定のバイカーたちに売り、ボブ・バークはそのあと、つまり明後日にここへ来て、売上金の四分の三をおれたちから受け取ることになっていた。やばい商売に関わるのは、それで終わりにするつもりだった。おれは弟と一緒にバークの自宅までスクラップを引き取りに行ったが、本人には一度も会ったことがなかった。しばらく前に犬を一匹殴り殺したらしいということは、弟から聞いていた。そんなことをするのは彼以外考えられないということも——犬はバークの飼い犬だった。

「その百ドル札を見せてくれないか？」と保安官は言った。

おれは金庫から一枚出して保安官に渡した。彼はそれを太陽にかざしたあと、パトロールカーに戻って特殊なペンで調べた。「できのいい模造品だ」と彼は言った。「それでも偽札であることに変わりはない」

弟は地面を蹴った。「くそっ、あの野郎、おれたちを騙しやがって」首を横に振り、重心をもう片方の足に移し替えた。

保安官は頷いた。「ボブ・バークがどこに住んでいるか知ってるか？」

「アイダホ州に少し入ったあたり、ロジャーソンの南だ」と弟は答えた。その答えは、おれたちとボブ・バークとの友好関係が終わったことを意味していた。

保安官はそのことをノートに書いてジム・アトウェルに知らせ、ジムも何か書いて寄こした。保安官はおれたちに向き直った。「こんなことはできればしたくないが」おれの顔をまっすぐ見て言った。「あんたに手錠をかけて後部座席に座らせないとならない。今回の件ではあんたに逮捕状が出ている。だが、おれたちで真相を突き止めれば、令状を執行せずにすむだろう」

おれは弟を見て、肩をすくめながら「わかった」と答えた。ほかにどうしようもなかった。後ろに両手を回すと、保安官が手錠をかけた。

「それからあんた」と保安官は弟に言った。「出かける前に、銃に安全装置がかかっているか確かめてくれないか？」

弟は少し驚いた様子を見せたが、言われたとおり、ホルスターに入れて背中に隠していたグロックを取り出し、安全装置をチェックして元に戻した。

「ご協力に感謝する」と保安官は言った。

おれたちは全員パトロールカーに乗り込んだ。ジム・アトウェルはおれと一緒に後ろの席に、弟はジェンキンズ保安官と一緒に前に座った。車は砂利道を引き返して合流点から高速道路に乗り入れ、北へ向かった。道路は穴ぼこだらけで、まわりの景色も、緑の木立から、ごろごろした岩と赤みがかった埃っぽい土に変わった。廃業したシンクレア・ガソリンスタンドの横を通り過ぎたとき、緑色のディノザウルスの看板が今も飾られているのが見えた。

「なあ、煙草を吸うのをしばらくやめてくれないか?」と弟が言った。「おれを殺す気か」保安官は首を横に振った。

「そのうち癌になるぞ」と弟は続けて言った。「あるいは、おれがそうなるか。他人が吸う煙草のせいで死ぬなんてまっぴらだ」窓を開けていても、車内は煙が充満していた。

「世の中はうまくできていると思うのは、そこなんだ」と保安官は答えた。「今から四十年前、いや、もっと前になるかな。ある夜、ジムとおれは勤務明けに尾根に登り、ビールを飲んでいた。おれが煙草をやたら吸うようになる前の話だ。真夜中を過ぎていたにちがいない。午後三時から十一時までの勤務をすませたあとだったからな。突然、空気が煮え立つように熱くなり、熱波となって押し寄せた。あの感触は今でも忘れられない。続いてバンという大きな音がして、空全体が一瞬明るくなり、昼間のように何もかもが照らし出された。もう一度、同じような音がして空がまた明るくなり、すべてが燃え立つような赤色に染まった。そいつは始まったときと同じく、いきなり終わった」いったん話すのをやめ、煙草を吸った。「南のほうで核実験が行なわれたのさ。だけど、おれたちは何も知らなかった。知らされなかったんだ」それからまた煙草を吸った。「おれが思うに、そのとき、おれの体内に巣くっていた悪性腫瘍は全滅したんじゃないかな。煙草を吸いすぎるようになる前に、放射線療法を受けたってわけだ。癌予防のポイントはそれかもしれないな、最初に放射線を浴びること」おかしそうに含み笑いをした。「ジムもおれも、癌検診に引っかかったことは一度もない」煙草を吸いながら話しつづけた。「配達の仕事をしていたシェーファーという男は、二日後、髪がすっかり抜け落ちた。ちゃんと服を着ていたのに、全身が赤く日焼けしたようになっていた」

「それも一つの考え方だろうさ」と弟は言った。「だけど、あんたの煙草はおれを殺しかねない」

保安官はとりあわなかった。「銃を速く抜くのを覚えたのは、そういうことがあったからだ。あんな閃光が夜空を照らすのを見たら、誰だって何かしら考える」その目は道路に向けられていた。「速く抜くだけじゃなく、速く撃たなければならない。波のようなものが届いて閃光が走る前に。空気が煮え立つように熱くなる前に」腰に差した大型リボルバーを軽く叩いた。ジム・アトウェルは二人の会話が聞こえているかのように、ノートに何やら書きつけて、おれに見せた――〃人は多くのものを速く動かせるが、速さそのものは神がおつくりになられた〃ジムはおれに頷き、おれも頷いてみせた。

小さな渓谷を通り過ぎるとき、州境を越えたことを示す標識が見えた。〃ようこそ、アイダホ州へ〃おれは相変わらず手錠をかけられたままだった。

「なあ、こんなふうにあっさり州境を越えてかまわないのか?」弟は保安官を見ながら言った。ジム・アトウェルは静かにおれの隣に座っていた。「誰かに知らせるべきじゃないのか?」

「おれから見ればどこもエルコ郡の一部だ」と保安官は答えた。「もしかしたら、核実験のせいで、ネヴァダ州のあらゆるものが突然変異を起こしたのかもしれない。もしかしたら、郡が大きくなったのかもしれない。もしかしたら、法の執行者の権限が大きくなったのかもしれない」そこで煙草を吸った。「それで誰に連絡してほしい? 誰か心あたりでもあるのか?」

「いや、別に」と弟は答えた。

「だったらそんな話はよせ」と保安官は言った。「このあたりにまともな人間が住んでいると思っているのなら、相当間が抜けてるぞ」

四十分ほど走りつづけたところで、車は弟の指示に従って高速道路からそれ、くねくねした脇道に入り、やがてボブ・バークの家の前で停まった。グレーのシンダーブロック造りのみすぼらしい家で、玄関のステップも打ち放しのコンクリートだった。犬舎兼ドッグランらしき低い檻が裏庭にあり、ボブ・バークが犬を飼っていることを示していた。もっとも、おれは弟と一度訪ねたことがあるので、そのことは知っていたが。玄関付近に男が二人たたずみ、前庭にピックアップトラックがエンジンをかけたまま停まっていた。トラックのリアウインドーにウインチェスター銃が立てかけてあるのが見えた。助手席には女が座っていたが、こちらを見ようとはしなかった。

保安官はパトロールカーを停めて降り、二人の男に近づいた。おれは後部座席から見守った。ジム・アトウェルと弟も車の中から見ていた。「ボブ・バークは家にいるのか？」と保安官は二人の男に尋ねた。

男の片方は顎を掻き、もう片方は首を横に振りながら答えた。「いや。やつに話があって来たんだが」

保安官は頷いた。「おれたちもそうだ」

彼はそのまま家の裏へ回り、おれたちのいる場所から見えなくなった。それからまもなく、ガラスが割れる大きな音がした。弟は車からさっと降りたが、すぐに車の中に戻った。やがて保安官が家の角を回ってあらわれ、こちらに歩いてきた。その手には百ドル札が数枚握られていた。彼はそれを車のダッシュボードの上に置いた。紙幣は本物のように見えた。おれは吹き出た汗を肩で拭った。音のない世界にいるジム・アトウェルも、隣で汗をかいていた。

保安官はピックアップトラックへ歩いていき、女が座っている助手席の横に立って穏やかに話しかけた。そこへ二人の男がやってきて保安官と言葉を交わしたあと、一緒にトラックの後部へ回った。

男の片方が先に口を開いた。「ここにはいないようだから、〈フィフス・エース〉へ行って探してみる。やつはときどきそこで酒を飲んでいるんだ」

「あそこの常連さ」ともう片方が言った。「店の前を通るたびに、やつのでかい黄色のトラックが駐車場に停まっているのを見かけるからな」照りつける太陽がロッキー山脈の上を少しずつ動いていた。

「二人で探しているのはどういうわけだ？」と保安官は尋ねた。

「バークはかなり手強い」と先に話した男が答えた。

「やつはすばやく銃を抜いて撃つことができる」もう片方も答えた。「やつはおれに恐れられていると思っている。だけど、そうじゃない」彼は空を見上げ、保安官を見た。「おれはやつを恐れてなんかいない」

「ああ、そのとおりだ」と保安官は答えた。

「あれはおれの妻だ」彼は助手席の女を指さした。

「結婚してどれくらいになる？」と保安官は尋ねた。

「結婚はしていないが、近いうちそうなる」と彼は答えた。「結婚すると決めたんだ」

「それはよかったな」と保安官は言った。

「ほかの男に妻を殴られて黙っていられるか？　彼女を見たか？　ボブ・バークがやったんだ」

「ああ、見た」

「妊娠しているかもしれないんだ。子供は無事生まれてこないかもしれない」

「バークに殴られたとき、彼女はどこにいた？」

「〈フィフス・エース〉だ。そこでおとなしくビールを飲んでいた」

「あんたはどこにいた？」

「スポーケン（ワシントン州東部の都市）へ数日前から出かけていた。帰ってきたらこういうことになっていた」

「そろそろ行こう」ともう片方の男が言った。

「おれたちもあとからついていく」と保安官は言った。二人の男はピックアップを高速道路に乗り入れた。おれたちもすぐあとを追った。十五分後、うらぶれた小さなショッピングモールが見えてきた。道路との間に広い駐車場があり、十台ほどの車が強い日差しに焼かれながら停まっていた。おれたちはそこに車をバックで停めた。ジム・アトウェルがノートに何やら書いて保安官に渡した。ジムが何と書いたかは見えなかったが、保安官の返事は読めた――

〝犬舎で犬が死んでいた――女はひどく殴られている――

たぶん眼窩にひびが入っている〟二人の男もピックアップを停めたが、おれがいる場所からは、女の後頭部とくすんだ金髪しか見えなかった。頭の動き具合からすると、ひっきりなしに煙草を吸っているようだった。

おれたちは車の中で待った。少なくともおれはそうした——おれ以外は全員、車から降りた。保安官、ジム・アトウェル、弟、それと二人の男は、店の張り出しが影を落としているコンクリートの歩道に立ち、駐車場を見張った。パトロールカーが停まったのは駐車場のいちばん端で、空き店舗の背後に隠れる形になった。〈フィフス・エース〉はモールの反対側の端にあり、その隣にコインランドリー、別の空き店舗、そしておれたちの隣の空き店舗と続いていた。その店舗の前に、子供向けのコイン式の木馬が置かれていた。脚が固定された矩形の台に、〝ミスター・クイッククリー〟と書かれているのが見えた。ジム・アトウェルがミスター・クイッククリーの頭を軽く叩いた。男たちは暑さにうだりながら待った。

そのとき、コインランドリーから男の子が出てきて、おれたちのほうに近づいてきた。おれは相変わらず手錠をはめられたまま、パトロールカーの後部座席に座っていた。保安官は男の子に気づくと、吸っていた煙草を駐車場にさっと投げ捨てた。

「こんにちは」と子供は言った。白のTシャツにミニサイズのジーンズ、黒のスニーカーといったなりで、髪は父親か母親の手で短く刈り込まれ、右の前腕の小さなかさぶたをしきりに掻いていた。腰に締めているベルトの、野球ボールをかたどった金メッキのバックルが、やたら大きく見えた。

「やあ、相棒」と保安官が答えた。ほかの男たちはちらりと見ただけだった。

「スティーヴィーだよ」と男の子は答え、ジーンズを引っ張り上げた。

「やあ、スティーヴィー」と保安官は言い直した。「ジェンキンズ保安官だ」

「年は五つ」とスティーヴィーは言った。

「そいつはすごい」保安官はそう答えたが、目は駐車場から離さなかった。ジム・アトウェルはスティーヴィーにもう一度視線を向け、駐車場に戻した。その右腕はコイルばねのように曲がり、いつでも四十五口径を抜ける用意ができていた。発砲しながらその音が聞こえないとはどういうものか、おれは想像しようとした。

「おじさんはいくつ？」とスティーヴィーは尋ねた。

保安官は彼を見下ろしながら答えた。「八十七だ」その数字はスティーヴィーにはぴんと来ないようだった。そのときトラックが駐車場に入ってきたが、ボブ・バークではなかった。

「そこの馬に乗りに来たんだ」スティーヴィーは男たちの後ろに見える木馬を指さしながら言った。

「まいったね」と弟が言った。

「二十五セント入れてやれよ」と男の片方が言った。

「何だと、このくそったれ」と弟は答えた。「おまえがやればいいだろう」

「おい、よせ。子供の前で悪態をつくな」保安官は彼らに声をかけ、駐車場に視線を戻した。ジム・アトウェルはアスファルトと車から立ちのぼる陽炎《かげろう》を見ていた。

「そうだよ」とスティーヴィーは言った。「悪態をついちゃだめ」

弟はうんざりしたように首を振った。二人の男は声を上げて笑った。

「悪態をつくと母さんが嫌がるんだ」とスティーヴィーは言った。

「だったら、おまえの母さんが嫌がらないことをこっそり教えてやろうか？」と弟は言った。

「何？」とスティーヴィーは尋ねた。保安官が弟をじろりと見た。

「いや、何でもない」と弟は答えた。「馬に乗りたいんだろ、なら、そうさせてやる」弟は二十五セント入れてやり、子供を抱え上げて鞍に乗せた。何も起こらなかった。車が駐車場に入ってきて停まったが、降りてきたのは年老いた女性で、ゆっくりと〈フィフス・エース〉へ向かった。

「動かない」とスティーヴィーは言った。「動かしてよ」

弟は硬貨をもう一枚、銀色の投入口に入れた。何も起こらなかった。「馬が動こうとしないとき、どうするか知ってるか?」スティーヴィーがいやと首を振ると、弟はグロックを抜き、ミスター・クイックリーの鋳鉄製の茶色の耳に当てた。「撃ち殺すんだ」弟は自分で答えた。「バン」スティーヴィーの幼い顔から血の気が引き、弟はグロックをしまった。

保安官が振り向き、二人の男に顎で指示した。「その子のためにちょっと動かしてやれ」

二人はそれぞれ馬の端をつかんで持ち上げ、上下左右に揺さぶった。

「もっと速く」とスティーヴィーが言った。

ミスター・クイックリーの頭を持った男が笑いながら言った。「思ったほど重くない。どうやら楽なほうに当たったようだな」

彼らが動かす間、スティーヴィーは歓声を上げつづけた。ミスター・クイックリーの表情は変わらず、一定のペースで駆け足を続けた。見た目は競走馬――褐色のサラブレッド――だが、鞍の上にライフルを納めたケースが描かれていた。

保安官はパトロールカーに近づき、窓からダッシュボードに手を伸ばした。「きみに渡したいものがある、スティーヴィー」星型のブリキのバッジを手に、子供のほうへ歩いていった。それから子供の前に膝をつき、バッジを胸に留めてやった。「今からきみは保安官助手だ」ピックアップトラックが駐車場に入ってきて向きを変え、道路へ戻っていった。

「ほんとに?」とスティーヴィーは言った。

「法に則って正しい行ないをすれば、法は正しく報いてくれる」と保安官は言った。「悪さをする連中がいないか、いつも注意してまわりを見てくれ」ジム・アトウェルが気をつけの姿勢をとって敬礼した。

「見つけたらどうすればいい?」とスティーヴィーは尋ねた。

「どうすればいいと思う?」と保安官は聞き返した。

スティーヴィーはしばらく弟を見て、保安官に視線を戻した。それから親指と人さし指で銃の形をつくった。「どうすればいいか知ってる」

「ああ、ちゃんとわかっているようだな」と保安官は言った。

「おじさんは正義の味方？」

「そのとおりさ」

スティーヴィーは小さな足でくるりと向きを変え、コインランドリーへ向かって歩いていった。そして店に入る前に、振り返って敬礼した。弟はふんと鼻を鳴らした。

「相手は子供だぞ」保安官は煙草に火をつけた。

「ガキは嫌いなんだ」と弟は答えた。トラックが道路を駆け抜けていった。

「好きなやつなんかいないさ。だが、それが何だっていうんだ？」保安官は唾を吐いた。「おれたちのなかで子供のことを気にかけているのは、おそらくジムだけだ」煙草を深々と吸った。「もういい大人なんだから、大人らしく振る舞うことを覚えろ。何か面倒を起こす前にな」

「ああ」

「ああじゃない、もっと真剣に考えろ。さっきみたいな馬鹿なまねはよせ」そう言い終えると、保安官は顎をかすかに動かし、駐車場に鋭い視線を向けた。黄色の四輪駆動の大型トラックが駐車場に入ってきたところだった。やがて男が降りてきた。

「ボブ・バークじゃない」一緒に見張っていた男の片方が言った。

「だけどトラックはやつのものだ」ともう片方が言った。

「ただし、運転してきたのはやつじゃない」眩しい陽光に目を細めながら、続けて言った。「バークはもっとでかい」

保安官が指笛を鳴らすと、ボブ・バークのトラックを運転してきた男は何ごとかと振り向いた。さらに、こちらに来るよう合図すると、駐車場を横切って近づいてきた。カウボーイハットをかぶり、黒いTシャツとジーンズを着ていた。

「やあ」と保安官は声をかけた。「あんたが運転してきたのは、ボブ・バークのトラックか？」

男は歩を緩めながら頷いた。「ああ、そうだ」左腕の二

せていた。頭筋に彫られた刺青が、Tシャツの袖から半分顔をのぞか

「バークも一緒か?」と保安官は尋ねた。男は一瞬、保安官の銃の大きさに気をとられた。

「いや」と男は答え、少し間を置いた。「あいつとは友人でも何でもない。あいつに貸した金を、現金では無理だと言うから、こういう形で返させてやっているだけだ」そう言って頷いた。「別に法に触れてはいないだろう?」

「バークはいつ町に戻る?」保安官は新しい煙草に火をつけた。

「明後日だ」と男は答えた。ジム・アトウェルは様子を見守っていたが、ときおり刺すような視線を男に向けた。

「わかった」と保安官は言った。「あんたはおれに会わなかったし、おれもあんたに会わなかった。あんたは何も言わず、何も聞かなかった。法に触れることなく、金を返してもらおうとしているだけだ」

「あんたなんか知らないし、おれにとってはもはや存在しなくなった」男は〈フィフス・エース〉へ向かって歩きだした。

「いつかまた会うかもしれないな」保安官は煙草を吸った。

「バークとは友人でも何でもない」男は肩越しに言い返した。「あんたがあいつをどうしようと知ったことか」そのまま歩きつづけて〈フィフス・エース〉へ入っていった。

保安官と弟とジム・アトウェルは、パトロールカーに乗り込んだ。駐車場を出るとき、ピックアップトラックの助手席に座っている女の顔がはっきりと見えた。今まで見たことのないような濃い紫色と藍色の痣ができていた。しかし、女はこちらを見なかった。

おれたちはアイダホ州との境を越えてネヴァダ州に戻った。パトロールカーは高速道路の合流点から、おれたちのスクラップ工場へ続く砂利道に入り、工場の一マイル手前で停まった。保安官とジム・アトウェルは車から降り、ジムのノートとペンで筆談した。弟も車から降りた。おれは手錠をかけられたまま、後部座席に座っていた。

「あんたのそれは何という銃だ?」弟は保安官のピストルを顎でさしながら尋ねた。

「スミス・アンド・ウェッソンM六二九、四十四口径マグナムだ」と保安官は答えた。ジム・アトウェルはパトロールカーの反対側に回って助手席に座り、帽子を脱いでおれに頷いた。おれも頷いてみせた。

「かなり威力がありそうだな」と弟は言った。

「ああ、昔から殺傷能力の高さで知られている」と保安官は答えた。「クレー射撃で使えるくらい精度も高い」そう言い終えたときには、その手に銃が握られていた。

「抜くのが速いな」と弟は言った。「だが、速く抜けるからといって、同じように速く撃てるとは限らない」

「早撃ちについて御託を並べるのは勝手だが、相手に撃たれる前に銃を抜いて撃てなければ、ただの空論だ」保安官は銃口を下げてホルスターに納めたが、目にも止まらぬ速さで再び銃を抜いていた。「あんたにおれは倒せない」

「ああ」と弟は答えた。「たぶん無理だ」

「たぶんじゃない、まちがいなく無理だ」保安官は煙草を地面に投げ捨て、マグナムを再びホルスターに納めた。

「まあ、どうでもいいけどな」と弟は言った。

「今はそうでもないようだぞ」と保安官は答えた。「おれには頼りになる友人が何人もいる。あんたなんか屁とも思わない連中だ」

保安官はマグナムを軽く叩いた。「ボブ・バークのような連中か？　やつは昨日まであんたの友人だった。ところが今は、あんたに偽札をつかませ、誰かの妻を殴り、自分の飼い犬を痛めつけ、少なくとも一頭は殺している」そこで間を置いた。「やつがあんたを屁とも思わなくなる日が、いずれやってくる。やつに殺されるなんてありえないと言いきれるか？　やつは信頼できる人間か？」そう問いかけながら首を横に振った。

「いや、そうは思わない」と弟は答えた。

保安官はマグナムをもう一度叩いた。「おれには機敏で頼りになる友人がいる。合わせて六人、この中にな。ジム・アトウェルのような友人だ。どんなときも信頼できる」車の中のおれを顎でさした。「あんたもかなり速く銃を抜けるそうだな」

「いや」とおれは答えた。「人違いだろう。おれは銃がおっかなくて、めったに触ったこともない」

「おれが聞いたこととは違うな。あんたは早撃ちの名人だと聞いた」

「誰からそんなことを聞いた？」おれは汗が吹き出るのを覚えた。ジム・アトウェルが前部座席からおれを見た。沈黙という形で問いかけられているような気がした。

「オハイオ州の警官四人が銃を抜く前にあんたに撃ち殺された、と確かな筋から聞いた」保安官はいったん話すのをやめ、煙草に火をつけた。「あんたが自分の相棒を撃ち殺して逃走したとも」

「それは違う」おれは弟に落ち着けと目で合図した。

「おれもそう言った。そこで連中は報告書をファックスして寄こした」保安官は煙草を吹かした。「それで、保護観察官二人もそのとき殺されたことがわかった。連中は電話ではそのことに触れなかった。一カ月前、オハイオ州警察から電話があったんだ。未解決の事件を捜査していると言って。電話で聞いた話では、パトロールカー三台に二人ずつ分乗してあんたを追跡し、モーテルに追いつめた。正面に車を停めて突入しようとしたとき、中からあんたが出てきて、こともなげに警官を撃ち殺し、さらに、口封じのために相棒を撃ち殺した。だが、おれにはどうも解せなかった」彼は空を見上げた。「警察側が発砲したのは一発だけだ。訓練を受けた警官が六人もいながらだぞ。そのうちの二人はホルスターから銃を抜いてさえいなかった。鑑識の報告書にはそう書いてあった」上空からおれに視線を移した。「そういうのこそ、早撃ちと言うんだろう？」

「あんたが何を言っているのかわからない」とおれは言った。

保安官はすぐには答えなかった。「おれは電話してきた警官には何も言わなかった」そう言って煙草を吸った。「そいつはおれを田舎者扱いして、見下したような口調で話した。だから何も言わなかった。代わりにこう言ったんだ、その男に心あたりはないが、それほど速く銃を抜けるやつがエルコ郡にいたら、保安官助手に任命するってな」もう一度おれに頷いた。「いい考えだと思わないか？」

「確かにいい考えだ」とおれは答えた。「だが、互いの尻拭いをしている警官たちはどう思うかな?」

「そういう悪習はミシシッピ川のこちら側までは及んでいない」と保安官は答えた。「おれは悪徳警官には我慢のならないたちでね。連中が言うように通常の警察の手入れだったのなら、なぜ保護観察官が同行したんだ? 自分たちの悪事を隠そうとしてさらにまずい事態を招いた、実際は、そういうことだったんじゃないのか?」

彼は帽子をとり、額の汗をハンカチで拭った。「あんたは知らないだろうが、一九一六年、アメリカ合衆国で最後の駅馬車強盗が起きたのは、ちょうどこのあたりだ」そう言って森の奥を指さした。

「ほんとに?」とおれは言った。

「ああ」と保安官は答えた。「ジャドソンという名の無法者が、十二月のブリザードが吹き荒れるなか、ロジャーソンからジャービッジへ向かう駅馬車を襲い、鉱山労働者の全給料を奪った。用心棒として雇われていた元強盗を四、五人撃ち倒したが、自分も腕を撃たれた。捕まったのは、雪の上に点々と血の跡を残していたからだ」

「へえ」

「その後、州知事から赦免を受けて釈放され、しばらくこのあたりで暮らしていたが、やがて隠していた金とともに行方をくらました。おれはこの話が何となく気に入っている」

「おれも好きだな」

「ガキの頃は、ジェンキンズという姓は、うちのじいさんがジャドソンから変えたものだとまわりによく言い触らしたものさ」

「そうなのか?」とおれは尋ねた。

「まあ、違うだろうな」と彼は答えた。「車から降りろ」

彼は後部ドアを開け、おれが降りるのに手を貸すと、手錠をはずした。おれは手首をさすった。ジム・アトウェルが身を乗り出し、運転席側の開いた窓から彼に何か渡した。

「覚悟はできているか?」と保安官は尋ねた。

「ああ」とおれは答えた。「できている」

彼はアトウェルから受け取った星章を、おれのデニムのワークシャツの胸に留めた。「ネヴァダ州から付与された権限に基づき、きみをエルコ郡保安官事務所の保安官助手に任命する」彼と握手するうち、星章の重みが伝わってきた。

「謹んでお受けする」とおれは答えた。

「おれたちはこれからリノに戻り」――彼はパトロールカーの中のジム・アトウェルを親指でさした――「彼の息子を釈放してもらう。ボブ・バークに対する捜査が行なわれていることを説明すれば、そうなるだろう」

「ああ、それで十分だろう」とおれは答えた。

「ボブ・バークは明後日ここにやってくるんだな？」

おれは頷き、弟が代わりに答えた。「そのとおりだ」

「わかった。おれもその場に居合わせる」と保安官は言った。「やつを撃たざるをえなくなるかもな」マグナムを抜き、引き金に人さし指をかけてさっと回し、ホルスターにしまった。「そうなるような気がする」

「おれはあんたの指示に従う」とおれは言った。

「おれが現われなかった場合、あんたがおれの代わりを務める。ジムとジムの息子のためだ。それを忘れるな」

「わかった」

「どれくらい速く撃てる？」と彼は尋ねた。

今では隠す理由がなくなった。「あんたが今まで見たことがないくらい」

「やっと認めたな」と保安官は言った。「それじゃ、実際に見せてくれ」

弟が自分のベルトをはずし、グロックを納めた小さなホルスターを渡した。おれはそれを腰につけた。手首の痺れはすでに治まり、腕に力がみなぎるのを覚えた。次の瞬間、銃はおれの手に握られていた。

「もう一度見せてくれ」と保安官は言った。

おれはグロックをホルスターに納め、肩をすくめると同時に銃を握っていた。

保安官は感じ入ったように首を振った。「なるほど。確かに速い」

「まあな。銃の扱いにかけては、彼と同じくらい自信がある」おれは車の中のジム・アトウェルを見た。

保安官は運転席に乗り込み、煙草に火をつけた。「明後日、おれが現われなかったら、あんたがボブ・バークを始末しろ。あとのことはあとで考える」

「わかった」

「あんたはたぶん、ここのやり方が気に入るだろう」と彼は言った。

「もう気に入っている」とおれは答えた。

彼らが走り去ると、おれと弟はドライブウェイの端まで歩いてそのまま森に分け入り、今日一日のできごとを話し合った。一九一六年十二月のブリザードのなか、最後の駅馬車強盗と銃撃戦がどこでどんなふうに起きたのか、正確に思い描こうとした。ブラウントラウト（サケ科ニジマス属の淡水魚）を釣りに行く話もした。神がどうやって速さをつくりだしたかについても。

それからスクラップ工場へ戻り、ボブ・バークがあらわれるのを待った。

北の銅鉱
The Copper Kings

去年の八月、女房に逃げられたあと、おれはニューヨーク州北部に見切りをつけ、車で西へ向かった。最初の計画では、シアトルまで行くつもりだった。ところが、アイダホ州北西部のモスコーで金が尽き、動きがとれなくなった。持て余した時間と関心を酒に注ぎ込むうち、自分がかなりの大酒飲みであるのがわかった。

健全な大酒飲みであるには、孤独と酒と金の絶妙なバランスを保たねばならず、そのこつを習得すべく、日夜研究を重ねていた。とりわけ、金の収支を合わせるのにいつも苦労していたから、ある土曜日の早朝、グレッグから即日現金払いの仕事を持ちかけられたときは、正直言ってほっとした。

グレッグは元フットボール選手の大男で、おれの住まい――寝室が一つきりの、シンダーブロック造りのちっぽけな小屋――を取り囲むトレーラーハウスの一つで、ガールフレンドとその息子とともに暮らしている。保険ブローカーをやったりペンキ屋をやったりして生計を立てているが、主な副業は、賞金稼ぎと追跡集金人――賞金が懸かった犯人の捕獲と、行方をくらました債務者の追跡――だ。アイダホ州から観光ガイドの免許を得ているから、仕事の大半は合法的な範囲とその周辺に納まっている。アイダホ州では、銃を助手席に置いてビールを飲みながら運転することが許されている。免許の有無といったささいな問題が正義の妨げになることは、誰も望んでいない。したがって、逃げ隠れしている誰かをグレッグとおれが探し出そうとしても、特に問題はないはずだ。ただし、誰かを追うときは、相手もこちらと同じように、危険を察知して自衛する手段を持っていることを心得ておかなければならない。神は人を平等にはおつくりにならなかった。サミュエル・コルトがそれを是正したと言われているが、アイダホ州ではその意見がかなり尊重されている。おれはグレッグをトレーラーハウスの近くで見かけるたびに手を振り、彼も手を振って答える。正式とまではいかなくても、お互いを相棒と認めているわけだ。その彼が、トレーラーハウスの間の曲がりくねった砂利道を歩いてくるのが見えたので、ノックされる前にドアを開いた。

「よお」とおれは声をかけた。グレッグはデニムのシャツにジーンズ、茶色のハンティングヴェスト、黒のカウボーイブーツといったなりをしていた。

「酔っ払うにはまだちょっと早すぎないか?」おれの右手に握られている缶ビールを顎でさしながら、彼は言った。

「そういうのを通俗的観念って言うんだ。アルコールが脳に影響を及ぼしだすのは、実際は昼を過ぎてからなんだぞ」

「なるほど」グレッグはそう答えて頷いた。「ちょっとドライブに付き合わないか? 仕事を頼みたいって男がいて、引き受けたら今日のうちに現金で払うと言っている」

「いくらだ?」

グレッグは重心をもう片方の足に移し替えて、トレーラーハウスの向こうに目をやった。「それは内容によりけりだ」

「だいたいでいいからさ」おれはドアの脇柱にもたれて、生暖かいビールを一口飲んだ。

「仕事ってのは行方不明者の捜索だ」彼は振り向いておれをまっすぐ見た。「少なくとも数百ドルにはなる。たぶん銃は使わずにすむだろう」少し間を置いた。「いや、必要になるかもしれないな。だが、サツがからまないのは確かだ」

おれは頷いた。「乗った」ビールを一気に飲み干し、空き缶を家の中へ投げ入れた。「あんたの銃を貸してくれないか?」グレッグはおれが昔から欲しがっているベレッタを持っていた。

グレッグはにやりと笑った。「いいとも。それじゃ、さっそく出かけよう」

おれたちは砂利道を下り、グレッグのみっともないトラックに乗り込んだ。そいつはかなりガタのきたトヨタのフォードアで、前部と後部座席の間に、警察の車と同じようなプレキシガラスの仕切りが取り付けられていた。グレッグの運転で町を出ると、そこから先は完全な農業地帯だった。レンズマメとトウモロコシの畑が何マイルにもわたって地平線まで続いていた。

「いいところだな」おれは上着のポケットにウイスキーのボトルを入れてきていた。そいつを取り出して一口飲み、畑が次々と後ろへ流れ去るのを眺めた。

グレッグはすぐには答えず、グローブボックスに手を伸ばし、中から取り出したベレッタをおれに渡した。おれはそいつを上着の右ポケットにしまった。

「畑ってのはどうも性に合わない」と彼は言った。「手間がかかるわりに実入りは少ないからな」その視線は道路の先に向けられていた。その両脇に次々とあらわれて消えていく穀物畑には、目もくれなかった。「おれは町のほうが好きだ。どんなちっぽけな町であろうとな」

荒れ果てた教会の前を通り過ぎたところで、彼は車を右折させ、未舗装の私道に乗り入れた。私道の脇に〈ライアン農場〉と手書きされた看板が立っていた。おれはもう一口ウイスキーを飲んだ。車はそのまま進み、納屋や畜舎に囲まれた白い家の前で停まった。正面の芝生の上に、斜めに傾いたピクニックテーブルが見えた。家の戸口にあらわれた老人が、ステップを降りておれたちに近づいてきた。もう一人、白髪の老女も姿を見せたが、そちらは途中で足を止めた。おれはウイスキーのボトルを助手席の下に置き、グレッグに続いてトラックから降りた。

「やあ」老人の声は、トラックの荷台からなだれ落ちる砂利のようにざらついていた。「ハリー・ライアンだ」デニムのつなぎに緑色の野球帽というなりをしていた。

グレッグは頷いた。「グレッグ・ニューエルだ。こっちは相棒のジョン・ソーン」おれも頷き、右手を軽く上げた。

「サム・ハーグから聞いたが、あんたはこういう仕事にぴったりの男だそうだな。タフな男だとも聞いた」ハリー・ライアンはグレッグを見て、おれを見た。「わしが必要としているのは、タフな男なんだ」

「おれたちがタフなのは間違いない」とグレッグは答えた。

ハリー・ライアンはさらに近づいた。「酒の匂いがする」

「昨夜ビリヤードをやってるとき、ブーツの上にこぼしたんだ」とおれは答えた。

ハリー・ライアンはさらに一歩近づいた。「今朝いちばんに、口の中にこぼしたような匂いだ」

「おれの場合、タフでいるにはそうしたほうがいいんでね」

ハリー・ライアンは何も言わず頷いた。

「女房に逃げられたんだ」とグレッグが口を挟んだ。

ハリー・ライアンは両手をポケットに入れた。「そういうことか」それだけ言ってピクニックテーブルまで歩いていき、ベンチに座った。グレッグとおれはそのあとを追い、テーブルの反対側に立った。彼はおれたちを見上げた。

「わしのせがれを見つけてくれ」彼は封筒を取り出した。「あいつは仕事を求めてパンハンドル（他州に嵌入している細長い地域）へ行き、そこからこういう手紙を何度か送って寄こした。ところが、三週間前から手紙は届かなくなり、連絡が途絶えた」そう言ってグレッグに封筒を渡した。グレッグは中の便箋を取り出し、おれにも読めるよう腕を伸ばして持った。そこには読みづらい文字で、次のように書かれていた。

〝父さん――九百ドル同封する。これからもそうするから、そのつもりで。今はかなり北のほう、コッパー・キングズという採鉱場で働いている。けっこういい賃金をもらっているんだ。仕事はきついけど、父さんと母さんに会えるのを楽しみにしている。愛してる、マイク〟

「せがれを見つけてくれ」ハリー・ライアンは繰り返した。「見つけてくれたら、五百ドル払う」白髪の老女がゆっくりと体の向きを変え、ステップを上がって家の中へ入った。スクリーンドアが木製の外枠にぶつかり、音をたてて閉まった。ハリー・ライアンは低い声で話しつづけた。「マイクはボイジーで何か面倒に巻き込まれたらしい。詳しいことはわからない。昨日、保護観察官と州警察の警官がここを訪ねてきたが、何も話そうとしなかった。マイクを探しているとしか言わなかった」そう言ってテーブルの上に一枚の写真を置いた。「これがマイクだ」そこには、真新しいピックアップトラックの横で笑みを浮かべた若者と、荷台に立つドーベルマンが写っていた。グレッグは写真を手に取って尋ねた。

「これは息子さんの犬？」

「ああ、マックスというんだ。マイクの言うことしか聞かないし、どこへ行こうといつも一緒だった」

「獰猛なやつなのか？」

ハリーは笑みを浮かべた。「マイクに命令されたら、喜んであんたの足を食いちぎるだろうよ。わしの見たところ、銃より心強い味方さ」彼はどこまでも続く空を見上げたあと、ゆっくりと視線を下げ、まわりの畑を見渡した。それから立ち上がり、グレッグに金を渡した。「二百五十、先に渡しておく。仕事を無事すませたら、残りもあんたらのものだ」そう言って家のほうへ歩きだした。

「わかった」グレッグはそう答え、力強く頷いた。おれも同じことをした。グレッグはさらに咳払いをして大きな声で言った。「おれたちに任せてくれ」写真は彼からおれの手に渡り、二人でトラックを停めた場所まで引き返した。ハリー・ライアンは一度も振り返ることなく、ステップを上がって家の中へ消えた。おれはウイスキーを一口飲み、来たときと同じ光景が後ろへ流れ去るのを眺めた。

町に戻ると、グレッグはガソリンスタンド脇の電話ボックスの前で車を停めた。おれは彼が狭苦しいボックスの中で次々と電話をかけ、笑ったり首を振ったりするのを眺めた。やがてボックスを出て運転席に戻った。

「誰にかけたんだ？」

グレッグはおれの顔を見て、すっと目を細めた。「裏の世界につてのある知り合いと旧交を温めたのさ」

「誰にかけたんだ？」とおれは繰り返した。

「スミッティと昔のガールフレンドだ」スミッティはおれも知っていた。グレッグの友人の元バイカーで、今はボナーズ・フェリー郊外でバーを営んでいる。ボナーズ・フェリーはパンハンドルの北端にある町だ。昔のガールフレンドのほうは知らない。「スミッティによれば、採掘を再開した銅鉱が山のどこかにあるそうだ。そこへ行けば手がかりがつかめるかもしれない。必要な情報は彼がつてを頼って集めてくれる。その間におれたちは隠れ蓑を見つけよう」

「何だって？」

「隠れ蓑さ。身元を偽るんだ。怪しまれずに入り込むにはそうするしかなかろう？」グレッグはガソリンスタンドの駐車場でトラックの向きを変え、来た道を引き返した。やがて脇道に入り、赤い家の前で車を停めた。「ちょっと待っててくれ」そのとき、玄関に女が姿を見せた。グレッグとわかったときのはしゃぎぶりからすると、すぐにでも元ガールフレンドのリストからはずれ、現役のローテーションに復帰したがっているようだった。二人は家の中に入り、おれは酒を二口ほど飲んだ。コーヒーを飲んで頭をすっきりさせたかったが、手元にあるのはウイスキーだけだったから、冷静かつタフでありつづけるために、もう二口飲んだ。

待つこと四十五分、ようやくグレッグが玄関から出てきた。その手が握っているリードの先に、おれが今まで見たなかでいちばんでかい犬がつながれていた。毛色は黒と茶色で、大きさは小さなポニーほどあった。そいつが後部座席に乗ると、トラックがゆらゆらと揺れた。グレッグは運転席に乗り込み、車を出した。

「何を乗せたんだ？」

「ミスター・ラッキーさ。おれたちの隠れ蓑だ。あいつがおれたちを中に入り込ませてくれる」道路の窪みにはまって車体が大きく揺れたとき、ミスター・ラッキーの頭がプレキシガラスに勢いよくぶつかった。本人はそのことに気づいてすらいないようだった。頭はバスケットボールより大きかった。

「何ていう品種だ？」

「ナポリタン・マスチフ。本物の闘犬だ」ミスター・ラッキーは後部座席に寝そべった。ひどく窮屈そうで、いくらか苛立っているようにも見えた。

「体重はどれくらいだ？」

「さあな。二百三十か四十ポンドってところじゃないかな。まさに闘うために生まれてきた犬さ」

グレッグはボナーズ・フェリーめざして車を北へ走らせた。おれはその間ずっと窓から外を眺めていたが、マイク・ライアンらしき男は見かけなかった。右側に見えるロッキー山脈は、北へ進むにつれ、ますます大きくなっていくように思えた。

グレッグはスミッティの店で車を停めた。埃っぽい駐車場には、バイクが二台、ピックアップトラックが一台停まっていた。二人とも車から降り、グレッグが先に立って店に入った。そこはジュークボックスとビリヤード台がそれぞれ一台あるきりの、がらんとした薄暗いバーで、切り出して縦半分に割っただけの丸太が、そのままカウンターになっていた。その表面に誰かが木工用のバーナーで、〝おれたちは神を信じる（ドル紙幣の裏面に書かれている言葉）が、あんたは神じゃない〟と焼きつけていた。店内には三、四人の常連客がいた。常連客にちがいない、というのも、どんなに勘の鈍い人間でも、スミッティの店にちょっと入ってみようなんて思わないからだ。アイダホ州のパンハンドルでは、誰もふらりとどこかへ入ったりしない。こうした土地では、あらゆることを考慮して慎重に行動しなければならない。関係者以外立ち入ってはならない場所があり、地元の人間の間では暗黙の了解ができている。おれたちが向かっているのは、そういう場所の一つだった。スミッティは低い声でグレッグと話し、おれに軽く手を振った。それからまもなく、おれたちは店を出てトラックに乗り込んだ。ミスター・ラッキーはぴくりとも動かなかった。

「スミッティの情報は確かなのか？」とおれは尋ねた。

「もちろん。金ってのはそうやって稼ぐものだ」グレッグは別の銃――コルト四十五口径コンバット・コマンダー――をグローブボックスから取り出し、左足のブーツに滑り込ませた。「万が一ってこともあるからな」おれも上着のポケットに手を入れ、ベレッタの安全装置をはずした。最後の一口を飲んでボトルを床に置いた。これで準備が整った。

森の奥へ続く木材牽引車の轍や伐採場を横目に見ながら、グレッグは曲がりくねった道なりに車を走らせた。そのうち鼓膜の具合がおかしくなり、かなりの高さまで登っているのがわかった。山に分け入って四十分後、未舗装の道路を約一マイル進んだところで、ようやく視界が開けた。

「あれがどうやらそうらしい」とグレッグは言った。

前方に、鉄製のゲートとちっぽけな小屋が見えた。小屋には〈コッパー・キングズ採鉱場〉と小さな看板がかけられていた。ゲートには男が一人腰かけ、小屋の壁にライフル銃が立てかけてあった。おれたちが車を進めると、男はゲートから飛び降りて小屋へ向かい、ライフル銃を手に取りながら、おれたちに声をかけた。

「今日の仕事はもう終わったぞ」男はライフル銃を両手で構え、おれたちに近づいた。「仕事は終わったし、新しく人を雇う予定もない」彼がトラックの中を覗くと、ミスター・ラッキーが立ち上がって見つめ返した。「これはまた可愛らしい犬ころだな」

グレッグは窓から身を乗り出して、二十ドル札二枚を掲げた。「こいつを見てくれ。新しい二十ドル札だ」札を自分の顔に近づけてじっくり見た。「ジャクソン（第七代大統領アンドリュー・ジャクソン）の肖像がかなり大きくなっている」

守衛のふりをしている男はグレッグに近づき、彼の手から二十ドル札を取り上げた。

グレッグは札を顎でさしながら尋ねた。「本物だと思うか？」

「こう薄暗くちゃわからんな」

「それじゃ、そいつを預かって調べてくれないか。実際に使ってみなきゃわからないのはわかってる。でも、あんたなら調べられるだろう？」ただの見張りだが、おれたちにはそう思われたくない男に、グレッグはわざとらしく笑いかけた。男は同じような笑みを返し、小屋へ行ってゲートを開けた。グレッグは車を中に入れた。

「このまま進んで、今夜の試合に出したい犬を連れてきたとチャーリーに言いな」銅鉱ではない何かを守っている男が言った。

「どうやってチャーリーを見分ければいい？」とグレッグは尋ねた。

「あんたが今まで見たことがないくらい図体のでかいバイ

カーが、やつだ。それに、今まで見たこともないようなでかい銃も持っている」男はそう答え、前進しろと合図した。

グレッグは車を出し、荒れ果てた建物や採鉱用の機材、覆いをかけられたコンベヤーの間を通り過ぎた。建物の横にピックアップトラックが数台停められていたが、採鉱が行なわれている気配はなかった。

「匂うか?」グレッグの問いかけに、おれは頷いた。ガソリンとエチルエーテルが混じった独特の匂いだ。「銅鉱だなんてよく言うぜ」とグレッグは言った。「ここは世界一規模のでかいアンフェタミン製造所だ」おれは床に手を伸ばしてウイスキーのボトルを取り、一口飲んだ。前方に大勢の男たちが見えた。くつろいだ様子でピックアップトラックのテールゲートに座り、互いに話をしたりビールを飲んだりしていた。それぞれがある種の犬を——ジャーマンシェパードからハスキーまで、品種はさまざまだが——連れていた。ときおり、そのなかの一匹が吠えた。チャーリーと思《おぼ》しき巨漢のバイカーが、坑道の入り口に置かれたテーブルについていた。男たちのかすかなどよめきが、犬たちがたてる音とともに坑道から聞こえてきた。グレッグはトラックを停め、ミスター・ラッキーにリードをつけて車から降ろした。「銃を忘れるな」彼は声をひそめて言った。おれも車から降り、一緒にテーブルまで歩いていった。ミスター・ラッキーと比べると、まわりの犬すべてが小さく見えた。おれたちはチャーリーの前で足を止めた。

「その犬を今夜の試合に出したいのか?」とチャーリーが尋ねた。椅子に座っていても山のようだった。体重は間違いなく四百五十ポンド以上あるだろう。テーブルの上には、これまで見たなかで最も禍々しい銃が置かれていた。ニッケルめっきされたショットガンで、床尾にシリンダー型の弾倉が取り付けられていた。チャーリーはおれが銃を見つめているのに気づいた。「こいつはストリートスイーパーと呼ばれている。引き金を引くこつを覚えれば、十九発連続して発砲できる。一発は薬室に、あとの十八発は弾倉に込められている」そう言っておれを見た。「あっという間に片がつく。どういう意味かわかるな?」

「ああ、わかるとも」

彼はグレッグとミスター・ラッキーに視線を戻した。「それで、どうする？」

グレッグは首を横に振った。「いや、やめておく。こいつはゲートを通り抜けるために連れてきただけなんだ」

チャーリーの顔に笑みらしきものが浮かんだ。「ここへ来るのなら、もっとましな助っ人を連れてくるべきだったな」肩をすくめ、グレッグを見上げた。「あんたがサツなら、ここがあんたの墓場になる」

「おれがサツに見えるか？」

チャーリーはもう一度肩をすくめた。「最近は見た目だけじゃわからないからな。昔は簡単だった。ぴかぴかの靴を履いた髪の短い男なら、サツと考えてまず間違いなかった。ところが今じゃ……」少し間を置いた。「まあ、そう簡単にはいかない」

「確かに。だけど、おれはただ人を探しているだけなんだ」グレッグはマイク・ライアンの写真を取り出し、チャーリーに見えるようテーブルに置いた。闘犬たちがたてるすさまじい音が坑道から流れ出て、建物の間に響いた。

「この男に見覚えは？」

チャーリーは一瞬黙り込み、咳払いをして言った。「その若造はいっちまった。永遠にな」

「どういうことだ？」

「息をするのをやめたってことさ。特に珍しくもなかろう？」彼はグレッグを見た。「不慮の事故ってやつだ。よくある話さ」

「なるほど」次の瞬間、グレッグは稲妻より速く動き、おれは雷鳴のように一呼吸遅れて続いた。彼はチャーリーを地面に引き倒し、右足でその喉頸《のどくび》を押さえた。と同時に、ミスター・ラッキーの口が、チャーリーの右目から一インチと離れていないところで大きく開いた。おれはストリートスイーパーをつかんで安全装置をはずし、背後にいる男たちに銃口を向けた。「それじゃ、こっそり聞かせてくれ。その事故とやらについて話してくれ。言っておくが、その犬には手を出さないほうがいい。かなり気が立っているからな」飛行機が上空を通過する際にたてるような低い唸りが、ラッキーの口から漏れた。

「あの若造はボイジーで保護観察処分を食らった」チャーリーは囁くような声で言った。「そのあとここで働きはじめた。ヤクを運んだり、自分の犬を闘わせて賭け金をせしめたりした。三週間後、盗聴器をつけているのがわかった」そう言って浅い息を繰り返した。グレッグが右足に体重をかけると、しわがれた声で再び話しはじめた。「だから、犬たちと闘わせてやったんだ」

グレッグは足をどけた。ミスター・ラッキーは、グレッグがリードを引くとようやく口を閉じた。まわりの男たちは息をひそめていた。チャーリーはゆっくりと立ち上がった。

「悪気はなかった」とグレッグは言った。「事実を知る必要があったんだ」

チャーリーは喉仏をさすった。「これからは寝首をかかれないよう、せいぜい用心することだな」彼が憎悪を込めてグレッグを睨みつけたとき、おれはストリートスイーパーを構えたまま向き直った。そのとたん、アドレナリンが一気に放出した。

「黙れ、このヤク漬けのできそこない！　ここから一時間以内の場所に、ソマリア帰りの仲間を十人ほど待たせてある。やつらが銃をぶっ放して、ここを地獄に変えるのを見たいか？」おれは内心びくつきながら、ストリートスイーパーをチャーリーの鼻先に突きつけ、睨みつけた。「あいつらはあんたをなぶり殺しにするだろう。そうしてほしいか？　おい、そうしてほしいかと聞いているんだ！」引き金にかけた指に力がこもり、酔いに後押しされた勇気が、やってしまえと囁いた。

チャーリーは首を横に振った。おれたちがトラックに乗って走り去る間も、何も言わずじっと見ていた。ゲートを通り抜けるとき、中に入れてくれたさっきの男と互いに手を振って別れた。気の毒に、夜が明ける頃にはもう生きてはいないだろう。おれはストリートスイーパーの銃口をトラックの床に向け、いつでも撃てるよう引き金に指を添わせた。ミスター・ラッキーは後部座席を独り占めにした。

モスコーに戻った頃には、太陽は沈みかけていた。激しいにわか雨がさっと通り過ぎ、再び日が差すなか、そのまま車を走らせた。町はずれにさしかかったとき、グレッグが咳払いをして尋ねた。

「本当にソマリア帰りの友人がいるのか？」

「いや」とおれは答えた。

「まったく、おれまで騙したってわけか」

農場の私道に車を乗り入れて進むと、ハリー・ライアンが家から出てくるのが見えた。おれはショットガンを助手席に置いてトラックから降りた。白髪の老女が玄関のステップに座っていた。ハリーとグレッグとおれは、レンズマメ畑のそばまで歩いた。ハリーはおれたちに背を向け、どこまでも広がっているように見える畑に目をやった。

「せがれはどうしている?」と彼は尋ねた。「見つかったのか?」

グレッグは地面を見つめ、それからハリー・ライアンの背中を見つめた。「息子さんは元気だ」

その言葉を聞いたとたん、ハリー・ライアンは静かに泣きだした。

グレッグは続けて言った。「北のコッパー・キングズという銅鉱で働いているんだ、あんたに手紙で知らせたとおりに」

ハリー・ライアンは頷いた。「また嘘をついているんだな」涙声でそう言った。「嘘なんだろう、あんたらが思いついたなかでいちばんいい嘘を、わしに聞かせているんだろう」堪《こら》えきれずにしゃくり上げた。「金はピクニックテーブルに置いてある」彼はおれたちを一度も見ないまま、家へ向かって歩きだした。おれがそちらを向いたとき、玄関にいた老女は姿を消していた。今日は彼女の人生で最も辛い日になるのだろうか、と思った。おそらく違うだろう。ライアン夫妻はあまりいい思いをしないまま、老境を迎えた人たちのように思えた。彼らには悲しみに浸ることさえ許されていない。なぜなら、翌朝にはまた畑に出なければならないのだから。

おれたちはグレッグのみっともないトラックへ戻る途中、テーブルから金を取り上げ、走り去った。

負け犬
Underdogs

前にも言ったように、最初はシアトルまで行くつもりだった。ところが途中で金が尽き、アイダホ州モスコー郊外の広さ三百エーカーの農場で、生垣の手入れをする仕事についた。このあたりは町から一歩外へ出ると、ロッキー山脈を背景に、穀物とレンズマメの畑が何マイルも続いている。肉体労働は別に苦にならなかった——東部にいた頃は建設現場で働いていたし、チェーンソーの扱いにも慣れていた。住まいとして借りたのは、寝室が一つきりのシンダーブロック造りのアパートメントで、町の北はずれにあり、まわりをトレーラーハウスに囲まれていた。そうやって少しずつ、健全なアルコール中毒者のライフスタイルを確立していった。毎日早朝から車で農場へ出かけ、一日中働いて家に戻る途中、酒屋に立ち寄ってウイスキーとビールを買った。二週間に一度の割合で、トレーラーハウスの顔見知りの住人たちに隣人らしく手を振り、夕方アパートメントの前にピックアップトラックを停めるときは、彼らの子供にぶつけないよう気をつけた。特に禁欲しているわけではなかったが、半分独身の女たちから、深夜の酔いにまかせてセックスに誘われても、丁寧に断わった。彼女らはいつもトレーラーハウスの玄関ポーチに座り、何かを待っているように見えた。おれの人生はすでにその輝きの大半を失っていたが、怒り狂った夫やボーイフレンドと遭遇することが、その輝きを取り戻すのにぴったりの方法とは思えなかった。

そこで暮らしはじめて一カ月経った頃、土曜日の昼時に誰かがドアをノックした。グレッグだった。

「今、忙しいか?」彼は太く低い声で尋ねた。

「いや、別に」とおれは答えた。「まあ、入んなよ」彼はビールの空《から》のケースをいくつかまたいで、薄汚れたカウチに座った。おれはビールを飲みながら向かいの椅子に座った。椅子は、かつて青色だったカバーが擦り切れ、木のフレームが透けて見えた。「あんたも飲むか？」

「いや」と彼は答え、腕の時計を見た。「あんたに提案があるんだが、すぐに返事が欲しい」

「言ってみな、ちゃんと聞いているから」

「それじゃ言うぞ。五千ドル稼ぎたくないか？」彼はおれをじっと見た。

　おれは顎を掻いた。「合法的に？」

「もちろん合法的に」彼は財布を取り出し、新しい名刺をおれに渡した。そこには〝グレッグ・ニューエル、犯罪者及び債務者追跡人〟とあり、アイダホ州から認可を得ていることを示す登録番号が記されていた。借金や保釈生活から逃れようと行方をくらました人間を追跡するのに、アイダホ州の認可が必要なのか、おれにはよくわからなかった。おそらく、それらしく見せようと適当な番号を並べただけだろう。「こういうのがあると、何かと便利なんだ」

「あんたは保険のセールスをやっていると思っていた」おれはビールを啜った。

「そうさ。アムウェイの販売代理権だって持っている。だけど、金を稼げるのは追跡人の仕事なんだ」

　おれはもう一度名刺を見た。「あんたの姓はどう発音するんだ？」ちょっとからかいたくなって尋ねた。

「ジューエル《宝石》と韻は同じだ。おれが二つ持っているそれと」

「フール《愚か者》とも同じだ」

「言ってくれるじゃないか」

「それで、五千ドルってのはどういうことだ？」

「連邦法執行官から指名手配されている男が、今、ダウンタウンにいる」グレッグは郵便局でよく見かける指名手配のチラシ——半切りサイズの白いカード用紙に印刷された、剝ぎ取り式のチラシ——をおれに渡した。おれはそいつを眺めた。名前はエド・ホールトとなっていた。

「そいつがホールトだとどうしてわかる？」おれはビールを飲み干し、空き瓶をカーペットの上に置いた。

「見たんだ。おれはいつも注意してまわりを見るようにしている。あれはエドワード・ハワード・ホールトだ。その写真と同じ顔だった」グレッグはおれが持っているチラシを指さした。

おれはチラシに目を戻し、エド・ホールトが何の容疑で手配されているのか読んだ。数年前、彼はロードアイランド州の州都プロビデンスで銀行に押し入ったとき、警官数名に発砲した。さらに二年前、シカゴで正体がばれて逮捕されそうになったときも、警官三名に発砲していた。おれはもう一度写真を見た。背の低いがっしりした体格の白人で、クルーカットにのっぺりした顔をしていた。チラシによれば、彼を捕らえた者には二万五千ドルの報奨金が出るとのことだった。「おれに何をしてほしい？」

「やつを護送するのに手を貸してくれ。報奨金を手に入れるには、スポーケンにある連邦法執行官のオフィスまで連れていかなければならない」彼は少し間を置いた。「この仕事は一人じゃできない。相棒が必要だ」ヴェストの裾を上げ、腰のホルスターに差した銃をおれに見せた。「何が起きるかわからないからな」

グレッグのもくろみどおりにいけば、五千ドルが手に入り、酒屋に好きなだけ立ち寄れる。おれは立ち上がって言った。「わかった。これからどうする、相棒？」

グレッグも立ち上がり、右手を差し出しておれと握手した。それからいったん外へ出てトラックからベレッタを取ってくると、コーヒーテーブルの上に置いた。「すぐ抜ける場所にくくりつけておけ。相手は油断のならないやつだ。念のため、前の座席にバールを置いてあるが、そいつで誰かを打ちのめすと自分の手を傷めるんだ。おとなしくさせたければ、手足を撃って少し血を流させるほうが手間もからない」

おれはベレッタに安全装置がかかっているのを確認して、ブーツの紐を結び、折りたたみナイフをジーンズの右ポケットに、煙草をシャツポケットに入れた。「よし、行こう」グレッグとともにトラックに乗り、タイヤで砂利を跳ね飛ばしながら道路へ出た。

グレッグは町の大通りめざして車を走らせながら言った。「これからベニーという男がやっているレストランへ行く。

彼とその家族は、何年も前にメキシコからやってきた。おれとはずいぶん前からの知り合いだ。おれたちが来るのは息子が承知している。電話でそう伝えておいた」車窓から見えていた畑の連なりは、いつのまにか、道路沿いに建ち並ぶ家々に変わっていた。「ついでに一ついいことを教えてやろう。懐がさみしくなったら、そこへ行ってつけで朝飯を食えばいい。ベニーの息子は相手がちゃんと働いているとわかれば、信用してそうさせているんだ」

おれは頷いた。確かにいいことを聞いた。「そりゃどうも」

「どういたしまして」トラックは大通りから脇に入った道を進み、駐車場に入った。駐車場にはピックアップトラックが二台、乗用車が数台、日差しを浴びながら停まっていた。その向こうにレストランの裏口が見えた。グレッグに続いておれもトラックから降りた。

「おれは正面から入り、あんたには裏口から入ってもらう。十数えてから入ってくれ。やつは壁を背に大通りと向かい合うように座っている。赤い野球帽をかぶっているのが、やつだ」グレッグは腰の銃を確かめた。「あんたはやつの前に座れ。おれは隣に座る。そのあと、裏口から連れ出してトラックに乗せる」

「わかった」

おれたちは駐車場を横切り、グレッグは店の正面へ回った。おれはレストランの裏口の横に立ち、十数えてからドアを押して中に入った。グレッグが言っていた男はすぐにわかった。店内は食い物のうまそうな匂いがした。くすんだ壁のところどころに鮮やかな色彩の絵が掛けられ、大通りに面した全面ガラス張りの正面から、明るい日差しが入り込んでいた。キッチンの隅に据えられたグリルの前に、ベニーの息子らしきメキシコ人が立っていた。彼はおれに気づくと頷いた。グレッグが正面のドアから入ってきて、通路をまっすぐ進み、赤い野球帽をかぶった男の隣に座った。おれも裏口から通路を進み、二人の反対側に座った。

男は食事の手を止めて顔を上げた。

「あんたら何者だ？」おれたちがエド・ホールトと考えている男は、グレッグにそう尋ねながらカップを持ち上げ、ミルク入りのコーヒーを飲んだ。

「グレッグ・ニューエル、犯罪者追跡人だ。それからこっちはおれの相棒、ジョン・ソーン。そしてあんたはエド・ホールトだ。これからあんたをスポーケンの連邦法執行官のオフィスへ連れていく」

男はそれを聞いて笑いだした。「何をわけのわからないことを」くっくっと笑いながら首を振った。「おれの名前はビル・グラスだ、誰かと間違えたんだな」笑顔のままグレッグを見つめ、コーヒーを飲んだ。

「いや、そうじゃない。あんたはエド・ホールトだ」グレッグは指名手配のチラシをヴェストのポケットから取り出し、ビル・グラスと名乗る男と見比べた。それから、おれにチラシを渡した。おれも同じように見比べた。エド・ホールトであるように思えたが、確信はなかった。髪が違っていた。おれはチラシをグレッグに返した。

男はブースから出ようとビニール張りの座席の上で体をずらし、グレッグにどくよう合図した。「さあ、どいてくれ。もう行かないと」右腕にオウムの刺青が見えた。

グレッグは、ベニーがキッチンで忙しくしているのをすばやく確認すると、座ったまま体の向きを変え、グラスあるいはホールトを正面から見すえた。「あんたが行くところはもう決まっている。裏口から出ておれのトラックに乗るんだ」そう言って裏口にちらりと目を向け、隣に座っている男に戻した。沈黙が流れ、緊張が高まった。キッチンで調理道具がぶつかり合う耳障りな音がした。

「頭がおかしいんじゃないのか」と男は言った。

「そのとおり、おれはいかれているのさ。だけど、あんたも警察に助けを求める気はなさそうだな」

「なぜなら、さっきから言っているように、おれはビル・グラスだからさ。この近くに住んでいるんだ。店に迷惑をかけたくないから、表に出て話さないか？」男は表情を強張らせて言った。「一緒に店を出て、それから話をつけよう」

「よかろう」グレッグは体をずらしながらブースを出て、男を待った。

「ここから出たら思い知らせてやる」男は怒気をはらんだ

声で言い、ブースから出るとグレッグの前に立ちはだかった。グレッグより背はいくぶん低かったが、腕の太さは同じだった。凶暴で手強そうに見えた。彼に比べると、グレッグでさえおとなしそうに見えた。

グレッグは頷いた。「いいとも、やってみな」

ビル・グラスと名乗る男は、ポケットから五ドル札を取り出してテーブルに置き、裏口へ向かった。グレッグとおれはそのあとを追った。男はキッチンにいるベニーに頷き、ドアを開いて外へ出た。そのまま駐車場を横切り、紺色のピックアップトラックへ向かった。

「おい」とグレッグは呼びかけた。「おれに思い知らせるんじゃなかったのか?」男はそれを無視して、自分のものか、少なくともここまで運転してきた紺色のピックアップに乗り、エンジンをかけた。

グレッグは男を追って走りだした。トラックが前へ動きだすと、大型のマグナム・リボルバーを抜き、運転席側の前輪を撃った。トラックがタイヤのリムを路面にこすりつけながら走りつづけると、今度は運転席側の後輪を撃った。ピックアップはバランスを失い、停まっているステーションワゴンにぶつかった。

「ぼやっとしてないで手を貸せ!」グレッグはおれに怒鳴りつけ、おれはグレッグのトヨタの前部座席からバールを取り、彼のあとを追った。男はトラックから降りようとしていた。おれはその向こう脛に渾身の力を込めてバールを振りおろした。こちらの手にも痛みが走ったが、相手は足を抱えながら地面に倒れた。おれはもう一度同じことをした。何かをあれほど強く打ったのは、生まれて初めてだった。グレッグは負傷した男をうつ伏せに押さえ込み、両手を背中に回させて手錠をかけた。続いて、手錠の鎖を引っ張って男を立たせた。男の右足は、奇妙な角度に曲がっていた。おそらく骨が砕けたのだろう。男は痛みのあまりうめき声を上げ、足元をよろめかせた。おれたちは男を引っ立てて駐車場を横切り、トヨタの後部座席に押し込んだ。後部ドアを閉めるとグレッグは運転席に乗り込み、おれは助手席に飛び乗った。それから、こういうときのために持ってきたウイスキーのボトルを取り出し、一口飲んだ。グレッグにも勧めたが、彼は首を振って断わった。

「あんたは少し飲みすぎだ」

「しらふでいるのはあまり好きじゃないんでね」おれはもう一口飲んでから、ボトルをトラックの床に置いた。

後部座席に座っている男がエド・ホールトであるのは、今では間違いないように思えた。

「おまえら、卑怯だぞ」男はプレキシガラスの向こうで声を張り上げた。続いてドアに体当たりしたが、ドアにはすでにチャイルド・ロックがかけられていた。今や彼は完全におれたちの手中にあった。「二人とも訴えてやる。おれの名前はビル・グラスだ。どこかの誰かと間違えているんだ」それからまたうめき声を上げた。

おれたちはそれには答えず、北へ向かった。道の両脇に広がる穀物とレンズマメの畑が、風に吹かれて内海のように波うった。車を走らせること一時間半、ようやくスポーケン郊外にさしかかり、ハングマン・ゴルフコースが見えてきた。その看板の前を通り過ぎた直後、後部座席の男が口を開いた。おそらく死刑執行人《ハングマン》という文字がその気にさせたのだろう。

「確かにおれはエド・ホールトだ。さっさとおれを撃って、すべて終わらせたらどうだ？」

「それだと報奨金が手に入らないからな」グレッグはそう答え、車のスピードを緩めた。目的地まであともう少しだった。

スポーケンは時から忘れ去られた町だった。町なかに入ると、煉瓦造りの建物の壁の古い広告が目についた。〝ライオン・オーバーオールズ、オーバーオールのトップブランド、破れたら無料でお取り替え〟〝ヘンリー・ストロング、上質の葉巻をお手軽価格で〟〝ニーハイ（ロイヤルクラウン社の炭酸飲料）を飲もう〟車は高架鉄道の下をくぐり、何度か向きを変え、やがて連邦法執行官のオフィスの前で停まった。グレッグはエンジンをかけたまま中へ入っていったが、すぐに四人の連邦法執行官と一緒に戻ってきた。四人とも私服だった。彼らは男を後部座席から降ろし、中へ連れていった。男は傷ついた足を引きずっていた。グレッグも彼らのあとから入り、しばらくして出てくると、運転席に乗り込んで車を出した。南へ引き返す道すがら、彼は連邦法執行官から報奨金の小切手を受け取ったこと、月曜日におれと一緒に銀行へ行って換金するつもりでいることを話した。おれたちは道の両側に再び広がりだした畑を眺めながら、初めて組んだ仕事にしては上出来だったと言い合った。おれたちはいいコンビだ、また一緒に仕事しよう。西部で逃げ隠れしながら生きるのは、昔ほど簡単ではなくなった。そこへニューエルとソーンの登場だ。筋金入りの逃亡者たちも、これからは相当用心しなければならないだろう。おれが持ってきたウイスキーのボトルは、いつのまにか空《から》になっていた。

日曜日の朝、おれはベニーの店にいた。壁と向き合うようにカウンターに座り、朝飯を食べていた。客はほかにも何人かいたが、さほど込んではいなかった。白いエプロンをつけた年老いたメキシコ人がゆっくりとカウンターから出てきて、おれの左隣のスツールに座った。

「味はどうだね？」彼は強いスペイン語訛りで尋ねた。

おれはウェスタンオムレツ（さいの目切りのハム、ピーマン、タマネギが入ったオムレツ）を頬張りながら答えた。「ああ、うまい」

「それはよかった」彼は輝くほど白い歯をのぞかせて笑顔で答えた。「あんたはグレッグの相棒だろう？　昨夜、彼が店に来たときそう言ってた。あんたと彼で追跡人の仕事をやっているそうだな」

「ああ。おれたちは一緒に仕事している」

「追跡人の仕事を一緒にやっているんだな？」

おれは頷いた。「そう、そのとおりだ。おれたちは追跡人の仕事を一緒にやっている」

カウンターの向こうの壁には、色鮮やかなドレス姿で踊っているメキシコ人女性の絵が掛かっていた。老人はその絵を見ながら言った。

「この国に来た頃のおれは、追われる側の人間だった。完全につきに見放された人間の一人だった。メキシコではそういう連中を〝ロス・デ・アバホ〟と呼ぶ。英語に訳すなら、〝負け犬〟というのがぴったりだとおれは思ってる。あんたは負け犬を追っているわけだ」

店内にはほかにも客がいて、それぞれ笑ったり話したり食べたりしていたが、おれには老人の声しか聞こえなかった。「ここはベニーの店、つまりおれの店だ。今日はここでの食事を心ゆくまで楽しんでくれ。代金はけっこうだ、あんたはおれの話を聞いてくれた、いわばおれの客だからな」彼は絵から目を離し、おれを見た。「だが、次からは食事するたびに払ってもらう。うちの息子が信用した人間につけで食べさせているのは知っている。グレッグにもそうさせているのは、彼が働いているのを知っているからだ。おそらく、息子はあんたのことも信用するだろう、グレッグと一緒に働いているわけだから」そこで首を横に振った。「これからおれが言うことをよく覚えておいてくれ。負け犬を追うのはあんたの勝手だ。だが、そういうやつは信用しない。おれから見れば、あんたがやっていることは仕事じゃない」彼はスツールから立ち上がり、ゆっくりとキッチンへ入っていった。それから、グリルの前で汗をかきながら料理している息子の脇で立ちどまり、何やら言葉を交わした。その間、おれは老人の言葉を頭の中で繰り返し聞いていた。そういうやつは信用しない。

＊

『負け犬』という題名は、マリアノ・アスエラが一九一五年に著した小説『ロス・デ・アバホ』（邦訳『虐げられし人々』。革命の渦中に巻き込まれた農民兵の悲惨な末路を描いた作品）——英訳『アンダードッグズ』——に因んでつけたものだ。医師でもあったアズエラは、メキシコのチェーホフとして知られているが、作風はむしろゴーリキーのそれに近い。

密告者
Vigilance

捜査官に話したことの繰り返しになるが、それはこういうことだった。

アイダホ州ポトラッチの、寝室が一つきりの彼の家を借りるまで、カール・ラーソンとは知り合いでも何でもなかった。アイダホ大学の掲示板に貼られていた手書きの広告を見て、公衆電話から市内番号にかけた。電話に出た年配の女性は、自分と夫はカールの隣人で、鍵を預かっているだけだと答えた。中を見せるのは別にかまわないけれど、その前にカールと話してちょうだい。彼女はローズと名乗り、カールの連絡先の市外番号を読み上げた。おれはさっそく電話した。

電話に出た女性にカール・ラーソンと話したいと言うと、どういう用件かと聞かれた。貸家の件でと答えると、男性が電話を代わり、カール・ラーソンだと名乗った。契約だの規定だの細かいことは言わなかった。書類にサインする必要もないとのことだった。彼から名前を聞かれたときは、エド・スナイダーだと嘘をついた。彼は続けて言った——電気や電話といった公共料金の名義は変えない。電話は市外電話をかけられないようにしてあるし、請求書は直接おれに届く。電気料金も同じだ。あんたがやらなければならないことは、最初の一カ月分の家賃五百ドルを郵便為替でおれに送ること、それだけだ。ガレージは好きなように使っていい。詳しいことはローズと彼女の旦那のダンが説明してくれる。暖房は居間に薪ストーブ、地下室に練炭ストーブがある。ガレージの薪ストーブも使えるはずだ。水道は圧力タンク給水方式になっている。元栓の開け方は隣人に聞いてくれ。冬のあいだ留守にするときは、タンクを空にしておかなければならないが、それについても彼らに聞いてくれ。水道管を破裂させないよう、くれぐれも気をつけてくれ。

おれがかけた市外局番九〇七はアラスカ州のもので、彼が告げた郵送先はフェアバンクス（アラスカ州中東部の都市）の住所だった。すべてL・マシューズ気付で送ってくれ、と彼は言った。今教えた住所は、遠い親戚の女性のものだ。町にはできるだけ寄りつかないようにしている。森の中に自分で建てた丸太小屋で、狩りや釣りをしながら一年の大半を過ごしている。アラスカ半島にいる友人はみな漁師で、それで生計を立てている者もいる。彼は太く低い声でゆっくりと話した。そのうち、市外局番が一つしかない州で、どこがいちばん狩りや釣りに適しているかという話になった。モンタナ、アイダホ、アラスカが上位三位を占めるだろう。東部だとヴァーモント、ニューハンプシャー、メインだな。おれたちのどちらも、東部へは何年も行ってなかった。カールは西部の人間のほうが好きだと言い、おれもそれに同意した。かなり昔の話だが、と彼は続けて言った。ニューハンプシャー州東部のメイン州との境で、見事な枝角をしたオジロジカを撃ったことがある。あのときは、あれほど大きな牡鹿に出くわすとは思っていなかったから、持っていたライフル銃は口径の小さなもので、獲物は射程距離より遠くにいた。それでもかなりの手傷を与えたようで、おれは鹿が森の中に残した血の跡をたどり、州境を越えた。しばらく行くと、伐採跡地と搬出道路が見えた。おれがそこにたどり着いたときには、メイン州の猟区管理官三人がピックアップトラックの荷台に立ち、鹿の解体を半分ほどすませていた。残念だったな、と管理官の一人がおれを見て言った。あんたがニューハンプシャー州で撃った鹿は、メイン州で死ぬことを選んだ。まったく、いかにも東部の人間らしい言い草だろう？

ずいぶん脱線してしまったが、家の鍵は隣人のダンとローズに預けてある、とカールは言った。わからないことがあったら彼らに聞いてくれ。もっとも、聞かなくても向こうからあれこれ言ってくるだろうがな。それから、家具を動かしたり剝製をいじったりしないと約束してくれ。約束する、とおれは答えた。ポトラッチに長くいるつもりかと聞かれたときは、わからないと答えた。そうだろうな、と彼は言った。先のことを今から考えたって仕方ないもんな。とにかく、隣人に家の中を見せてもらい、あんたを見てもらうがいい。ダンとローズは礼儀や身なりにうるさいから、嫌われないよう気をつけろ。借りると決めたら為替を送ってくれ。そいつがフェアバンクスに着いたときから、あんたはその家の住人だ。それから、金に困ったときはダンに相談するといい。何か仕事を回してくれるはずだ。最後に彼は幸運を祈ると言い、おれも同じ言葉を返した。電話を切ると、モスコーのダウンタウンを横切り、大通りから一ブロックはずれた郵便局から為替を送った。受取人の欄には〝持参人〟、支払人の欄には〝スナイダー〟と記入した。

おれと弟はネヴァダ州でやっていたスクラップ業を廃業した。だから多少の金は持っていたが、たいした額ではなかった。三千五百ドルの現金とくたびれたトラック、それがおれの全財産だった。弟は女を追ってシアトルへ行った。たとえその女とうまくいかなくても、シアトルでなら代わりはいくらでも見つかる。そのうち、相手のラストネームを聞こうとも思わなくなる。なぜなら、そうすることにたいして意味はなく、ラストネームが気になるほど長く付き合わないことがわかるようになるからだ。ポトラッチで暮らすということは、二つの大きな大学、すなわちワシントン州立大学とアイダホ大学が生活圏内にあることを意味する。どちらも南へ二十分ほどの距離にあり、そうしたければいくらでもデートの相手は見つかるだろう。だが、今はそういうことに関心がなかった。今望んでいるのは、地道に金を稼ぎ、まっとうに生きることだった。それを心の底から望んでいた。

おれはその家が気に入った。寝室が一つきりのその家は、幹線道路から五十ヤード引っ込んだところにあった。隣人のダンとローズは、セコイア材の玄関ポーチがついたトレーラーハウスで暮らしていた。家とそのまわりを見せてくれたのは、ダンのほうだった。明るい色のフランネルシャツを着て、オーストラリア製のつばの広いカウボーイハットをかぶっていた。特に問題はないと見たようで、おれに鍵を渡してくれた。

「家賃はカールに送るんだろう？」

「ああ、彼と話した一時間後に送った」

おれたちは家のポーチに立った。カールが言っていたガレージは、コンクリートブロック造りの建物で、道路に面して建っていた。あのガレージで店をやるつもりだ、とおれはダンに言った。伐採業者が持ち込んだチェーンソーを修理し、チェーンの手入れや販売もやろうと思っている。

「いくらかでも余分に稼ぎたいほうか？」と彼は尋ねた。

「ああ、いつだってそうだ」とおれは答えた。

「それにぴったりの仕事があるんだが、今はシーズンからはずれている。どういう意味かわかるな？　金になるし、さほど手間もかからない」彼はおれをじっと見た。

「ああ、わかる。これまでもそうしてきたから。規則のことはあとで考えることにしている。禁猟期でも一、二頭分の肉は確保していた。いつ捕ろうと味に変わりはないからな」

「確かに」ダンは笑いながら答え、ガレージを指さした。

「あの裏にポンプがあるのが見えるか？」

おれは頷いた。「古いガソリンポンプのようだな」

「あれの鍵も渡しておこう。実を言うと、おれたちは十人から十五人ほどの客を相手にガソリンを売っている。一ガロンにつき一ドル、種類は無鉛ガソリンだけ、宣伝はしていない」

「そのガソリンをどこから手に入れているんだ？」

「数年前、どちらかの大学理事会のお偉いさんが、両方の大学と掛け取引をしているガソリンスタンドに、大学の業務用トラックがひっきりなしに出入りしていることに気づいた。不審に思って調べたところ、大学がそれぞれのトラックに発行したカードで大量のビールを買い、女の子をナンパしている連中がいることがわかった。要するに仕事をさぼっていたわけだ。ワシントン州立大学はミシシッピ川以西でいちばん大きな大学だから、ガソリンとビールの消費量ははんぱじゃなかった」

「面倒なことになったたな」

「ああ。二つの大学は解決策を話し合い、積載量五百ガロンの小型タンク車を共同で購入した。さらに、そのタンク車に給油するという、ただそれだけのために、大型タンクが設置された給油設備も購入した」

「なるほど、話の先が読めてきた」

「百台以上あるトラックや乗用車、芝刈り機、混合燃料の原料、それらすべてに、小型タンク車が運んでくるガソリンが使われることになった。細かい記録はとらない。大学は給油設備から送られた請求書を払うだけでいい。それまでのカードシステムに比べたら、手間もかからないし、経費も節約できる」

「つまり、その小型タンク車が時々ここへやってくるんだな？」

「運転しているのが、カールの古い友人なんだ。やつがその仕事を続ける限り、おれたちも安心して暮らせる。非課税の年金のようなものさ」

「そのガソリンをどうやって金にしているんだ？」

「値段は変えない、いつだって一ガロンにつき一ドルだ。常連客以外の者には売らない。相手があんたのメイベルおばさんだろうと知ったことじゃない。彼女には町のガソリンスタンドへ行ってもらうんだな。売り上げが伸びないときは、缶に移して伐採業者に売ればいい。誰かが落としていったとか何か適当なことを言って。いずれにせよ、毎週金曜日には必ず、おれの家のポーチに三百七十五ドル入った封筒を置いてくれ。二十ドルより大きな紙幣はだめだ。客から受け取ってもいけない。もっとも連中はわかっているけどな」

「ついでに、そのドライバーについても教えてくれないか？」

ダンは笑みを浮かべた。「数年前、やつはある女とその夫との三角関係にはまり込み、にっちもさっちもいかなくなった。それをカールと彼の友人が何とかしてやった。ガソリンはそのときの謝礼のようなものさ」そう言って、何か考えるように間を置いた。「ジョージ・ベックを知っているか、図体のでかいやつだが？」

「いや」

「まあ、いずれ会うことになるだろう。とにかく、そいつが片をつけた」

「それで、売り上げの残りがおれの取り分になるんだな?」

「給料と呼んでくれ」

「いい響きだ」

ダンはポーチの手すりを軽く叩いた。「よし、これで話は決まりだな」彼は砂利道を横切って自分の家へ戻った。ローズが窓越しにおれに手を振った。

おれはさっそくガレージで修理屋を開業した。ガレージは車一台停められるほどの広さで、裏に簡易ベッドが置かれた小部屋があり、壁際にスツール三脚と、さまざまな工具、薪ストーブが並んでいた。その中でチェーンの歯を研ぎ、新しいチェーンを売り、チェーンソーを修理した。ガイドバーや燃料油も売った。ガレージにあったエア・コンプレッサーがちゃんと作動するのがわかると、いろんな連中がタイヤに空気を入れるために立ち寄るようになった。家賃を払えるくらいの収入にはなったし、給油の仕事で毎週入ってくる百二十五ドルのおかげで、気分的にも経済的にも余裕ができた。客の伐採業者たちは山火事をたびたび話題にした。モンタナ州では、山火事が頻発する夏に備えて、裕福な地主たちが自前の消防団を設立し、監視塔から二十四時間体制で見張っていたが、たいして役には立たなかったという話だった。

夜は家へ戻り、壁に掛かっている鹿の頭部を眺めながら寝た。カールの小さな家は枝角と剝製であふれていた。家の隣と背後の草地に、みすぼらしい茶色の馬とロバが放し飼いにされていたが、ときおり、毛づやのいい黒馬が現われて草地を駆けまわった。おれはそれぞれにリンゴを食べさせてやった。ダンとローズは愛想がよく親切だった。焼きたてのアップルパイが家のポーチに置かれていたのは、おれが引っ越して二日目のことだった。夜になると、隣のトレーラーハウスの明かりがついたり消えたりするのを眺めた。夜中に目覚めたとき、トレーラーハウスの薄い壁を通して、どちらかの鼾《いびき》が聞こえてくることもあった。たまに届くカール宛ての手紙はアラスカに回送し、毎週金曜日には必ずダンの家のポーチに封筒を置くようにした。

彼女がガレージの隣に車を停めたのは、ある金曜日の夕方のことだった。つばを上げてかぶった茶色のカウボーイハットから、きれいなブロンドの髪がのぞいていた。「この車をガレージに入れて、店じまいして。カールの妹のペニーよ、ルイストン（アイダホ州北西部の都市）から来たんだけど」彼女は少し間を置いた。「カールは家にいる？」

「いや、今はアラスカにいる」

「あなた、ついてるわね」彼女はおれにウインクした。「アラスカにいるのなら、うるさいことを言われずにすむもの」

　車のドアを閉めたとき、彼女の胸がデニムのシャツの下でかすかに揺れた。タイトなジーンズと銀色の大きなバックル付きのベルトが、細いウエストをいっそう際立たせていた。うっかり近づくと火傷しかねない女だった。ドライブウェイを歩いて家へ入っていく間、おれがその後ろ姿から目を離せないでいることに、彼女はちゃんと気づいていた。


　おれは車をガレージに入れて明かりを消し、錠がきちんとかかったか確かめて、家へ戻った。

「どうしてここへ？」とおれは尋ねた。

　ペニーは居間のカウチに座り、カウボーイハットを脱いだ。「ボーイフレンドに追われているの」〝ボーイフレンド〟という言葉は、彼女には似合わないような気がした。彼女は女の子ではなく、女だった。年はおそらく三十代後半だろう。「今夜はここに泊まらせて」

「いいとも。モスコーへピザを食べに行かないか？　もともとそのつもりでいたんだ」

「買ってきて。留守番しているから」

　モスコーへ向かう道すがら、彼女とベッドをともにする可能性はどれくらいだろうと考えた。だが、そんなことをすれば、カールのおかげで手に入った今の暮らしがめちゃくちゃになる。契約書なしの借家、給油の副業、ガレージでの商売。大きな胸とキュートな尻と引き換えに、それらを手放すことはできない。注文したピザができあがるのを待つ間、店内にいる女子大生一人一人に目をやった。いずれもペニーとは比べ物にならなかった。助手席にピザを乗せて車を出した。

　家に戻ると、玄関ポーチに見知らぬ大男が座り、煙草を吸っていた。男はおれに気づくと、煙草を投げ捨てて立ち上がった。身長は六フィート七インチかそれ以上、体重は三百ポンド近いと見た。この手の男は二度撃たなければ倒せない。おそらくペニーのボーイフレンドだろう。面倒なことになった、と思った。

「ジョージ・ベックだ」と男は言った。「カールとはいい友人だ」

　おれたちは握手した。「おれに何か？」

「あんた、エド・スナイダーだろう？」

「そうだ」

「今夜は家にいるつもりか？」

「ああ」

「そうか。おれたちがペニーのボーイフレンドと話をつけるまで、彼女にはここにいてもらう」

「そいつの名前は？」

「ティム・シップマン。知り合いじゃないだろうな？　おれたちはシップスと呼んでいるが」

「いや、知らない。どうしてそいつがここに来ると思うんだ？」

「あんたもペニーを見ただろう。彼女がここにいると思ったら、ルイストンから車ですっ飛んでこないか？」

「ああ。とっくにここに来ているだろう」

「おれがすっ飛んできたようにな。ペニーとおれは数年前まで付き合っていた。彼女に見つめられたら、どんな男だって脳味噌がぐちゃぐちゃになる」彼は上着の内側に手を入れて九ミリ口径を取り出し、おれに渡そうとした。「こいつを持っとけ。シップスはかっとなると何をしでかすかわからない。頭を冷やしてやる必要が出てくるかもしれない」床尾をおれのほうに向けて差し出した。

　おれは受け取らなかった。「今夜は家にいる。それで十分だ」他人の銃に不用意に触れてはならない。なぜなら、そこから飛び出た銃弾が何に当たったかわからないからだ。

それに、今のおれは銃と縁を切ろうとしていた。

ジョージは銃を上着にしまい、顎を掻いた。「あんたがそう言うのなら。だが、シップスは銃を持ち歩いている、それだけは覚えておけ」思惑どおりにことが運ばないもどかしさが、その仕草から感じられた。

「今夜は家にいる」とおれは繰り返した。

「カールもそれを聞いたら安心するだろう。あんたにもう一つ知っておいてもらいたいことがある。ペニーがシップスから逃げたのは、おそらくやつに隠れて浮気したか、やつのものを盗んだか何かしたからだ」

「十分気をつける」おれは彼の上着の肩に化粧のあとがついていることに気づいた。

「わかった。シップスのことは、ルイストンとこのあたりに住んでいるおれの仲間に任せろ」おれは地面を見つめ、ジョージは話を続けた。「カールがアラスカなんぞへ行かないでいてくれたら、こんなことにはならなかったのにな」おれはどういうことか聞きたかったが、黙っていた。

「おかげでこのあたりで起きた厄介ごとは、全部おれに回ってくる」彼はそう言って立ち去った。おれは家の中へ入った。

その夜、ペニーはおれと一緒にカールの家に泊まった。ジョージが去り、二人でピザを食べ終えると、彼女は明かりを消してくれと言った。おれたちは薄闇の中でカウチに座った。聞こえてくるのは、幹線道路を行き交う車の音だけだった。剝製の獣のつるりとした目が、かすかな光を反射した。一言も言葉を交わさないまま、二時間が過ぎた。おれは裏の草地を眺めた。明るい月光が降り注ぐなか、黒馬が何かに駆り立てられるように走っていた。どちらが馬でどちらが影なのか、見分けがつかず、どちらも生きているように見えた。ペニーに目をやると、座った姿勢でうとうとしていた。おれはかすかな息遣いに合わせて上下する胸と、形のいい鼻と唇を見つめた。

そのとき、ドライブウェイに車が停まる音がした。ドアが閉められ、足音がガレージへ向かい、それから玄関に近づいた。ドアの取っ手が揺さぶられた。

「カール？」あたりをはばかるような低い声がした。「カール、おれだ、シップスだ。ペニーはそこにいるのか？」

少し間があいた。「ペニー？」

彼女はすでに目を覚ましていた。男の声を聞くとおれを引き寄せ、耳元に唇を近づけて囁いた。「カールのふりをして。太くて低い声で話せば、彼にはわからないわ」そう言っておれの膝に手を置いた。

おれは電話で聞いたカールの声をできるだけ真似ながら言った。「誰だ？　何の用だ？」

「カール」その声にはほっとしたような響きがあった。「カール、ペニーはいるのか？」

おれはカールの声で答えた。「ペニーがどうした、シップス？」

「彼女はおれに借りがある。そのうえ、あのことを町中に言い触らしている」

「あのことって？」

「言ってはならないことさ。おれとあんたとジョージ・ベックのことだ。何とかして彼女を黙らせないと、大変なことになる」彼は咳払いをして言った。「おれはあんたらとは何の関係もない。彼女だってそれはわかっているのに、町のあちこちで嘘を言い触らしているんだ」

ジョージが差し出した銃に触れなくて正解だったとわかったのは、そのときだった。「それで、妹は今どこにいる？」

「ここにいると思って来たんだ。なあ、中に入れてくれないか？」

「シップス、おれをうるさがらせるな」

「彼女がそこにいるのなら、馬鹿なことはやめろと言い聞かせてくれ。そこにいないのなら、おれが見つけてそうする。あれがどういうことだったのか、彼女もわかっているくせに、なぜ嘘をついているのかわからない。ジョージをびびらせるのが目的なら、話は別だが」砂利を踏んで遠ざかる音がした。やがて車のエンジンがかかり、ドライブウェイから出ていった。

おれはペニーを問い質そうと振り向いたが、彼女はすでにシャツのボタンをはずし、立ち上がってジーンズを脱ごうとしていた。おれの決意はたちまち崩れ去り、彼女と体を絡ませながら寝室へ向かった。ベッドに倒れ込むと、彼女はおれにまたがった。なめらかで引き締まった体が、すぐ目の前にあった。

歓喜の瞬間はついに訪れることなく終わった。おれたちはしばらく試みたが、ほぼ同時に見切りをつけ、動きを止めた。実は妊娠しているの、と彼女は言った。最も安全な避妊法ってわけ。ファックしたくなったのは、そのせいかも。だが、そのときそれぞれの頭を占めていたのは、まったく別のことだった。束の間の快楽で忘れられるようなことではなかった。

彼女はベッドの端に座り、髪を梳いた。「こんなことになったのはそもそも、ティムからもらった時計のせいなの。本当に気味の悪い時計だったわ。彼がそれをくれたのは、わたしがいつも約束の時間に遅れたから。男物だったけど、それは別にかまわなかった。気味が悪いというのは、見るたびに同じ時刻をさしていたことなの。五時四十分。その時間に止まったとかそういうことじゃなく、わたしがその時計を見るのが、なぜかいつも五時四十分だったの」

彼女は化粧を直しながら話を続けた。「それからしばらくして、お金に困ってその時計を質に入れた。その頃にはティムと別れていたから、別にかまわないと思った。たぶん、そのとき借用証に書いた住所からたどったのね。一週間後、刑事二人と制服警官一人が、時計のことで聞きたいことがあるって家を訪ねてきた。時計は、パンハンドルで暮らしていたエルマー・クーリーという老人のものだった。彼は一カ月ほど前から行方不明になっていて、連中は、わたしがどうやってその時計を手に入れたのか知りたがった。そしてわたしにこう言った――クーリーには服役中の息子がいる。そいつが面白いことに、山で暮らす男たちが結成したミリシャ（連邦政府の権威の否定、銃規制反対、白人優位主義などを掲げる民間武装組織）の元リーダーなんだ。ところで、ジョージ・ベックがどこにいるか知らないか？　ある殺人事件のことで話がしたいんだが、なかなかつかまらなくてね。ついでに、あんたの兄さんはどこにいる？　って。だからこう答えたの――時計はティム・シップマンからもらったもので、それ以外のことは何も知らないって」

　つまりおれは、殺人犯かもしれない男と関わりのある女と中途半端なセックスをしたわけだ。おれにも警察にも嘘をつき、今も警察にマークされている女と。彼女はジーンズをはくために立ち上がった。その素晴らしい体にあらためて目を奪われたが、あらゆることが悪い方向に動きはじめたのはわかっていた。「巡り合わせが悪かったのさ。あまり気にしないほうがいいんじゃないかな」嘘をつかれたときはすぐそれとわかるくらい、おれも嘘を重ねていた。チャンスが訪れ次第、ここを去るつもりだった。

「それでも頭から離れないの。ティムはどうやってあの時計を手に入れたのかしら？」

「さあね、おれには見当もつかない」月明かりに照らされた草地とは対照的に、部屋は薄闇に包まれていた。

「男たちからしつこく迫られそうなときは、結婚してるって言うことにしているの」

「それで引き下がるのか？」おれは体をずらして肘で体重を支えた。

「ううん」彼女は間を置いた。「昔は遠巻きに見ているだけで、わたしがいなくなると話題にしたものよ。これでも昔はきれいだったの」

「今でもそうだ」

「ジョージ・ベックだけだったわ、男たちを遠ざけておいてくれたのは」彼女は窓の向こうの草地を眺めた。「だけど、彼がやっていることがどうしても好きになれなかったの」

　そのとき突然、ある考えが頭に浮かんだ。ジョージ・ベックはクーリーという男の失踪と何らかの関わりがあり、そのことで警察に追われているのではないか。時計はおそらくジョージからもらったのだろう。自分だけは助かろうとしているシップマンからではなく。

「ルイストンに帰るわ。わたしがどこにいるかジョージに伝えて。でも、あたしたちのことは話さないで」

「話せることなんか、たいしてないからな」

「そうね。でも、今夜はタイミングが合わなかっただけよ。もう一度試してみましょう。わたしはそうしたいって思ってる」彼女は偽りの笑みを浮かべた。「ただし、ジョージには気づかれないようにね」

おれには彼女がジョージと顔をあわせたとたん、話してしまうとわかっていた。自分がへまをやらかして、ひどく厄介な立場に追い込まれたことも。「そうだな。ジョージには知られないようにしないとな」

「知られたら大ごとよ。嘘じゃない、本当なんだから」

翌朝、目覚めたときには、彼女はいなくなっていた。


翌日、カール・ラーソンと初めて会った。ドアがノックされて開いたとき、おれはカウチに座ってコーヒーを飲みながら、ここから去ることを考えていた。

「よお」と男は言った。「カールだ。あんたがエドだな」

「ああ、そう、そのとおりだ」とおれは答えた。「あんたが帰ってくるなんて知らなかったな」

「片付けなければならない問題があってな」カールは曖昧に手を振った。

「大変だな」

「ガレージの脇のあの黒いトラックはあんたのものか?」

「ああ」

「どうしてあんなふうになった?」

「あんなふうって?」

「四輪ともタイヤがぺちゃんこになってるぞ」

おれはポーチに出た。ガレージの脇に停めておいたトラックは斜めに傾き、タイヤのリムが地面についていた。あれでは当分どこにも逃げられそうにない。おれは中に戻った。

カールは家の中を見てまわった。おれが何か動かしていないか確かめているのだろうが、何も動かしていなかった。やがて居間に戻り、ドアの横の椅子に座った。

「ジョージ・ベックから電話があった。妹のペニーが面倒なことになっているそうだな」

「そのとおりだ」

「あんたから電話がなかったのはなぜだ? あるいは手紙が届かなかったのは?」

おれは肩をすくめた。「そんなことをする立場になかったからさ。ジョージは自分が何とかすると言ってた。それに、そういうことになったのはつい最近なんだ」

カールは首を横に振った。「二度と勝手に判断するな。妹からあんたに連絡があったら、すぐにおれに知らせろ」

「わかった。これからはそうする」

「そうしてくれ」

「あんたに妹がいることすら知らなかった」

「別に悪気はなかった」と彼は言った。「これからルイストンに行ってくる。妹に会っておれにできることをやってみる」

「わかった」

「数日中に戻るつもりだ。この家のことだが、これからどうするかはそのとき決めよう」

「おれのほうはガレージでもかまわない。家賃を半分にしてくれるのなら」

「じゃあそうするか」とカールは答えた。「おれがこの家で寝泊りする間は、半分の家賃でいい。一カ月くらいそういうことになると思うが」

「わかった。その分は今、現金で払う」おれは前ポケットから丸めた紙幣を取り出し、彼の目の前で二百五十ドル数えて渡した。

「それじゃ、数日中にまた会おう」

彼の車が走り去ると、さっそくタイヤを修理しに行った。だが、空気を入れ直しても無駄だとわかった。何者かが鋸のようなもので、すべてのタイヤのサイドウォールを切り裂いていた。何者であれ、そいつが体力に自信のある大男であるのは間違いなかった。


翌日電話が鳴り、留守番電話に応答を任せていると、ルイストンにいるカールの声が流れた。

「さっさと出ろ、カールだ」

おれが受話器を取り上げると、彼は尋ねた。「妹はそこにいるのか?」

「いや」

「彼女とやったのか?」

「いや」自分の耳にも嘘のようにしか聞こえなかった。

「ジョージ・ベックはそうだと言っている。その件はおれが戻ったときに話そう。手紙が届いてないか調べてくれ」

確かにペニーから手紙が届いていた。消印はオレゴン州ポートランドになっていると伝えると、封を開けて中身を読み上げてくれと言われた。内容はティム・シップマンに関するものだったが、おれが聞かされた話とはずいぶん違っていた。シップマンが誰かを殺したかもしれないと彼女が言い触らしたのは、本当はどういうことなのか、よくわかっていたからだった。ジョージ・ベックは、アンフェタミンの密売で競合しているグループのメンバーを殺した。さらに、一カ月前にも、コロンビア川沿いの森の中で、クーリーという老人を殺し、奪った時計を彼女に与えた。彼女自身は、何らかの見返りを得られるなら黙っているつもりだが、シップマンは警察に捕まれば、ジョージとクーリーと時計について知っていることを洗いざらい話してしまう恐れがあった。

「それで全部か？」とカールは尋ねた。

「ああ」とおれは答えた。

「近いうちにそちらに戻る。それまでおとなしくしていろ」彼はそれだけ言って電話を切った。

一時間後、ジョージ・ベックがドライブウェイに車を乗り入れた。二人の男が乗った車がそれに続いた。おれのトラックはタイヤをぺちゃんこにされたまま、同じ場所に停まっていた。そのとき、給油の常連客であるマックのトラックも、ドライブウェイに入ってきた。マックはジョージ・ベックをちらりと見た。

「明日また来てくれないか？」とおれは言った。「明日まで待ってくれたら、いつもどおりにやるから」

マックは声をひそめた。「明日という日がやってくるとは限らないぞ。ああいう連中がこのあたりをうろついているようじゃな。あんたも気をつけろ。連中がいないときにまた来る」そう言って道路に引き返した。

「さっさと店じまいしろ」とジョージ・ベックは言った。

「おれたちと出かけるんだろう？」

「いや。カールはそんなことは一言も言ってなかった」

「おれたちと出かけるか、さもなければ、二度とどこにも出かけられなくなるかだ」

「わかった」とおれは答えた。


おれたちが出かけた先は、モンタナ州のトラックサービスエリアで、アイダホとの州境を越えて七マイル行ったところにあった。ブース席に座ると、ジョージ・ベックと二人の男はコーヒーを飲みながら食べ物を注文した。カールが現われたのは、おれたちが食事をしている最中だった。ジョージはカウンターに座っているトラック運転手を手で示した。「あいつがスピーディーだ。あんたは彼のトラックに乗れ、おれたちはそのあとからついていく」

「どこへ行くんだ?」とおれは尋ねた。

「ティム・シップマンを訪ねて今回のごたごたに片をつけるのさ。このあたりのモーテルに隠れていることがわかったんだ」

「そのことにスピーディーはどう関わっているんだ?」

ジョージ・ベックはブース席に座ったまま、身を前に乗り出した。「さあね、おれは間抜けだからな。まわりからは、間抜けなことばかりやってると思われているんだ。たとえば、あんたがペニーと寝たということも、間抜けだから、今この瞬間まで気づかなかった。それでだ、これからあんたを駐車場に引きずり出して話をつけてもいいんだ。ところが、そのさなか、地元育ちの間抜けなジョージはついかっとなり、自分の女と密かに寝ていた男を撃ってしまう。ジョージは警察に捕まり、裁判にかけられるが、陪審員はすべて地元の人間で、おれがどういう人間でどういう連中と仲がいいか知っている。そしておれには二年の刑が下される。そうなったからといって、おれががっくりすると思うか? 二年後には、今よりさらに友人を増やして刑務所から出てくるだろうよ」彼はコートの前を開き、ショルダーホルスターに納められたステンレススティール製の銃をおれに見せた。「こいつは小さな穴を開けて入り、大きな穴を開けて出ていく。もう一度言わせてもらうが、おれはただ、あんたにスピーディーのトラックに乗ってくれと頼んでいるだけなんだ」

こうなっては言われたとおりにするしかなかった。全員ブース席から立ち上がり、おれはトラックで丸太を運搬している男と一緒に外に出た。そして、荷台の大きなキングキャブの助手席に乗り込んだ。スピーディーは何度もギアを入れ替えながら、かなりガタのきたトラックを駐車場から出した。

「ろくでもないやつさ、あのジョージってのは。そう思わないか？」と彼は尋ねた。

おれは何とも答えなかった。

トラックはカーブの続く山道を走りつづけた。おれはときおりサイドミラーを覗き、ジョージとカールとほかの二人が後ろからついてくるのを確かめた。一棟ずつ独立したキャビンタイプのモーテルが見えてくると、スピーディーはトラックのスピードを落とし、その前を通り過ぎてから停めた。エンジンはかけたままだった。

「ラッキーナンバーの七号室だ」とスピーディーは言った。「シップマンによく言い聞かせてやるんだな」

おれはトラックを降りた。ジョージ・ベックとカール・ラーソンもトラックを停めたが、降りてくる気配はなかった。おれは最後の悪あがきを試みた。

「丸腰でやれってのか？」

スピーディーは肩をすくめた。「座席の下に銃が置いてある。必要なら持っていけ」

おれは座席の下に手を伸ばして九ミリ口径をつかむと、スピーディーに向かって引き金を二度引いた。と同時に、手に伝わる銃の重みから、弾丸が装填されていないことに気づいた。スピーディーは何度も瞬きしたあと、緊張を緩めて笑みを浮かべた。銃は、ジョージがあの夜カールの家でおれに渡そうとしたのと同じものだった。これでおれの立場はさらにまずくなった。

おれはトラックから降り、銃を手に七号室へ向かった。その間ずっと防犯カメラに自分が映っているのはわかっていた。わずかに開いているドアをつま先で押し広げると、シップマンがベッドに横たわっているのが見えた。側頭部を銃弾で吹き飛ばされていた。撃たれてからまだ一時間も経っていないように見えた。おれはしばらくベッドの端に座り、連中を部屋の中に、せめてカメラの視野に誘い込もうとした。だが、誰も近づく気配はなく、あきらめて外に出た。スピーディーはいなくなっていたが、ジョージ・ベックとカール・ラーソンは、モーテルから少し離れた路上にトラックを停めて待っていた。おれがそこまで歩いて荷台に乗り込むと、トラックはポトラッチへ向かって走りだした。銃をとっておくことを思いついたのは、そのときだった。

　その後、ジョージはペニーと暮らしはじめ、まわりからは結婚したと見なされるようになった。シップマンの遺体は、モーテルから十マイル離れた大型のごみ収集箱から見つかった。新聞によれば、殺害後に動かされたと見て、警察は調べを進めていた。ジョージ・ベックが連邦裁判所の令状に基づいてボイジーで身柄を拘束されたのは、それからしばらくしてのことだった。彼はカナダ騎馬警官隊からも指名手配されていた。容疑は、レスブリッジ（カナダ、アルバータ州南部の都市）における銃の不法所持と、ワシントン州で起きた殺人事件の目撃者殺害の件だった。彼のことを考えるたびに、おれは不安に駆られた。ペニーはその年の春に女の子を出産し、そのあとまもなく別の男と暮らすようになったが、それについては考えないようにした。

　カールはアラスカに戻り、店にはガソリンの常連客以外、誰も寄りつかなくなった。モスコーに燃料油を買いに出かけたある日、顔見知りの伐採人マックを駐車場で見かけた。彼は何人かの男と立ち話していたが、おれに気づくと頷いてみせた。

「何か仕事があれば回してくれないか？」とおれは言った。「たとえば火災監視人とか。国立公園局や民間組織で募集してないか？　いつだったか、モンタナ州の地主がつくった私設消防団のことを話していただろう？」

「いや」と彼は答えた。「悪いが、今のところ人手は足りている。それに、あんたがいようといまいと、火事は起きるからな。ジョージ・ベックにあたってみろよ。独房の掃除とかしてくれる人間を必要としているかもしれないぞ」

おれがガレージに戻るのをダンは見張っていたにちがいない。というのも、トラックを停めたとたん、トレーラーハウスを出てこちらに近づいてきたからだ。

「男が数人、あんたを訪ねてきた。それからおれの家のドアをノックした。ローズを死ぬほど怖がらせた」彼はおれに名刺を渡した。スポーケンの弁護士のものだった。

「どういうことだ？」

「どういうことだと？」と彼は言った。「あんたに用があって訪ねてきたってことだろう。だけど留守だったから、おれのところにやってきた。こっちこそ聞きたいね、どういうことだって」声を荒げはしなかったが、断固とした口調だった。「おれは天国も天使も信じちゃいないが、だからといって地獄も悪魔も信じないってわけじゃない。どういうことか自分の頭で考えろ。自分が何に関わっているかということも。善悪の区別をはっきりつけろ」彼は自分のトレーラーハウスを指さした。「おれはある目的をもって生きている。それはローズを養い、守ることだ。どうやらあんたは悪魔と契約を交わす気でいるらしい。悪い仲間と悪の道を歩きはじめているようだ。つまり、おれとは別種の人間ってことだ。そのうち、バッジを持った連中が訪ねてきて、あんたとジョージ・ベックとカールについてあれこれ質問するようになるだろう」

「そのときは素直に答えるつもりか？」

彼は頭を横に振った。「まさか。法に何と定められていようと、おれの知ったことじゃない。おれはただ、あんたとわかり合えたか確かめたいだけだ。法は何も止められない。どうなるかはそのときにならないとわからないし、わかったときにはもう手遅れなのさ」彼は自宅の裏の囲いを指さした。「弟の農場から犬を分けてもらうことにした。家に置いてある銃はすべて装塡して、安全装置をはずしてある。おれとローズにちょっかいを出すやつは、あっという間にあの世に送り出されることになる。もう一度はっきり言っておこう、ローズのせいで、これまで何度も面倒に巻き込まれたが、今でも彼女を愛しているし、何があろうと守り抜くつもりだ。今後は、あんたがうちを訪ねたらレミントンに答えさせる。二挺のライフル銃にな」

「あんたの言いたいことはよくわかった」

「ああ、そのようだな」とダンは言った。「銃弾で体の一部を吹き飛ばされるのは、誰でもいやだろうからな」彼はトレーラーハウスへと歩きだした。「ここで暮らしている人間すべてが田舎者で、いとこ同士で結婚しているわけじゃない。あんたが今やっていることは、どこか別の場所でやってくれ。あんたは親切をお人よしと勘違いしている」肩越しにそれだけ言うと、家に入ってドアを閉めた。

おれはスポーケンの弁護士に公衆電話から電話した。秘書が電話をつないだとたん、あの銃を今も持っているかと訊かれた。ああ、とおれは答えた。あれはおれの命綱だ、エルマー・クーリー殺しに使われた銃だからな。そうかもしれないし、そうでないかもしれない、と弁護士は言った。はっきりさせたければ、銃を警察に提出して弾道テストをやらせればいい。あんたはその結果に命運を賭けることになるが、それはまあ、あんたの自由だからな。おれには彼の言うとおりだとわかっていた。ただ、警察と関わりになるのは避けたかった。

ジョージ・ベックは連邦捜査局の厳しい追及をかわすため、あんたに関する情報の提供を考えている、と弁護士は続けて言った。例のモーテルの経営者は彼の友人で、あんたが銃を手にティム・シップマンの部屋に入り、出ていくのをとらえたビデオテープと、ベッドに横たわるシップマンの遺体のポラロイド写真を持っている。このままだと、あんたはシップマン殺しの容疑者として警察に追われることになる。ただし、あんたがエルマー・クーリーの遺族に関する有益な情報を、ジョージの弁護人であるわたしに提供すれば、ジョージも考え直すだろう。クーリー家の連中は、連邦捜査局が作成した最も凶悪な犯罪者リストの上位に名を連ねている。彼らに関する有力な情報は、司法取引の格好の材料になる。ジョージに対する追及の手を緩ませ、罪状を引き下げさせることもできるだろう。

おれについて、ジョージと弁護士が知らないことが一つあった。それは、指紋を調べられたら、エド・スナイダーでないことがばれるということだ。

おれに罪をなすりつけるというジョージの企みを実行させるつもりはなかった。つかんだ情報を弁護士に伝えたら、さっさと行方をくらますつもりだった。ジョージ・ベックの九ミリ口径は、トラックのダッシュボードの裏側に絶縁テープでしっかり貼りつけ、トラックを離れるときは必ず鍵をかけるようにしていた。ジョージとエルマー・クーリー殺害を結びつける唯一の証拠だが、おれの指紋がついている以上、警察に提出するわけにはいかない。かといって捨てるわけにもいかず、この窮地を脱するには、密告者になるしかほかに手がなかった。おれはトラックを北に走らせてパンハンドルに入り、プリースト湖を通り過ぎてさらに北へ、クーリー家へ向かった。

知り合ってすぐにクーリー家の人間に好意を抱いたことで、おれの脳に混乱が生じた。冬の最初の二カ月間は、生き残れるのは自分か彼らかどちらかだけなのだ、と何度も自分に言い聞かせなければならなかった。近くの森林の伐採を請け負ったというおれの説明を、彼らは特に不審がる様子もなく受け入れた。ポップ・クーリーと何度か一緒に夕食をとり、山で働いて暮らしを立てることの難しさや厳しさについて話し合った。おれは彼もその息子も好きになり、二カ月後には、何かと言葉を交わすようになっていた。

おれが借りた丸太小屋は部屋が三つあり、雪で覆われた裏庭には、グリーンのプラスティック製のローンチェアが置かれていた。その椅子にクーリー家の子供が座っているのに気づいたのは、朝日がようやく差しはじめた頃だった。防寒用の紺色のジャケットを着て、父親にいつも切ってもらう髪をニット帽ですっぽり覆っていた。片足を空《から》のプロパンボンベの上に乗せ、クリスマスに父親からもらったポケットナイフで小枝を削っていた。手元まではっきりとは見えなかったが、奇妙な笑い顔を刻んでいるはずだった。小枝にいきあたるたびにそうしているのか、少しゆがんだ小さな笑い顔と、彼のニックネームの〝ピーラー〟という文字が刻まれた小枝を、いたるところで目にしていた。年は十四歳より上ということはなさそうだった。おれが薪ストーブを叩いて落ちた灰を掻き出していると、裏庭につながるキッチンのドアから入ってきた。やせっぽちだが、背丈と頭の大きさは大人とたいして変わらなかった。

「おや、キッド・クーリーじゃないか」とおれは言った。「太平洋岸北西地区バンタム級チャンピオンの。大事な試合を間近に控えて、今はどんな気分だい、キッド？　ファンに何か一言お願いできるかな？　大勢の女の子がきみに夢中なのに、まだ独身なのかい？」

彼は笑みを浮かべかけたが、すぐに真顔に戻った。「電気が止まっているんだ、ここもそうなんじゃない？」

おれは壁のスイッチを入れたり切ったりしたが、キッチンの天井灯は消えたままだった。「ほんとだ」クーリー家から借りた丸太小屋で暮らしはじめて二カ月になるが、停電になったことはこれまで一度もなかった。鬱蒼とした森に囲まれた山の中では、それはきわめて珍しいことで、電気の供給は不安定であるのが普通だった。丘の上にあるクーリー家を見上げると、一つだけ明かりがついていた。

「だけど、上のほうは明かりがついているようだな」

「日本製の発電機があるからね。電気の供給を止められた場合に備えて、父さんが一年前に裏庭に設置したんだ」

おれは折りたたみ椅子に座り、カードテーブルに肘をついた。「どうやってコーヒーを淹れたものかな、キッド？」

彼は、今は薪ストーブが置かれている暖炉の上の壁を指さした。そこには青や白や黒色のキャンプ用の古びた鍋が掛けられていた。「今日はあんたの車で送ってもらうしかなさそうだって父さんが言ってた。おれたちは兵士で、彼が指揮官だって」

そのとき、彼の父親がキッチンのドアのすぐ外に現われ、大きな声で言った。「そうは言わなかったぞ。少なくともそういう言い方はしなかった。誰もおれたちを車で送っていく必要はない。今日、彼が仕事に出かけるつもりなら、その前につかまえて都合を聞いてみなさいと言ったんだ。わたしが言ったのは、そういうことさ」彼は咳払いをしながら中に入った。「夜のうちに誰かが侵入した。ジープのタイヤが切り裂かれ、電気が止められている」クーリー家では山地での移動手段として、ステアリングコラムに変速バーがついた古いジープを使っていた。そのリアバンパーで錆びついていないのは、ステッカーが貼られた箇所だけだった——〝海兵隊狙撃兵——逃げるのは勝手だが、くたびれて死ぬだけだ〟ポップはかつて海兵隊の一員としてベトナムで戦った。おれが初めて彼らを訪ね、ステッカーに気づいたとき、本人がそう話してくれた。父親のエルマー・クーリーが大西洋岸北西地区の白人ギャングと関わりがあり、ワシントン州東部のコロンビア川沿いの森の中で殺されたことも。エルマーの遺体は丘の上のクーリー家の地所に埋葬され、家族の家の近くで眠っていたが、生前は、おれが今借りている丸太小屋で暮らしていた。

「夜、何か物音が聞こえなかったか？」おれはポップが常に警戒していることに気づいていた。「犬が吠えたり何かを追いかけたりとか、そういうことは？」

「犬は家の中にいた。最近、でかいクマが家のすぐ近くをうろつくようになってな。キャノンを襲いかねないから、夜は家の中に入れるようにしているんだ」

「なるほど。それで、今日はどこへ行かなければならないんだ？」

「スポーケンの駅だ」

「そこへ何を？」

「弟が帰ってくる」と彼は答えた。「連邦法で十年の刑を食らって服役していたが、刑期を満了したんだ」

「ずいぶん長い間閉じ込められていたんだな」

「どれだけの刑を食らおうと、ジャックはけっして音を上げない。あいつは十八のときにくだらないことで捕まり、州刑務所で五年過ごした。それからさらに十年の刑を務めたわけだが、それでもまだ、八月でやっと四十歳なんだ。どんなやつかは、おれたちと一緒に迎えに行けばわかる。あいつは石造りの家のようなものさ、内面も外見もな。これまでずっとそうだったし、これからもずっとそうだろう」

「ねえ、スナイダー」と息子のほうが言った。「防弾ヴェストをぼくに着せてくれないかな、これから都会に出かけるんでしょう？」

彼は以前にもおれのヴェストを着たことがあり、すっかり気に入っていた。「いいとも。きみにちょっかいを出そうなんて馬鹿なことを考えるやつもいるかもしれない。スポーケンは大きくてタフな町だからな」おれは彼にヴェストを着せてやり、きつく締めすぎていないか確かめた。

それから三人でトラックに乗って南へ向かった。タカとワシに上空から見守られながら森と山を駆け抜けた。スポーケンまでは二時間の距離だった。


電気が止まったのは、おれが送電線に大枝を引っかけたからだ。タイヤがぺしゃんこになったのは、おれがナイフで切り裂いたからだ。ポップがそのことに勘づいているような気がしてならなかった。彼はけっして侮れない相手だ。とりわけ、狩りと釣りと戦場での駆け引きに関しては。めくらまし、おとり、煙幕といった、敵を欺くためのあらゆる方法を熟知している。おれのそうした懸念をよそに、彼はピーラーに狩りの話をして聞かせた。おれを疑っているとしても、表には見せなかった。彼はどうしてもスポーケンに行かなければならず、そのためにはどうしてもおれが必要だった。そうなるよう、おれが仕向けたのだ。パズルの一ピースとして、おれ自身を組み込ませたのだ。冷や汗が肋骨を伝って流れ落ち、Tシャツに染みをつくった。駅にたどり着くまでずっとその状態が続いた。ジャック・クーリーもまた、修羅場をかいくぐってきた男だ。最初に加わった〈ハマースキンズ〉で頭角をあらわし、やがて、精鋭からなる〈エイティエイト・ドラグーンズ〉を率いるようになった。連邦捜査局は、かねてからドラグーンズを犯罪者集団としてマークしていたが、数カ月前、ドラグーンズのアジトと思われるワイオミング州のアンフェタミン製造所を強制捜査した際、銃撃戦となって五人の捜査官が死亡したことから、集中的に捜査していた。おれがジャック・クーリーから引き出した情報ならどんなことでも、ジョージ・ベックに対する追及の手を緩ませるのに役立つだろう。ジョージ・ベックはエルマー・クーリーが殺害された当日、ワシントン州東部の森の中にいた。彼らはジョージが引き金を引いたことを証明できずにいたものの、彼の犯行と見て圧力を加えつづけていた。警官や捜査官といった連中は、自分たちの仲間が殺された場合、全力を上げて徹底的に捜査する。彼らから見れば、仲間以外の人間はいつ何をしでかしてもおかしくない輩《やから》で、殺されても仕方ないことに関わっているのだ——今回は尻尾をつかめなかったが、以前やったことであれ、おれたちがまだつかんでいないことであれ、おまえが罪を犯しているのはわかっているんだ。

スポーケンの駅は、新しいものと古いものが混在した煉瓦造りの建物だった。ジャック・クーリーが乗った列車は到着が遅れていた。ピーラーは、エスカレーターの上り下りをしばらく繰り返したあと、父親が座っている木製のベンチに戻ってサイダーを飲んだ。ポップはずっと座ったまま、荷物を持った人々が乗車券を買うのを眺めていた。おれはその隣に座ろうとして、ベンチの表面に小さな笑い顔とピーラーという文字が刻まれていることに気づいた。それをやった本人は、再びエスカレーターを上り下りしていた。やがて列車が到着した。

ジャック・クーリーは、ほかの数人の乗客とともに最初に到着口に姿を見せ、まっすぐおれたちに近づいた。着古したアーミージャケットにジーンズ、ワークブーツといったなりで、肩幅が広く、背はおれより一インチほど高かった。ピーラーが駆け寄って抱きつくと、ジャックも彼を抱きしめた。

「ピーラー、おちびのピーラー、いつのまにこんなにでかくなった？」ジャックは彼をもう一度抱きしめた。

ポップはゆっくりと近づいてジャックと握手し、片腕で彼を抱きしめた。それからおれを紹介した。「こちらはエド・スナイダー、フレリー家の地所のはずれで伐採の請負をやっている。じいさんの家を借りて住んでいるんだ。今日は彼の車に乗せてもらってきた」

ジャックはおれに向けた視線を上から下までゆっくり動かした。「そいつはどうも」そう言ってポップとピーラーを身ぶりで示した。「うちの連中は親切には親切で応えることにしているんだ」

「無事に出られてよかったな」とおれは言った。

「あれだけ長く閉じ込められたあとだと、出たという気がしない」とジャックは答えた。「独房が少し広くなった、その程度にしか思えない」それからあたりに視線を巡らせ、自動販売機と出口の横の公衆電話を見た。「さあ行こう、さっさと山に帰ろう。十年間ずっと山の夢ばかり見ていたんだ。今もちゃんと残っているのか？」

「何も変わっていない」とポップが答えた。「昔のまんまさ」

トラックに乗る前に、ピーラーはトイレに立ち寄った。出てきたときには、さっきとは別のサイダーを手にしていた。彼は缶を振ってからトラックに乗り、プルトップを引き開けて、勢いよく出たサイダーの泡をジャックに浴びせた。ジャックはびしょ濡れの頭を振りながら、大声で笑った。「あとでちゃんときれいにするから」ピーラーはおれに言った。「シャンパンはだめだって父さんに言われたんだ。だからサイダーにしたの」

「ピーラー」とジャックは笑いながら言った。「覚悟しとけよ、これからはぐっすり眠れる日なんか一日もないからな」

おれはクーリー家の三人とともに、アイダホ州パンハンドルの北端へ車を走らせた。帰りついた頃には、小雪がちらついていた。そのなかを三人は丘の上の自分たちの家へ向かい、おれは夜に備えてストーブに薪を入れた。

翌朝、コーヒーを用意しているところに、ジャック・クーリーがあらわれた。そのときもまだ着古したアーミージャケットを着ていた。

「気分はどうだ？」とおれは尋ねた。

「悪くない。いつもと同じさ」と彼は答えた。

「ムショでの暮らしはどうだった？」

「ひどいもんさ」彼はそれだけ言って口をつぐんだ。

「どこのムショに入れられていたんだ？」

彼はコーヒーを啜って答えた。「ケンタッキー。それとペンシルヴァニア」

彼はテーブルを挟んでおれの目の前に座っていた。だから聞かずにはいられなかった。「あんたは誰かに仕返しする気じゃないかって、ポップが言ってた」

ジャックは首を横に振り、顎を撫でた。「ここでは誰にも何もする気はない。自分の人生以外、何にも関わるつもりはない」

「連中もそれを承知しているのか?」

彼はカップをテーブルに置いた。「なんでそう質問ばかりするんだ? 連中って誰だ?」

「いや、特に誰ってわけじゃない」

「ここにいるのはあんたとおれ、ポップ、そしてピーラーだけだ。違うか?」

「気を悪くしたのなら謝る。言い方がまずかったかな」

「山に戻ったのがいつだったかわからなくなるまで、ここから離れるつもりはない。どういう意味かわかるか?」

「ああ」

「ここに隠れているわけでもない。おれはもう釈放されたんだ」

「ああ、そのとおりだ」

「森でヘビの巣を見たことがあるか? ときには古木の洞《うろ》や草地の真っ只中にあったりするが?」

おれは頷いた。

「互いに絡み合ってうごめいているだろう? 一匹が別のやつの尻尾に嚙みつき、嚙みつかれたやつはまた別のやつの頭に食らいつき、上になったり下になったりしながら、あたりを這いまわっている。だから、どこからどこまでが自分の体なのか、ヘビ自身もわからなくなっているんだ。人間のなかにも、そういうのが人生だと考えている哀れな連中がいる」彼はコーヒーカップを手に取り、一口飲んだ。そのまましばらく山を眺めた。やがてカップをテーブルに置き、立ち上がってドアへ向かった。「おれは孤独であることは気にならない。逆に、まわりに人がいると煩わしくって仕方がない。これじゃヘビと同じじゃないかってな」

そう言って外に出ると、踵が埋まるほど積もった雪を踏みしめながら、上へ戻っていった。


翌日、おれは一人でスポーケンまで出かけた。ジョージ

・ベックの弁護士とダウンタウンで落ち合い、川辺の公園で話をした。
「何かわかったか?」と彼は尋ねた。

「何も。これまで見たところ、ジャック・クーリーは自分のこと以外、何もする気はなさそうだ」おれたちは脇道に入り、店先の商品に気をとられながら歩いているふりをした。

「そんな報告は聞きたくない。このままだとジョージもあんたもまずいことになるんだぞ。もっと探りを入れて、何でもいいから情報を持ってこい」

「彼らはおれを信用していない。そのうえ、どんなに気分が良くても余計なことはしゃべらない。ジャックなんか、ムショで着ていたアーミージャケットをいまだに着ているんだ」

「そうか、そういうことなら仕方がない。明日から、ティム・シップマンとあんたとラーソンの妹について、ジョージの口から少しずつ語られることになる。そのあとどうなろうと、自分で何とかするんだな」彼はおれとは別の方向へ歩きだした。「銃の話を持ち出しても無駄だ。こっちにはもっと確実な証拠がある」

「待ってくれ。もう少し時間をくれ」

「あと二日だけ待つ。それから」彼はおれにペンとメモ用紙を渡した。「クーリー家の位置を地図に描いて説明しろ。保安官事務所が令状をとる場合、住所を把握しておかなければならないからな」

おれはできる限り正確に描いた。この地図をもとに本気で探せば見つけられるだろう、そう考えながらメモ用紙を彼に返した。

「あんたには二日の猶予が与えられたが、それまでに何もつかめなければ、ジョージはあんたの名前がたびたび登場する供述書にサインして、証言することになる」

丸太小屋に戻ると、キッチンのテーブルの上に、サンドイッチと笑い顔が刻まれた小枝が置かれていた。ストーブに薪を入れようとして、そのうちの何本かにメッセージが刻まれていることに気づいた。ピーラー。どれも同じ文字が刻まれていた。ピーラー。

翌朝、キャノンがドアを引っかく音に気づき、何ごとかと外に出た。丸太小屋から約五十ヤード先の道に何か見えた。最初は、ジャックが雪の上にうつ伏せに倒れているのだと思った。例のアーミージャケットが見えたからだ。上へ向かって走りだしたキャノンを目で追うと、ポップとジャックがこちらに駆け下りてくるのが見えた。

「ピーラーが撃たれた」ポップが誰にともなく大声で言った。

「銃声は聞こえなかったぞ」とおれは答えた。

「ああ、おれたちも聞いていない」とジャックが言った。

ピーラーに近づくと、頭のまわりにうっすらと血飛沫が飛んでいるのが見えた。おれはこらえきれず雪の上に嘔吐した。子供を撃つなんて、そんな話は聞いてなかった。だが、心の底ではわかっていた。ジョージとその仲間は、相手をねじ伏せるためなら手段を選ばない。その相手がおれであれ、ジャック・クーリーであれ。おれはもう一度嘔吐した。

「なぜピーラーが撃たれなければならないんだ？」とジャックが空に問いかけた。

ピーラーがジャックのジャケットを着ていることに、おれはあらためて気づいた。

「何者かに狙われたのは確かだ」とポップが答えた。「昨日の朝、ピーラーがおまえのジャケットを着てうろうろしているのを見かけた。そのときは、おまえがポケットに入れている煙草を隠れて吸おうとしているんだろうと思った」

さらに近づいたとき、ピーラーが鼻から血を流しながら、まだ息をしているのがわかった。

「ピーラー？」

彼は口を開き、何かを引っかくようなかすれ声を出した。「父さん」続いてかすかなうめき声を漏らした。「痛いよ」

ジャックが彼の体を仰向けにしてジャケットの前を開けた。ピーラーはジャケットの下に、おれのケブラー製の防弾ヴェストを着ていた。二度、胸部を撃たれていた。怪我を負っていたが、生きていた。ジャックは彼を抱え上げ、家へ向かって歩きだした。

「何かおれにできることは？」とおれは尋ねた。

「あたりをよく見張っててくれ」とポップは答えた。


おれはジョージ・ベックの銃をトラックから持ち出し、初めて会ったときにポップからもらった薬莢をポケットに入れて出かけた。森に分け入り、怪しい者が潜んでいないか見てまわった。

クーリー家の裏側を少し下ったところに、家族の小さな墓地があった。おれはしばらく立ちどまった。誰がそこに眠っているのか、ポップが家系をさかのぼって話してくれたことがあった。墓地のすぐ外側に、つるはしとスコップが置かれていた。新しい墓をいつでも掘れるよう、ジャックが置いていったように思えた。そのときピーラーも一緒だったのか、刻んだ小枝がいくつか地面に落ちていた。そのなかに一つだけ、十字に組み合わされたものがあり、文字が刻まれていた――〝ジョージ・ベック、クーリー家の者の手で地獄に送られた男〟

おれは丸太小屋に戻った。ジャックは誰が父親を殺したか知っている。塀と看守と友人と敵に囲まれた刑務所で、とにかくその事実を突き止めたのだ。


一時間後、ポップが丸太小屋にやってきた。「一つ頼んでいいか」と彼は言った。「町へ行って、煙草とコーヒーと食料品を買ってきてくれないか？」

「いいとも」とおれは答えた。「これからすぐ行ってくる」ここから抜け出す唯一のチャンスだった。

おれは町を通り抜けてそのまま車を走らせた。今頃、彼らはおれをどこに埋めるか考えているのだろう。これほど広い国なのに、おれのまわりだけ急速にものごとが動いているように思えた。誰のライフル銃から放たれるにせよ、その銃弾が届かないところへ逃れる必要があった。


その年の秋、グレーズハーバー（ワシントン州西部の太平洋に面した入り江）の船積み港の一つで、おれによく似た男が、フォークリフトとローダーの操作係として働きはじめた。男は独りで昼食をとり、誰とも話さず、ビリヤードホールの階上の二間のアパートメントで暮らし、通りを挟んだ向かいのバーで小切手を換金した。職場には歩いて通った。まわりの人間にはトム・ミラーと名乗り、六カ月間、一度も仕事を休まなかった。

ある月曜日、出勤時刻が過ぎ、正午になっても、ミラーのタイムカードがラックに入ったままであることに職場主任は気づいた。彼は作業員たちに聞いてまわった——誰かミラーの連絡先を知らないか？　カリフォルニアに妹がいると言ってたな、と誰かが答えた。おれにはそうは言わなかったぞ、と別の誰かが口を挟んだ。タコマの近くで生まれ育ったと言ってた。金曜日に釣りに行こうと誘ったが断わられた、とまた別の誰かが言った。子供たちも連れていくから一緒にどうだと誘ったんだが、遠慮しておくって断わられたんだ。

終業時刻になってもミラーがあらわれなかったとき、主任は作業員たちに言った——やつは辞めたんだろう。誰か仕事を探している人間を知っていたら伝えてくれ、ローダーを動かせて毎日定時に出勤できるなら、週に四百五十ドル払う。税金は下請け業者として自分で処理すること。組合の話はここでは一切なしだ。彼はオフィスに戻って机につくと、ミラーのタイムカードを半分に切ってごみ箱に捨てた。

トム・ミラーは辞めたわけではなかった。優れた記憶力と観察眼の持ち主に、正体を見破られたのだ。トム・ミラーを自称する男が職場に連絡できなかったのは、捜査官が到着するまで、シアトル裁判所の建物の地下の小部屋に閉じ込められていたからだ。

今話したことすべてを捜査官に話したあとも、数日間拘置された。彼らの話によれば、アイダホ州北部でペニー・ラーソンとその娘と一緒に暮らしていた男が、自宅からさほど離れていない山中で狩りをしていたとき、不運にも誰かの銃で撃たれたが、何とか国境を越えてカナダに入り、騎馬警官隊に助けられたということだった。ジョージ・ベックはすでに釈放され、カール・ラーソンは行方をくらましていた。ジャック・クーリーの生死は定かではないが、ピーラーはまだ生きているということだった。彼らは、おれがしばらくエド・スナイダーと名乗っていたことも知っていると話した。

　情報提供者にならないかと持ちかけられたのは、そのときだった。オレゴン州南西部のローグ川流域で、白人優越主義者のグループがアンフェタミンと闘犬と銃を売りさばいている。そいつらの動向を探ってほしい、と彼らは言った。もっとも、あんたに選ぶ余地などなさそうだが。わかった、引き受ける、とおれは答えた。そう答えたのは、とにかくそこから出たかったからだ。だが、外に出て見上げた空は、広大な刑務所を取り囲む頑丈な金網で覆われているように思えた。自分が運に恵まれて今も生きているのだとしても、そうは思えなかった。たいていの男はただ男というだけでなく、何かになる。息子、夫、父、友人。おれはそのどれでもなかった。なろうとしたが駄目だった。あんたにそう話している男、それがおれなんだ。

おれは言われたとおりグループに潜入し、ある程度まわりに馴染んだところで、誰にも見張られていない時間帯に小金を持って逃げ出した。まるで、遊園地のゴーストトレインに乗って不気味な暗闇を駆け抜けるように。

　今ではどれだけの人間がおれを探しているのか、見当もつかない。

謝辞

本書を執筆するにあたって、大勢の方々にさまざまな形で助けていただいた。この場を借りて、彼らにふさわしい賞賛と感謝の意を表したい。

スクリブナー社のコリン・ハリスンは、偉大な編集者、言葉の達人、友人であるばかりでなく、一流の小説家でもある。彼は言葉とフィクションの世界に通じていて、その知識を惜しみなくわたしに分け与えてくれた。本書に時間以上のものを注ぎ、作家なら誰でも夢見るような形で本書（とその著者）を信じ、支えてくれた。

サラ・ナイトは世界最高のアシスタントである。素晴らしい、その一言に尽きる。

スーザン・モルドーに心から感謝する。いつも労を厭わず力を貸してくれたナン・グレアムに改めて感謝する。キャロライン・マーネインのアドバイスは的確で、彼女と一緒に仕事できたのは素晴らしい体験だった。エリン・コックスも、常に笑みと熱意を絶やさず、職務を越えて力を貸してくれた。スクリブナー社とめぐりあえたのは幸いだった。

ＩＣＭ社のスローン・ハリスは、最高のエージェントにして優れた読み手であり、友人であり、作家にとって頼もしい味方である。本書を世に出すために多大な時間と努力を傾けてくれた。

キャサリン・クルヴェリウスは、わたしの期待にそむかぬ仕事をしてくれた。心から感謝する。ＩＣＭ社とめぐりあえたのは幸いだった。

友人と家族に――きみたちには言葉では言い尽くせないほど感謝している。

R&RM社のアンソニー・ニール・スミス、チーフ・クライムドッグ、そしてヴィクトリア・エスポージートーシーに感謝する。

次の方々に特別の感謝を捧げる。エリック・ガニエ（試合終了！）とポール・ロドゥーカに。突然のトレードでチームを去ったものの、いつか帰ってくることを信じて。そしてロサンジェルス・ドジャーズに。さらにアメリカ在郷軍人会に――かつてはわれわれのために命を賭け、今は国中で夏のあいだ野球ができるようにしてくれる老兵たちに。軍務に服してわれわれの国を守っている若者たちに。兵士は敬愛されるべきであり、憎むべきは戦争である。

すべての同業者――とりわけ、アラン・ジーグラー、リチャード・ハワード、デーヴィッド・プラント――とコロンビア大学時代の友人たちに感謝する。吠えろ、獅子たち、吠えろ。

ミステリ界のドンで偉大な編集者であり、〈ミステリアス・ブックショップ〉の店主であるオットー・ペンズラーに。本書は、わたしの作品が彼の目にとまり、〈ベスト・アメリカン・ミステリ〉シリーズに収録されたことから生まれたと言っても過言ではない。

作家なら誰でも夢見るような最高の閲読者、ミシェル・スラングに。その指摘はすべて常に的確であり、最高の賛辞を受けるにふさわしい。

対象の内面に迫る写真を撮影してくれたジョイス・レーヴィットに。

コンピューター・プログラムのアクティヴ・テンプレート・ライブラリー、ウェブサイトのMワールドとWSBW、そして最高の兄ウィルに。

訳者あとがき

本書『北東の大地、逃亡の西』は、スコット・ウォルヴンの初の短篇集 *Controlled Burn: Stories of Prison, Crime, and Men*（スクリブナー社、一九九五年刊）の全訳である。

すでにお気づきの方もおられるだろうが、本書に収められている十三篇のうち三篇（「エル・レイ」、「野焼き」、「北の銅鉱」）は、同じくポケミスから毎年翻訳刊行されている、ホートン・ミフリン社のミステリ短篇アンソロジー〈ベスト・アメリカン・ミステリ〉シリーズにも収められている。

そもそも本書が出版された経緯には、著者が謝辞で触れているように、〈ベスト・アメリカン・ミステリ〉とそのシリーズ・エディター、オットー・ペンズラーとの出会いが深く関わっている。ウォルヴンの作品は、二〇〇二年度版の『ベスト・アメリカン・ミステリ　ハーレム・ノクターン』に「北の銅鉱」が収められるまで、インターネット上のマガジンに掲載されてはいたものの、活字になったことはなかった。それがその後、二〇〇三年度版の『ベスト・アメリカン・ミステリ　ジュークボックス・キング』に「野焼き」、二〇〇四年度版の『ベスト・アメリカン・ミステリ　スネーク・アイズ』に「エル・レイ」と三年連続して収められたことから、出版界の注目を集め、二〇〇五年に本書が刊行された次第である。

さらに、二〇〇五年度版『ベスト・アメリカン・ミステリ　アイデンティティ・クラブ』にも――本書には収められていないものの――「バラクーダ」が選ばれ、今年の十二月にポケミスより刊行予定の二〇〇六年度版にも本書の最後を飾る作品「密告者」が選ばれている。つまり、五年連続して〈ベスト・アメリカン・ミステリ〉シリーズに作品が選ばれたわけで、これは、ゲスト・エディターを務めた年を除いて毎年作品が選ばれているジョイス・キャロル・オーツに次ぐ多さである。

〈ベスト・アメリカン・ミステリ〉シリーズは、作者の有名無名を問わず、アメリカとカナダで発表されたもっとも優れた短篇作品を収めるという基本方針に基づき、シリーズ・エディターのペンズラーがその年のベスト作品五十篇を選び、さらにそれをゲスト・エディターが二十篇に絞り込んで毎年刊行されている。そうした中で、同じ作家の作品が五年連続して選ばれるのはきわめて異例なことで、ウォルヴンが一定の水準以上の優れた作品を書きつづけ、いずれも高い評価を得ていることの証しとも言えるだろう。

内容に触れる前に、お断わりしておかなければならないが「エル・レイ」、「野焼き」、「北の銅鉱」の三篇には、本書に収めるにあたって著者が多少手を加えている。したがって、〈ベスト・アメリカン・ミステリ〉に収録された当時とは内容がいくらか異なることをご了承いただきたい。また、「密告者」は本書の一篇として発表されたあと、二〇〇六年度版〈ベスト・アメリカン・ミステリ〉に選ばれたもので、内容はまったく同じであることも、あらかじめお断わりしておく。

原書の副題が〝刑務所と犯罪と男たちの物語〟であることからもわかるように、本書の作品に登場する人物たちには、ある共通点が見られる。それは、本人のせいであるにせよそうでないにせよ、いつしか社会の片隅に追いやられ、実際に刑務所に入っていようといまいと、刑務所で暮らしているような閉塞感を抱き、好むと好まないに関わらず、犯罪と無縁ではいられないということだ。木材伐採人、トラック運転手、麻薬密売人、犯罪者追跡人、スクラップ業者。アルコール中毒者、麻薬中毒者。囚人、前科者、逃走中の犯罪者。その生業や犯罪との関わり方はそれぞれ異なるものの、いずれも、何をやってもうまくいかず、負け犬になるよう生まれついているとしか思えない点で一致している。

普段は寡黙で感情をめったに表わさないそうした男たちが、ほんの一瞬だけ垣間見せる絶望や悲哀や後悔の念が、本人の口を通してではなく、その言動や状況の描写を通して描かれている点も共通している。というより、それが著者のいちばん描きたいことなのだろう。なかでも「屋外作業」、「虎」、「北の銅鉱」にその作風がもっともよく現われているように思う。

「屋外作業」では、刑期満了を目前に控えた囚人が、刑務所内で死亡した囚人仲間の墓を掘っているとき、高圧電流を通した鉄条網に牝鹿が引っ掛かって死ぬのを目撃する。それが意味することは歴然としているが、それでもやはり、心を動かされずにはいられない。

「虎」では、勤勉に働くことに意味を見いだそうとする伐採業者が、子持ちの女性と家庭を持とうと努めるものの、どこかで何かが嚙みあわなくなり、やがて二人の仲は破局する。その先には、それまでの展開からは予想もつかない過酷な結末が待っている。

「北の銅鉱」では、農夫の依頼で行方不明の息子を探すことになった犯罪者追跡人の二人組が、ことの真相を農夫に伝えるとき、それまでの言動からは思いもよらない優しさといたわりを見せる。社会の底辺で生きる人々の法に対する不信感や疑念が、折に触れて描かれていることも、特徴の一つとして挙げられるだろう。

たとえば「寡黙」では、隣に住んでいながら、自分の孫息子をいきなり逮捕して刑務所に送り込んだ警官に対し、余命いくばくもない老女が彼女なりのやり方で正義を下す。また、「核爆発」には、現代社会においてなお西部開拓時代の流儀で正義を貫こうとする老保安官が登場する。

本書に収められたいずれの作品も、現実の人生をなぞるような、曖昧でときにはやりきれない結末を迎えるが、そこからも窺えるように、著者はそうした男たちの生き方を美化しているわけでも、批判しているわけでもない。本人の資質、運、環境、巡りあわせ、そのどれか一つが原因というのではなく、すべてが絡みあってさらに苦境へと追い込まれていく男たちの姿が、簡潔な文章で淡々と描かれている。それでも、その奥底には、著者の通り一遍ではない同情と共感が流れているように思われる。

著者スコット・ウォルヴンについては、本人が経歴を公開していないこともあり、コロンビア大学で美術学を修め、現在はニューヨーク州北部に住んでいるという程度のことしかわかっていない。これまでのところ短篇しか書いていないこともあり、彼の新しい作品を読める機会はそう多くないのだが、ここで朗報を一つ。カール・ハイアセンがゲスト・エディターを務めた二〇〇七年度版〈ベスト・アメリカン・ミステリ〉に、今回もウォルヴンの作品が選ばれた。これで、彼の作品は二〇〇二年度版から六年連続して〈ベスト・

アメリカン・ミステリ〉に収められたことになる。ポケミスからの刊行は来年末となりそうだが、それまでどうか楽しみにお待ちいただきたい。

最後になりますが、訳出にあたって書籍編集部の川村均氏と校閲課の皆様に大変お世話になりました。この場を借りてお礼申し上げます。

二〇〇七年十一月

HAYAKAWA POCKET MYSTERY BOOKS No. 1806

七《なな》搦《からげ》理《り》美《み》子《こ》

1960年生，津田塾大学国際関係学科卒
英米文学翻訳家
訳書
『聖なる遺骨』マイクル・バーンズ
『サイレント・ジョー』『コールド・ロード』
T・ジェファーソン・パーカー
（以上早川書房刊）他多数

この本の型は，縦18.4センチ，横10.6センチのポケット・ブック判です．

検印
廃止

〔北東《ほくとう》の大地《だいち》、逃亡《とうぼう》の西《にし》〕

2007年11月10日印刷　2007年11月15日発行

著者	スコット・ウォルヴン
訳者	七搦理美子
発行者	早川浩
印刷所	星野精版印刷株式会社
表紙印刷	大平舎美術印刷
製本所	株式会社川島製本所

発行所 株式会社 **早川書房**
東京都千代田区神田多町2ノ2
電話 03-3252-3111（大代表）
振替 00160-3-47799
http://www.hayakawa-online.co.jp

〔乱丁・落丁本は小社制作部宛お送り下さい
送料小社負担にてお取りかえいたします〕

ISBN978-4-15-001806-1 C0297
Printed and bound in Japan

ハヤカワ・ミステリ〈話題作〉

1788 紳士同盟　ジョン・ボーランド　松下祥子訳

〈ポケミス名画座〉十人の元軍人が集合。その目的とは、白昼堂々、大胆不敵な銀行襲撃だった！　傑作強盗映画の幻の原作小説登場

1789 白夫人の幻　R・V・ヒューリック　和爾桃子訳

龍船競争の選手が大観衆の目前で頓死。その陰には、消えた皇帝の宝と恐怖の女神という二つの伝説が……ディー判事の推理が冴える

1790 赤髯王の呪い　ポール・アルテ　平岡敦訳

〈ツイスト博士シリーズ〉『第四の扉』以前に私家版として刊行された幻のシリーズ長篇第一作のほかに、三篇の短篇を収めた傑作集

1791 美しき罠　ビル・S・バリンジャー　尾之上浩司訳

戦地から帰郷して目にしたのは、旧友の刑事についての信じがたい記事だった――著者ならではの技巧が冴える傑作、ついに邦訳なる

1792 眼を開く　マイクル・Z・リューイン　石田善彦訳

〈私立探偵アルバート・サムスン〉探偵免許が戻り営業を再開したサムスンだが、最初の大仕事は、親友ミラー警部の身辺調査だった

ハヤカワ・ミステリ〈話題作〉

1793 北雪の釘 R・V・ヒューリック 和爾桃子訳

極寒の商都へ赴任したディー判事たちは、首なし死体の発見を皮切りに三つの怪事件に挑むことに。本格テイスト溢れる、初期の傑作

1794 ベスト・アメリカン・ミステリ アイデンティティ・クラブ オーツ&ペンズラー編 横山啓明・他訳

アメリカには、まだまだたくさんのミステリがある！　文豪と重鎮がタッグを組んで厳選した珠玉20篇を収める、年刊ミステリ傑作集

1795 異人館 レジナルド・ヒル 松下祥子訳

偶然に小村を訪れた二人の男女の言動が、一見穏やかな村に秘められた過去を暴くことになろうとは。巨匠が描く、重厚なるミステリ

1796 ヴェルサイユの影 クリステル・モーラン 野口雄司訳

〈パリ警視庁賞受賞〉観光客で賑わう宮殿を舞台に繰りひろげられる連続殺人。夜間立入禁止の現場に入れるのは職員だけのはずだが

1797 苦いオードブル レックス・スタウト 矢沢聖子訳

異物混入事件で揺れる食品会社で、社長の他殺死体が発見された……巨匠が生んだもう一人の名探偵テカムス・フォックス本邦初登場

ハヤカワ・ミステリ〈話題作〉

1798 さよならを言うことは ミーガン・アボット 漆原敦子訳

兄と結婚した謎の美女。不審を抱いた女性教師は兄嫁の過去を探るが……五〇年代のハリウッドをノスタルジックに描いたサスペンス

1799 上海から来た女 シャーウッド・キング 尾之上浩司訳

弁護士からもちかけられた殺人計画。それは複雑に仕組まれた罠だった。天才オーソン・ウェルズが惚れこんで映画化した、幻の傑作

1800 灯台 P・D・ジェイムズ 青木久惠訳

〈ダルグリッシュ警視シリーズ〉保養施設となっている孤島で、奇妙な殺人が発生。乗りこんだ特捜チームに思わぬ壁が立ちはだかる

1801 狂人の部屋 ポール・アルテ 平岡 敦訳

〈ツイスト博士シリーズ〉昔、恐るべき事件が起きて以来〝開かずの間〟となっていた部屋……その封印が解かれた時、新たな事件が

1802 泥棒は深夜に徘徊する ローレンス・ブロック 田口俊樹訳

出来心から急にひと仕事したくなってアパートへ侵入したバーニイは、とんでもない災難に見舞われる！　記念すべきシリーズ第十作